KB198429

✧ **'2022 황금연필상' 심사 위원단 심사평** ✧

심사 위원단은 만장일치로 《어디서도 상영되지 않는 영화(Films die nergens draaien)》의 독창성과 상상력에 깊은 인상을 받았다. 이 책은 판타지와 현실을 오가며 깊이 있는 주제를 흥미진진한 모험으로 풀어 낸 독창성이 매우 뛰어난 작품이다. 처음부터 끝까지 감동과 호기심을 자아낸다. 2022년 가장 아름다운 책에 주어지는 대상을 받을 자격이 충분하다.

끝나는 게 아쉬운 여행과 같은 책이다.
이 책이 바로 그렇다.

✳ 페이스북 Kinderboeken en Ya 운영자 ✳

감정을 가득 담은 흥미진진한 이야기이다.
오랫동안 기억에 남을 것 같다.

✳ 온라인 신문 드 스탄다르트 ✳

마법 같지만, 현실에서 일어날 것만 같은 모험을 담고 있다.
아동서의 세상에 새바람을 불어넣었다.

✳ 뉴스 웹 NRC ✳

요릭 홀데베이크가 또 한 번 독창적인 이야기를 선보였다.
마치 영화를 보는 듯한 방식으로 독자들을 첫 페이지부터 사로잡았다.

✳ 파롤 신문 ✳

경이롭고 매혹적이며 아름다운 이야기.
홀데베이크는 '시간 여행'을 환상적이고
독창적인 방식으로 구현했다.

✳ **트라우브 신문** ✳

독창적이고 감동적이며 유쾌하고 생동감 넘치는 책!
10세 이상(어른에게도)에게 강력 추천한다!

✳ **암스테르담의 어린이책 서점** ✳

누군가를 그리워하거나
시간 여행을 하고 싶은 누구에게나 추천한다.
또한 흥미진진한 이야기를 좋아하는 모든 이에게
이 책을 읽어 보라고 권하고 싶다.

✳ **작가 케빈 하싱** ✳

홀데베이크는 심리학적으로 접근해 미스터리를 풀어 나간다.
그렇게 결말에 도달할 때쯤 깨달음을 얻게 된다.
아이들이 이 책을 읽기 전과 후에 세상을 바라보는 눈빛이
얼마나 달라질지 상상이 가지 않는다.

✳ **작가 에드바르트 판 더 펜델** ✳

아이들의 상상력을 자극하는 소설이다.
홀데베이크는 독자들이 익숙한 방식과는 다른
새로운 시각을 갖도록 이끈다.
또한 독자들이 해낼 수 있다는 걸 굳게 믿고 있는 듯하다.

✳ **헤트 뉴스블라트 신문** ✳

어디서도 상영되지 않는 영화

지은이 **요릭 홀데베이크**

어릴 적부터 늘 작가, 화가, 음악가가 되고 싶었다. 시간이 지날수록 그림과는 점점 멀어졌지만, 음악가는 될 수 있었다. 영화와 게임을 위한 음악을 만들고자 피아노를 뚱땅거리고, 여러 가지 음향 기계를 만지며 말로 표현할 수 없는 세상을 경험하곤 한다. 그러면서도 계속해서 글을 썼으며, 마침내 2019년에 그의 첫 책 《여기 무엇이든 다 있어》가 출판됐다. 요릭이 아홉 살 때 읽고 싶었던 그런 책이었다. 《어디서도 상영되지 않는 영화》는 요릭의 네 번째 책이다.

옮긴이 **최진영**

어린 시절, 수많은 전학과 이사로도 부족해 네덜란드까지 건너가 그 이름도 생소한 항공우주법학을 공부했다.
네덜란드 레이던대학교 항공우주법학과에서 학생들을 가르치는 동시에 왕립 네덜란드 항공우주연구소에서 컨설턴트로 근무 중이다. 또한 현재 번역 에이전시 엔터스코리아에서 출판기획 및 네덜란드어 전문 번역가로 활동 중이다. 《꿈꾸는 너에게》, 《그게 사랑이야》, 《돼지의 복수》 등 많은 책을 우리말로 옮겼다.

Nederlands letterenfonds dutch foundation for literature

이 책은 네덜란드문학재단의 번역 지원 사업 선정작입니다.
네덜란드문학재단에 감사드립니다.

어디서도 상영되지 않는 영화

요릭 홀데베이크 지음
이보너 라세트 그림 | 최진영 옮김

시금치

어머니, 제니 이모,

그리고 할머니 이엔에게

차례

카토 ✳ 13

우아한 빨간색 여름 원피스 ✳ 15

쥐덫 비법 레시피 ✳ 17

과거의 음악 ✳ 20

익숙한 침입자 ✳ 30

카노 부인 ✳ 41

어디서도 상영되지 않는 영화 ✳ 52

멍청한 텔레비전 토크 쇼 ✳ 61

첫 번째 손님 ✳ 68

인터넷에서 찾아낸 엄마 ✳ 75

스크린의 파도 ✳ 85

시간 주변 여행자 ✳ 93

카토의 눈을 똑바로 ✳ 101

어항 속 물고기 ✳ 113

세상에서 가장 불쌍한 사람들 ✳ 123

통통이 ✳ 134

사라진 소찬 ✳ 156

격투기 게임 ✳ 170

뻣뻣하고 냄새나는 ✳ 185

코르넬리아 아줌마의 영화 ✳ 197

그 피아노 ✳ 212

다락방의 상자 ✳ 228

카토의 아빠 ✳ 237

넌 겁쟁이니, 카토? ✳ 251

세상에서 가장 이상한 오후 ✳ 259

처음과 같은 끝 ✳ 274

카토

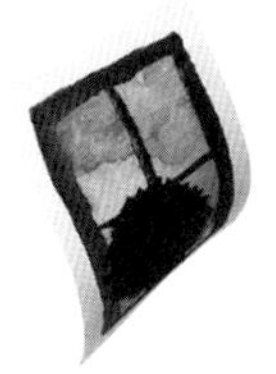

카토가 막 열세 살이 됐을 무렵, 아빠가 말했다. "너도 어른이 돼야 한다." 워낙 말이 없는 아빠가 입을 뗐다는 것 자체가 특별한 일이긴 했다. 하지만 카토는 아빠가 그런 말도 안 되는 소리를 하려고 굳이 말을 걸었다는 게 낯간지럽기도 했다. 카토는 아직 어렸고, 어른이 되려면 한참 있어야 했으니까. 게다가 카토는 아빠 같은 어른은 되고 싶지 않았다.

사실, 아빠는 멍하니 정신을 딴 데 쏟는 것 말고는 그다지 하는 일이 없었다. 초점 흐린 눈으로 텔레비전이나 벽을, 그리고 창밖을 마냥 쳐다볼 뿐이었다. 이른 아침 멍한 얼굴로 잠에서 깨어나 커피 잔을 들고서 30분 동안 멍하니 밖을 내다봤다. 그게 전부였다. 카토는 아빠가 딱히 무언가를 보는 건 아니라고 확신했다. 아빠는 창문 밖으로 보이는, 파란색으로 서서히 퍼져 나가는 비행기구름도, 개를 뒤쫓는 발레리나 같은 여자들도 못 본 게 틀림없었다. 아빠의 시선은 텅 비어 있었고, 커피 잔이 빌 때쯤이면 말없이 문을 나서 출근하는 일이 잦았다. '어른이 된다는 게 저런 거라고?' 그렇다면 절대 어른이 되지 않으리라. 카토는 다짐했다. 혹시 나이를 먹더라도 저런 어른은 되지 않겠다고.

아빠가 출근하고 지금부터 바깥을 바라보는 건 카토다. 아빠처럼 멍하지는 않았지만, 카토도 커피 잔을 손에 들었고, 이런저런 생각으로 머릿속이 복잡했다.

정원에 난 길을 따라 코르넬리아 아줌마가 걸어오는 게 보였다. 한 손에는 양동이와 세제를, 다른 한 손에는 걸레와 분무기를 들고서 마치 집 밖에서부터 벌써 더러운 냄새가 난다는 듯한 표정이었다. 코르넬리아 아줌마는 이웃이었지만 이따금 카토의 엄마처럼 굴기도 했다.

하지만 누구도 카토의 엄마일 순 없다. 어쨌든 살아 있는 사람 중에 카토의 엄마는 없으니까.

우아한 빨간색 여름 원피스

카토가 태어나자마자 엄마는 카토와 아빠 곁을 떠났다. 이 말은 곧 엄마가 세상을 떠난 지도 카토의 나이만큼 시간이 흘렀다는 뜻이다. 카토가 엄마에 대해 아는 것이라곤 아빠가 들려준 몇 가지 이야기뿐이었다. 남아 있는 사진은 딱 한 장. 그리고 엄마의 유품인 원피스 한 벌.

사진 속 엄마는 카토와 함께였다. 우아한 빨간색 여름 원피스를 입고서 햇살이 비치는 잔디밭 위 벤치에 앉아 있는 엄마의 얼굴은 미소로 빛났다. 엄마 배 속에 있던 카토는 아마도 웃지 않았을 것이다. 그때의 카토는 길게 생각할 수 없었을 테니까. 카토가 태어나기 몇 주 전, 그러니까 엄마가 세상을 떠나기 몇 주 전에 찍은 사진이었다.

유품으로 남겨진 원피스가 바로 사진 속 엄마가 입고 있는 그 원피스다. 카토는 매일 아침 옷장 문을 열 때마다 옷장 한구석에 걸려 있는 빨간색 원피스를 힐끔 쳐다보았다. 카토를 빼면, 이 집에 엄마가 실제로 존재했었다는 증거는 오로지 이 사진과 원피스뿐이다.

어른이라고 말할 순 없지만, 마음에 굳은살이 생길 만큼은 나이가 든 카토다. 카토가 그렇게 된 건 죄책감 때문이었다. 이유는 단순했다. 카토가 바란 일은 아니지만, 자기가 태어나지 않았다면 엄마는 여전히 살아 있을지 모른다는 생각을 지울 수 없었다. 카토는 거울을 보다가 이따금 거울에 비친 여자아이를 어떻게 바라봐야 할지 몰라 한참을 그대로 있었다. 때로는 혐오감과 분노가 밀려왔고, 때로는 주변의 모든 것과 사람들, 온 세상에 분노를 느꼈다. 이 세상은 카토와 엄마가 함께 존재할 수 없는 곳이었으니까. 무대 밖에서 이 모든 걸 조종하며 낄낄대는 누군가가 하늘 어딘가에 있을 리 없었지만, 그래도 세상이 여전히 미웠다. 카토는 마치 자기가 태어나자마자 이 세상이 자기에게 등을 돌린 것만 같은 기분이었다. 몇 년 전부터 카토는 점점 감정이 무뎌지는 것을 느꼈다. 시간이 지날수록 기억 속에서 엄마가 점점 더 흐려지고 자기도 점점 더 무관심해지는 것처럼. 사실 카토에게는 이게 가장 힘든 감정이었다.

현관문이 열리는 순간 카토는 흠칫 놀라며 몸을 떨었다.

순식간에 주방까지 퍼지는 코르넬리아 아줌마의 고약한 향수 냄새와 카토 앞에 놓인 커피, 그리고 엄마 생각 때문이었다.

쥐덫 비법 레시피

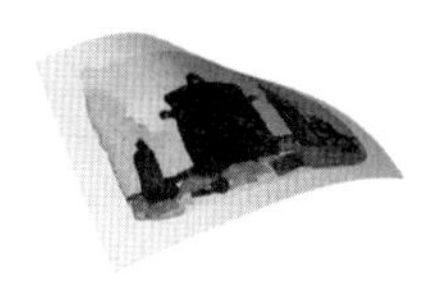

쥐약은 더도 말고 덜도 말고 딱 한 티스푼만 넣을 것! 그것도 완벽하게 판판하게 깎아야 한다. 눈대중으로 맞추는 게 아니라, 돋보기로 정확하게 봐야 한다. 정확하고 정밀한 계량, 이것이 핵심이다. 비법이든 규칙이든 정확히 따르라고 있는 것이다. 그러니까 쥐약은 완벽하게 계량한 한 티스푼이어야 한다. 식초도 정확하게 계량해서 반 컵. 생선 뼈도 50그램 필요한데, 목구멍에 걸리는 정말 단단한 뼈만 챙겨야 한다. 그리고 액체 연마제, 수세미 두 개, 독이 든 사과 열 개. 이 모든 걸 커다란 냄비에 넣은 다음 녹색, 노란색, 갈색 연기가 온 집 안에 퍼질 때까지 끓인다. 이렇게 수석 요리사 코르넬리아 아줌마의 정통 조제법에 따라 요리가 완성된다!

일주일에 몇 번, 코르넬리아 아줌마는 카토네 집에 와서 청소를 했다. 아줌마는 청소를 해 주고 대가를 받았지만, 대가를 전혀 받지 않는 다른 일에까지 시시콜콜 참견했다. 카토는 이렇게 말했다. "코르넬리아 아줌마는 정말이지 자기랑 아무 관련도 없는 일에 신경을 쓴다."라고. 특히 어지럽고 지저분해도 카토에겐 아주 편안하고 익숙해서 필요한 물건을 금세 찾을 수 있는 카토의 방 같은 것에. 코르넬리아 아줌마가 생각하는 카토의 방은 곰팡이 핀 피자 조각 말고는 아무것도 찾을 수 없는 지저분한 돼지우리 그 자체였다. 카토는 이따금 코르넬리아 아줌마에게 자기 물건을 만지지 말라고 화를 냈다. 하지만 학교에서 돌아와 보면, 방의 모든 물건들이 차곡차곡 접히고, 쌓이고, 분류돼 선반과 서랍에 자리를 잡고 있었다.

코르넬리아 아줌마의 발소리가 주방으로 흘러들자, 카토는 재빨리 커피를 크게 한 모금 삼켰다. 사실 카토는 커피를 좋아하지 않았다. 그런데도 커피를 마시는 이유는 코르넬리아 아줌마가 커피는 몸에 해롭다고 말했기 때문이다.

"아가야, 커피, 설탕, 콜라, 이런 것들은 죄다 몸에 독이란다." 아줌마의 달콤한 목소리가 카토의 머릿속으로 밀려들어 왔다. "마시면 감당 못 하게 화만 날걸."

'감당 못 할 화'라고? 카토에게 그런 건 없다. 뭐, 이따금 코르넬리아 아줌마에게 그렇게 화가 나긴 하지만. 나무늘보도 아줌마와 지내면 화가 날걸?

"그렇지만 그 독이 가끔은 우리를 돕기도 하지." 코르넬리아 아줌마는 항상 말했다. "네 머리에 난 작은 구멍의 뚜껑을 닫아 주거든."

코르넬리아 아줌마가 느끼기에 답답한 일이나 잘못된 것들은 늘 이런 식으로 해결된다. 아무도 부탁하지 않았는데 간섭하는 방식으로. 아무 일도 없다는 듯 행동하지만, 쥐덫을 놓고서 숨어서 눈을 감고 기다리는 것 같다.

카토는 그런 모습에 화가 났다.

카토는 잠시 몸서리를 치고는 식탁에서 배낭을 집어 들어 코르넬리아 아줌마를 지나쳐 현관으로 걸어갔다. 코르넬리아 아줌마는 그런 카토를 보며 고개를 가로젓고서 코를 킁킁댔다.

"아가야, 또 커피 냄새가 나는구나."

과거의 음악

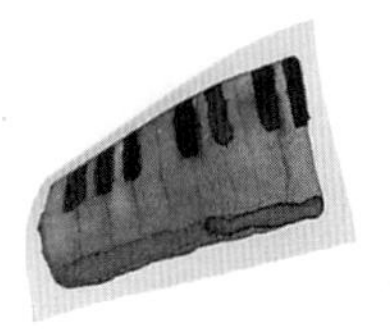

밖은 전혀 춥지 않았다. 가을이 이제 막 시작되었을 뿐이다. 세상이 타는 듯한 붉은색과 짙은 오렌지색, 밝은 노란색으로 물드는 몇 주, 태양이 여전히 세상을 밝게 비추는 몇 주, 세상이 잠잠해지기 직전의 몇 주다. 카토는 사계절 중 가을을 가장 좋아했다. 모든 게 더 의미 있게 느껴지는 계절이었다. 과거의 모든 것도, 미래의 모든 것도, 그리고 지금 이미 우리 앞을 지나가는 모든 것들도. 가을은 몸을 담그고 싶은 슬픔을 간직하고 있다. 카토는 인터넷에서 이런 느낌을 가장 잘 표현하는 단어를 검색했다. 그리고 그 단어를 찾아냈을 땐, 이보다 더 적당한 말은 없다고 생각했다. 멜랑콜리!

카토는 자전거에 올라 마을 반대편에 있는, 존재하지 않는 들판으로 달렸다. 카토가 거의 날마다 들르는 곳이다. 카토는 자전거를 나무에 기대어 놓고, 팔꿈치를 세워 머리를 괸 채 풀밭 한가운데에 모로 누웠다. 곧이어 풀잎을 뜯어 입에 물고서 거리를 바라보았다. 아침이 밝아 오고 있었다. 쇼핑백을 든 남자, 전화를 받는 여자, 자동차와 자전거 몇 대, 그리고 첫 번째 낙엽이 보였다.

물론 '존재하지 않는 들판'이 정말 존재하지 않았다면, 카토는 그 자리에 있을 수 없었을 것이다. 하지만 카토 말고는 그 누구도 이곳을 알아차리지 못한 것 같았다. 다들 들판 왼쪽에 있는 멋진 집만 바라보았다. 새빨간 창틀과 파란 벽이 마치 미래에서 온 듯한 집이다. 그리고 들판의 오른쪽에는 더 멋진 집이 있었다. 첨탑들이 죄다 로켓처럼 생긴 집이다. 이런 놀라운 집들 사이에 있는 '존재하지 않는 들판'은 고집스럽게도 사람들의 시야에서 벗어났다.

그렇지만 카토의 시야를 벗어날 순 없었다. 카토는 스스로 개발한 '다르게 보기'를 연습했으니까. 자동으로 눈길을 사로잡는 주변보다, 바로 그 옆의 것을 보는 방법이다. 그렇게 카토는 눈에 보이는 곳에 숨겨진 세상을 발견했다.

카토는 보이지 않는 것들을 포착하기 위해 어디든 늘 카메라를 가지고 다녔다. 생각에 잠긴 사람, 인상적인 건물, 낭만적인 일몰, 흥미진진한 하늘을 찍은 적은 없다. 대신 너무 단조롭고 눈에 띄지 않아 아무도 보지 못한 것들만 사진에 담았다. 정말 그 누구도 보지 못한 것들. 마치 그것들이 처음부터 거기에 존재하지 않았던 것처럼. 꼭 존재하지 않는 들판처럼. 카토의 컴퓨터에는 어느새 앞마당, 울타리, 벽감, 동상, 문손잡이 사진이 가득했다. 존재는 하지만 누구를 위해 존재하는지는 모를, 그런 것들의 사진이. 그곳에서 사라진다 해도 과연 알아차릴 사람이 있을까? 그리고 알아차리는 사람이 아무도 없다면, 그것들은 정말로 그곳에 존재하기는 했던 걸까? 카토는 그렇지 않다고 생각했다. 자신의 카메라 렌즈가 그것들을 향했을 때, 비로소 존재하게 된다고 생각했다. 카토 스스로가 느끼기에도 정말 끝내주는 생각이었다.

가을 방학 후 첫 일요일이었다. 토요일의 소란이 끝났고, 하늘이 너무 커서 모든 소리가 길을 잃은 듯 좀처럼 드문 고요함이 자리 잡았다.

따스한 햇볕이 카토의 얼굴에 닿아 따뜻해졌다. 카토는 그 따뜻함에 불현듯 엄마가 떠올랐다. 카토는 이렇게 갑작스럽게 엄마가 생각날 때마다 항상 놀랐다. 그 빈도가 예전만큼 잦지는 않았지만, 오늘 아침에만 벌써 두 번째였다. 하지만 카토는 엄마를 생각하며 아침을 보내고 싶진 않았다. 사실 그럴 엄두도 나지 않았다.

카토는 입에 물고 있던 풀잎을 뱉고는 배낭에서 커다란 콜라 한 병과 만화책 더미를 꺼냈다.

햇볕이 정수리에 바로 내리쬐도록 자세를 똑바로 고쳐 앉자

등과 팔을 타고 오스스 소름이 퍼져 나가는 게 느껴졌다. 발가락이 따끔거렸다. 꼭 드넓은 바다의 차가운 표면에 닿은 느낌이었다. 카토는 씩 미소를 지었다. 그러고는 만화책 더미에서 한 권(《좀비 아포칼립스 2: 베이비 좀비 킹의 대학살》)을 집어 들고 읽기 시작했다.

하지만 만화책에 빠져들기 시작한 순간, 카토는 누군가 자신을 엿보고 있다는 느낌을 받았다. 존재하지 않는 들판은 황량했지만, 황량하다는 느낌이 들지 않았다. 카토는 만화책에서 고개를 드는 순간 누군가 눈앞에 있을 거라 확신했다. 하지만 막상 고개를 들어 위를 올려다보니 아무도 보이지 않았다.

카토는 자리에서 일어나 그 자리를 한 바퀴 돌며 풀숲 사이를 살펴보았다. 그러고는 고개를 저었다. 그냥 카토의 상상이었던 게 분명했다. 코르넬리아 아줌마라면 카토가 너무 많은 자극을 받아들인다고 말했을 것이다. 모두 쓸데없는 소란일 뿐이라면서. (아줌마는 카토가 늘 쓸데없이 '소란스럽다'며 잔소리를 했다.) 그리고 당연하게도 아줌마는 카토의 소란함을 해결할 방법을 마련해 놓았을 것이다.

"필요 없어. 구……?"

(못마땅한 표정의 카토)

"이건 구……."

(못마땅한 표정의 카토)

"구구……."

(못마땅한 표정의 카토)

"구구…… 구……."

"구덩이."

"구덩이, 좋아. 구덩이."

자리에 앉아 다시 만화책을 읽기 시작한 카토는 또다시 누군가 엿보는 시선을 느꼈다. 카토는 애써 무시하려다가 더는 참을 수 없게 되었을 때 고개를 홱 들었다.

아무도 없었다.

한숨이 나왔다. 슬슬 짜증이 나기 시작했다. 가장 짜증스러운 건 갑자기 마음에서 터져 나온 희미한 희망이었다. 그 희망은 마치 몇 년을 조용히 숨어서 은밀하게 마음의 빈틈을 공격할 순간을 노리고 있었던 것 같았다.

엄마일까? 카토는 생각했다.

이런 생각이 든 순간, 카토는 자기 머리를 쥐어박았다.

"철부지 바보."

그러곤 혼잣말을 했다.

구…… 구구…….

"재미없네."

카토는 다시 만화책으로 시선을 돌렸지만, 더는 읽고 싶은 생각이 들지 않았다. 비까지 내리기 시작했다. 카토는 곧 짐을 싸서 화를 내며 집으로 돌아갔다.

집 안 곳곳에서 세제 냄새가 나기는 했지만, 다행히 코르넬리아 아줌마는 집으로 돌아간 것 같았다. 집은 쥐 죽은 듯 조용했다. 카토는 메고 있던 배낭을 벗어 복도 구석으로 던졌다. 그때 거실에서 피아노 건반 누르는 소리가 들렸다.

'응? ……코르넬리아 아줌마인가? 아직 안 가고 피아노를 닦고 있나?'

카토는 재빨리 달려가 살짝 열린 문틈으로 거실을 들여다보았다.

피아노 앞에 앉아 있는 건 아빠였다. 아빠의 뒷모습은 늙고 낯설었다. 키가 큰 아빠의 상체는 피아노 쪽으로 구부정하게 기울어져 있었고, 긴 다리는 피아노 아래에 어색하게 접혀 있었다. 아빠는 집게손가락을 계속 피아노 건반 위에 올려 둔 채 왼쪽 창문에 집중하고 있었다. 아빠의 시선을 따라 카토도 눈을 옮겼다. 아빠는 여전히 멍해 보였지만, 평소처럼 텅 빈 것 같진 않았다. 아빠도 잠깐이나마 카토가 봤던 그 아름다운 가을을 봤으리라 느껴졌다. 아빠는 판자로 가로막힌 자신만의 요새에서 살그머니 빠져나와 심호흡을 한 것 같았다. 아빠의 몸이 떨렸다. 카토는 아빠의 척추를 타고 흐르는 전율을 보았다.

이내 아빠는 피아노의 다른 건반을 눌렀다. 그리고 또 다른 건반을 눌러 보더니 왼손을 들어 피아노 연주를 시작했다. 느리고, 부드럽고, 기운 없는 소리였다.

피아노는 사용하지 않은 지 오래다. 그냥 그 자리에서 먼지만 쌓여 가며 서서히 못생겨졌다. 피아노에 칠해진 검은색 페인트는 마치 누군가가 회색 페인트를 뿌린 것처럼 온통 회색으로 얼룩져 있었다. 카토는 이게 다 코르넬리아 아줌마의 세제 때문임이 분명하다고 생각했다.

카토는 지금껏 아빠의 연주를 들어 본 적이 몇 번 없다. 아빠는 항상 같은 곡을 연주했고, 카토는 금방 알아차릴 수 있었다. 다른 곳에서는 들어 본 적 없는, 아빠의 연주로만 들을 수 있는 선율이었다.

카토는 숨을 참고서 아빠가 느릿느릿한 거인처럼 피아노 의자에 앉은 몸을 앞뒤로 흔들거리며 길고 가느다란 손가락으로 건반 위를 춤추듯 우아하게 연주하는 모습을 쳐다보았다.

그러다가 갑자기 아빠가 깜짝 놀라면서 마법은 깨졌다. 마치 피아노가 뜨겁게 달아오르기라도 한 것처럼, 아빠는 재빨리 건반에서 손을 뗐다. 그러더니 벌떡 일어나 카토가 몰래 들여다보고 있던 문으로 걸어왔다. 하지만 카토를 보지 못해서 하마터면 넘어뜨릴 뻔했다.

"아! 카토, 오늘 학교는 어땠니?"

"아빠, 일요일엔 학교에 가지 않아요. 가을 방학에는 더더욱 가지 않고요."

아빠는 어느새 계단을 반쯤 올라가고 있었다. 그러다 몸을 돌려 카토를 바라보았다.

"아, 그래."

아빠가 말했다.

"일요일이지."

아빠는 이렇게 말하고서 계단을 터벅터벅 올라 자기 방으로 사라졌다.

카토는 한동안 멍하니 계단을 바라보다가 거실로 갔다. 피아노는 거실 한가운데에 기념비처럼 전시되어 있었다. 멋진 풍경이지만, 카토는 피아노가 거실 한가운데서 무슨 역할을 하는 건지 이해할 수 없었다. 이 피아노는 꼭 이 집이 아닌 다른 집, 다른 삶에 속한 것만 같았다.

카토는 가끔 낯선 것들이 있는 이상한 집에서 사는 기분이 들곤 했다. 다른 사람들은 벽에 그림을 걸고, 창가에는 추억이 담긴 물건을 놓아두지만, 카토와 아빠가 사는 집은 꼭 가구 전시장 같았다. 모든 기억이 어떤 원칙에 따라 하나씩 하나씩 지워진 느낌이라고 할까?

카토는 피아노 앞에 앉아 아빠가 연주한 멜로디를 흉내 내려고 애썼다. 결과는 성공적. 마침내 카토는 아빠가 연주하던 선율을 외웠고, 손가락이 건반 위에서 제자리를 찾아 갔다. 그러던 카토의 시선이 피아노 위에 놓인 종이에 닿았다. 밝은 노란색 종이에 인쇄된 명함이었다. 거기엔 연분홍색으로 이렇게 쓰여 있었다.

카노 부인의 영화관

어디서도 상영되지 않는 영화,
그렇지만 당신이 언제나
보고 싶어 했던 바로 그 영화

명함 뒷면에는 카토가 아는 주소가 쓰여 있었다. 수년 동안 비어 있는 오래된 영화관 '룩스'의 주소였다. 아빠가 받은 명함일까? '어디서도 상영되지 않는 영화'라니, 도대체 어떤 영화일까?

현관문 열리는 소리에 이어 코르넬리아 아줌마의 콧노래가 들려왔다. 카토는 명함을 주머니에 넣고 서둘러 복도로 나가 방으로 향했다. 최대한 코르넬리아 아줌마와 마주치지 않으려고.

"게으름뱅이도 집에 들어왔네."

코르넬리아 아줌마가 카토를 보고는 이렇게 말했다. 양손에 장바구니를 든 아줌마는 문 앞에 선 채 상냥한 미소를 띠고서 카토를 바라보았다.

카토는 아무 대답도 하지 않았다. 똑같이 상냥하게 미소를 짓긴 했지만, 여전히 주머니에 넣고 있던 손을 움직여 가운뎃손가락을 내밀었다. 그러고는 서둘러 자기 방으로 이어지는 계단으로 걸어갔다.

익숙한 침입자

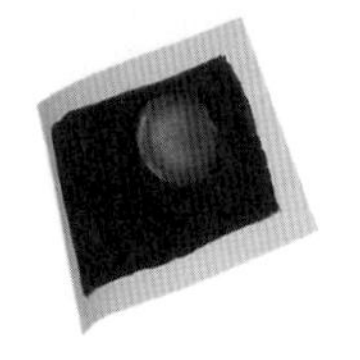

그날 밤, 카토는 저녁 식사를 하며 몰래 아빠를 힐끔거렸다. 피아노 뒤에 숨어 사색하던 남자의 흔적을 찾아 보려고. 하지만 아무것도 보이지 않았다. 아빠의 입에는 미소가 걸려 있었지만, 눈에는 그 어떤 말도 담겨 있지 않았다.

옆에 앉은 코르넬리아 아줌마는 음식을 작게 잘라서 먹고 있었다. 아줌마도 아주 잘 숨기고 있었다. 마치 자기가 이 가족의 일부인 것처럼. 코르넬리아 아줌마가 아빠와 카토의 삶에 어떻게 이토록 깊숙이 끼어들었는지, 카토는 감탄할 수밖에 없었다. 처음에 코르넬리아 아줌마는 무기력한 독신 이웃을 돕는 데 관심이 있는 친절한 이웃이었다. 하지만 이내 아주 천천히, 그리고 거의 눈에 띄지 않게 그들의 삶에 점점 더 깊이 파고들었다. 그리고 지금, 코르넬리아 아줌마는 세상에서 가장 자연스러운 일인 양, 아빠와 카토와 함께 저녁 식탁 앞에 앉아 있다. 마치 구석진 작은 공간에서 자라나기 시작해 느리지만 확실하게 정원 전체를 차지하고 마는 잡초 같다.

"국물 좀 줄까요, 하르?"

코르넬리아 아줌마가 아빠에게 물었다.

'하르? 아빠를 애칭으로 부르다니.'

코르넬리아 아줌마는 대체 무슨 생각일까? 자기가 아빠의 아내라도 된다고 생각하는 걸까?

카토는 "우리 아빠 이름은 하르가 아니라 하롤트예요!"라고 소리치고 싶었다. 하지만 아무 말도 하지 않았다. 카토는 포크로 코르넬리아 아줌마의 눈을 찌르고 싶은 심정이었지만, 그런 행동이 기쁨보다는 더 큰 불행을 가져올 것임을 알았다. 물론 카토는 코르넬리아 아줌마의 눈에 포크가 박힌다면, 세상이 훨씬 더 아름다워 보일 거라고 생각했다. 아빠와 경찰의 생각은 다를 테지만. 인정하고 싶진 않지만, 사실 카토는 코르넬리아 아줌마를 무서워했다. 동네에 도는 소문이 있는데, 예를 들면 아줌마의 남편 마르퀴스에 대한 소문이다. 카토가 태어나기도 전의 일이다. 마르퀴스가 갑자기 병에 걸렸다고 한다. 정말 이상하게도, 마르퀴스는 점점 건강이 나빠졌고, 결국 갑자기 죽었단다. 사람들은 코르넬리아 아줌마가 일부러 남편을 서서히 독살했다고 수군댔다. 아줌마가 마르퀴스의 큰 집이 탐나서 자기보다 나이가 훨씬 많은 그와 결혼했을 거라고 추측하면서. 그러니 코르넬리아 아줌마는 느리지만 확실한 방법으로 마르퀴스를 아프게 만들었을 것이다. 그리고 그 커다란 집을 혼자 차지했겠지. 물론 그냥 소문일 뿐이다. 그래도 신경이 쓰인다.

사람들은 아니 땐 굴뚝에는 연기가 나지 않는다며 수군거렸다.

소문을 싫어하는 카토였지만, 코르넬리아 아줌마의 이야기에는 유난히 관심이 갔다. 카토는 음식을 작게 잘라 씹고 있는 코르넬리아 아줌마를 곁눈질했다. 그러고는 가만히 접시를 바라보고 있는 아빠를 보았다. 코르넬리아 아줌마는 말이 없었다.

카토는 저녁 식사 분위기가 더 가라앉기 전에 얼른 물어봐야겠다고 생각했다.

"아빠, 카노 부인이 누구예요?"

"뭐라고?"

"카노 부인이요."

코르넬리아 아줌마가 비웃듯 킥킥거렸다.

"또 네가 지어낸 상상 속 친구니? 뭐, 카누를 탄 여자인가?"

코르넬리아 아줌마의 상상력은 얼마나 끔찍한가! '카노 부인'이라는 말을 듣고 생각해 낸 게 기껏 카누를 탄 여자라니. 카토는 아줌마의 말을 무시하고, 명함을 꺼내 들었다.

"누구예요, 아빠?"

카토는 아빠에게 다시 물었다.

"아, 오늘 아침에 누군가 문 앞에 서 있었다. 주소를 착각하고 잘못 찾아온 사람이었는데, 나를 안다고 생각하더구나."

그 순간, 카토는 명함을 바라보는 아빠의 모습이 이상하다고 느꼈다. 아빠는 마치 무언가를 기억해 내려고 과거를 파고드는 것처럼 혼란스러운 모습이었다. 코르넬리아 아줌마도 그런 아빠를 보았고, 의심스러운 눈초리로 명함을 보았다.

"어디서도 상영되지 않는 영화……."

코르넬리아 아줌마가 얼굴을 바짝 들이밀고서 큰 소리로 명함을 읽기 시작했다. 카토는 재빨리 명함을 거두어 다시 주머니에 넣었다. 이건 아줌마가 받은 명함이 아니니까.

"그 여자가 아빠를 안다고 착각했다고요?"

카토가 아빠에게 물었다.

"응?"

"카노 부인 말이에요. 정말 모르는 사람이었어요? 그 사람 혼자 착각했던 거예요?"

"그래, 비슷하다."

아빠가 대답했다.

카토는 잠자코 아빠를 바라보았다.

"그냥…… 방문 판매원 같은 사람이었단다."

아빠가 계속해서 말했다.

"그런 사람들은 어떻게든 팔아야 하니까 무슨 말이든 다 할 수 있지."

아빠는 이렇게 말하고는 몸을 뒤로 젖혔다.

"그만 일어나도 되죠?"

카토가 물었다. 이미 자리에서 일어난 상태였지만.

"음, 카토야?"

코르넬리아 아줌마가 말했다.

"나와 아빠가 식사를 끝낼 때까지 조금만 더 앉아 있으렴."

"아줌마가 할 말은 아닌 것 같은데요."

아빠는 천천히 고개를 끄덕이고는 말했다.

"그렇게 하렴."

그날 밤, 카토는 자기 방 창가로 가서 앉았다. 창문을 떠받치는 넓은 창틀 위에 이불을 얹으면 안락의자처럼 변했다. 카토는 그 안락의자에 앉아 창밖으로 맨발을 내놓았다. 발 옆으로 정원거미가 막 거미줄을 짜기 시작했다. 카토는 자신과 정원거미라는 두 생물이 서로 다른 세계에 속해 있으면서도 함께 있다는 게 정말 이상하다고 생각했다.

카토는 발가락을 스치는 선선한 저녁 바람을 느끼며 집 뒤편의 골목과 정원, 그리고 그 너머로 늘어선 또 다른 집들을 내다보았다. 오로지 실, 파리, 먹이, 사냥만 아는 거미는 이 느낌을 모를 테지.

아빠는 나가고 없었다. 아빠는 산책을 꽤 자주 한다. 코르넬리아 아줌마는 집으로 돌아간 지 오래고, 카토는 혼자 방에 남아 고독한 침묵을 즐겼다. 온전히 혼자만 살 수 있는 어른이 되면 얼마나 좋을까? 아빠도, 코르넬리아 아줌마도 없이, 소찬만 함께할 것이다. 카토의 하얀 토끼 소찬은 카토가 아는 한 플랑드르 지방에서 유일하게 꿀꿀댈 수 있는 토끼였다. 꼭 돼지 같았다. 카토는 영화 〈취권〉에 나오는 쿵후 대가의 이름을 따서 토끼의 이름을 지었다. 영화 속 소찬은 술에 취해 금방이라도 넘어질 것만 같은 무술로 싸움을 한다. 그래도 그는 늘 모두를 이겼다. 카토의 토끼 소찬은 꼭 영화 속 소찬같이 생겼다. 커다란 앞니가 서로 닮았다. 하지만 카토의 소찬은 항상 멍하게 어딘가를 바라보고 있었다. 싸움을 하기엔 너무 멍청했다. 그리고 돼지처럼 킁킁댔다.

"듣고 있어, 소찬."

카토가 말했다.

"하지만 지금은 네 투정을 들어 줄 시간이 없어. 뭘 좀 봐야 하거든."

어둠 속 나무 꼭대기 가지들 사이에 보름달만큼이나 커다란 달이 걸렸다. 망원경으로 들여다보기에 너무나도 좋은 밤이었지만, 그러기엔 지금 앉아 있는 자세가 정말이지 편했다. 카토는 손에 든 카메라로 계속해서 하늘 사진을 찍었다.

카토는 멀리서 들려오는 고속 도로의 웅얼거림에 귀를 기울였다. 노란 불빛과 주황 불빛의 세계를 통과해 아스팔트의 검은 빛 너머로 윙윙거리는 소리가 들려오는 듯했다. 고속 도로가 마치 가늘고 기다란 바다 조각처럼 보였다. 아찔할 정도로 광활

한, 미지의 세계로 통하는 입구라고나 할까.

카토의 바지 주머니에는 아직도 카노 부인의 명함이 들어 있었다. 카토는 명함을 꺼내 보며 아빠를 떠올렸다. 카토가 명함을 꺼내 보였을 때, 어리둥절한 표정으로 쳐다보던 아빠의 모습을. 그리고 아빠가 피아노를 치던 모습을 생각했다. 아빠가 바깥을 내다볼 때의 모습도 떠올렸다. 엄마 생각을 하고 있었을까? 한 번이라도 엄마 생각을 하기는 할까? 카토는 아빠에게 이런 질문을 절대 던지지 않을 것이다. 카토는 아빠보다는 정원거미가 더 좋았다. 하지만 이건 카토의 잘못이 아니었다. 카토는 이미 여러 번 아빠의 관심을 끌려고 시도했다. 정말 모든 방법을 다 써 봤지만, 결국은 대부분 혼자 화를 내고, 소리를 지르고, 전부 엉망이 됐다. 카토 자신도 잘 알고 있다. 이게 코르넬리아 아줌마가 말했던 카토의 '소란'이다. 가끔은 카토도 스스로 인정할 수 있었다. 하지만 카토는 더 이상 신경 쓰지 않기로 마음먹었다. 어차피 카토는 아빠에게 흥미를 잃은 지 오래다. 코르넬리아 아줌마와 알아서들 하겠지. 카토는 열여덟 살이 되면 집을 떠날 것이다. 그리고 아빠와 아줌마는 다시는 카토를 보지 못할 것이다.

어디서도 상영되지 않는 영화,

그렇지만 당신이 언제나

보고 싶어 했던 바로 그 영화

카토는 명함에 적힌 글귀를 다시 읽어 보았다.

어딘지 비밀스러웠다. 카토는 조금 더 조사해 보기 위해, 내일 날이 밝자마자 오래된 룩스영화관에 가 보기로 마음먹었다.

카토가 저 멀리에 있는 고속 도로로 천천히 주의를 돌리려던 찰나, 갑자기 아래쪽 골목의 쓰레기통 사이로 무언가가 돌진하는 게 보였다. 카토는 처음엔 길고양이라고 생각했다. 길고양이들이 늘 그곳에서 먹이를 찾거나 서로 싸웠으니까. 하지만 집 뒷문이 덜커덕거리는 소리를 듣고는 고양이가 아니라는 걸 깨달았다. 카토는 뻗고 있던 다리를 급히 창문 안으로 거두어들이다가 그만 자물쇠에 발뒤꿈치를 베이고 말았다. 하마터면 "아야!" 하고 소리를 지를 뻔했지만, 다행히도 참을 수 있었다. 카토는 발에 난 따끔거리는 상처를 제쳐 두고 뒷문에서 들리는 소리에 귀를 기울였다.

"봐, 나도 휴대 전화가 있어야 한다니까."

화가 난 카토가 소찬에게 속삭였다. 집에 있는 유선 전화를 쓰려면 아래층으로 내려가야 하는데, 지금은 그럴 수도 없다. 아빠는 "카토, 넌 아직 어리다. 휴대 전화라니 말도 안 돼. 이젠 철 좀 들어야지."라고 말하기도 했다. 하지만 카토는 아빠가 알 리 없다고 생각했다. 사람을 해칠지 모르는 강도를 만날 만큼 카토가 다 컸는데도 휴대 전화조차 없다는 사실을! 카토는 난생처음으로 코르넬리아 아줌마가 집에 있었으면 좋겠다고 생각했다. 그러면 도둑이 코르넬리아 아줌마를 해치느라 바쁜 틈을 타 살며시 경찰에 신고할 수 있을 텐데.

그러니 코르넬리아 아줌마가 없다는 건 여러 면에서 유감이었다. 카토는 완전히 혼자였다.

덜커덕거리는 소리가 멈췄다. 뒷문이 삐걱거리며 천천히 열렸다. 그리고 아래층 집 안으로 천천히 이어지는 발걸음 소리가 들렸다. 2층 복도 바로 아래 주방과 거실, 계단까지.

카토는 침대 위쪽에 걸린 자신의 영웅이자 쿵후의 전설인 이소룡의 포스터를 쳐다보며 그라면 지금 이 상황에서 어떻게 행동했을지 상상했다. 이소룡은 아마도 짧고 단호하게 기합을 넣으며 책상 의자 다리를 빼 들고서 강도가 침실 문 바로 앞에 올 때까지 기다렸다가 다시 기합을 넣고는 계단, 문, 그리고 모든 것을 발로 차 버리겠지? 그런 다음 의자 다리로 강도를 계단에서 쓰러뜨리고 바닥을 구르는 강도를 따라 재주를 넘은 뒤 강도를 주방으로 끌고 가 신고를 받은 경찰이 올 때까지 테이프로 단단히 묶어 놓았을 것이다.

다 좋지만, 그건 이소룡이나 할 수 있는 일이다. 카토가 아니라.

그건 어마어마한 차이다. 게다가 카토는 휴대 전화도 없었다.

카토는 의자 다리를 보았다. 아래층에서 계단이 삐걱거리는 소리가 들려왔다. 자신만만한 얼굴로 자기를 쳐다보는 이소룡의 얼굴도 보였다. 카토는 의자 다리를 잡아당겨 보았다. 하지만 꿈쩍도 하지 않았다. 카토는 즉흥적으로 의자를 옆으로 눕히고는 뒤꿈치로 의자 다리를 힘껏 내리찍었다.

물론 다시 생각해 보면, 정말 어리석은 행동이었다. 날카로운 소리와 함께 의자 다리가 부러졌다. 그리고 카토 버전의 쿵후 기합 소리가 튀어나왔다. 발이 아파서 신음이 나오는 동시에 코르넬리아 아줌마를 한 번에 날려 버릴 수 있을 만큼 커다란 욕설도 쏟아져 나왔다. 카토는 손으로 입을 막았지만, 당연하게도 이미 늦었다. '이런 멍청이!' 카토는 마음속으로 소리쳤다. 당황함을 감추지 못한 채 카토는 침대 너머의 이소룡을 보며 계속해서 아래층에서 소리가 들리는지 집중했다.

아래층은 쥐 죽은 듯이 조용했다.

카토는 부러진 의자 다리를 손에 들고서 살금살금 걸어가 침실 문을 살짝 밀었다. 아래층에서는 아무 소리도 나지 않았지만, 카토는 누군가의 존재를 느꼈다. 복도 끝, 계단 아래에서 누군가 귀를 쫑긋 세우고서 어둠 속의 포식자처럼 인내심을 가지고 기다렸다.

갑자기 몸 위로 파도가 밀려든 것처럼 무언가가 카토의 온 신경을 관통했다. 계단 아래에 서 있는 건, 카토가 아는 사람이 분명했다. 카토는 자기가 이걸 어떻게 알 수 있는지, 또 아래층에 서 있는 게 누구인지 알 수 없었지만, 확신은 발의 통증처럼 선명했다. 카토는 존재하지 않는 들판에서 누군가 자신을 지켜보고 있다는 느낌을 받았던 일을 떠올렸다. 그리고 아래층의 침입자가 그 일과 관련이 있는지 궁금했다. 대체 누구일까?

카토는 식은땀이 나고 무서웠지만, 정신없이 문을 조금 더 열어 발걸음을 옮겼다. 발아래 판자가 삐걱거리는 소리가 들리자, 침입자는 계단을 벗어나서는 거실을 지나 주방으로, 그리고 뒷문으로 나갔다. 카토는 절뚝거리며 방으로 다시 달려가 창문 밖 골목을 살펴보았다. 하지만 이미 아무도 없었다.

카토는 두근거리는 가슴으로 의자 다리를 손에 꼭 쥔 채 한참 동안 창가에 서 있었다. 하지만 골목은 텅 비어 있었고 더 이상 소리도 들리지 않았다. 잠시 후 이웃집 정원에서 고양이 몇 마리가 나와 쓰레기통 주변을 어슬렁거렸다. 어디선가 부엉이가 울기 시작했다. 얼마 뒤, 고속 도로의 잔잔한 소음이 다시금 들려왔다.

카노 부인

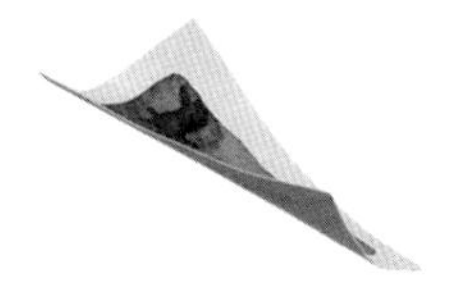

그날 밤 카토는 잠을 이룰 수 없었다. 몇 시간 동안이나 창가에서 골목과 뒷마당을 내다보다가 침대로 기어들었지만, 15분만에 다시 이불 밖으로 나왔다. 몹시 불안했다. 하지만 정신은 너무나 말짱했다. 카토는 아침의 첫 빛줄기가 지평선 너머로 떠오를 때까지 창틀 위에 앉아 있었다. 잠이 깬 것 같으면서도 동시에 졸음 때문에 머리가 띵한 상태다. 카토는 아래층으로 내려가 커다란 머그잔에 진한 커피를 따라 커피와 함께 샌드위치 몇 조각을 넘겼다.

그리고 주방 시계가 7시를 가리키자, 카메라를 집어 들고는 자전거를 타고 오래된 영화관으로 출발했다. 영화관에 도착했을 때, 카토는 실망감을 감출 수 없었다. 혹시 주소를 잘못 읽은 게 아닌지 다시금 명함을 살펴보았지만, 주소는 정말로 이곳이 맞았다.

당연히 이곳이어야만 했다. 사실 카토는 자신이 무엇을 기대하고 있는지도 잘 몰랐다. 하지만 창문이 판자로 가려져 있고 녹슨 빗물 자국이 보이는 영화관은 예전처럼 여전히 황폐했다. 언제든 불도저가 와서 건물 전체를 밀어 버린다 해도 이상할 게 없었다.

건물 정면에 그대로 붙어 있는 예전 간판을 빛바랜 노랗고 빨간 조명이 비추고 있었다. 그 아래에는 매표소 유리 칸막이가 보였다. 칸막이는 칙칙하고 먼지투성이였다. 하지만 한때는 영화에서나 볼 법한 아름다운 영화관이었다는 게 느껴졌다. 입구를 표시하는 기다란 끈과 영화관 이름인 룩스(LUX)라는 글자가 선명한 빨간색으로 반짝거리고, 매점에서는 팝콘 냄새도 풍길 것만 같았다. 하지만 그것은 이미 오래전의 일, 심지어 카토가 태어나기도 전의 일이다. 그러니 카토의 상상 속에서나 시간을 거슬러 올라가는 일이 가능한 것이다.

카토는 자전거에서 내려 영화관 문을 열어 보았다. 문은 무겁게 닫혀 있었다. 당연히 닫혀 있는 게 정상이었다. 아침 7시 30분도 안 됐으니까. 영화관은 어쩌면 오늘 밤에나 문을 열지도 모른다. 아니면 내일 밤이거나. 또는 영원히 열지 않을 수도 있다. 영화관의 겉모습은 마치 지금 일어나는 모든 일이 시시한 농담이라고 말하는 듯 보였다.

"너무 이른 시간이야, 아가야."

뒤에서 쉰 목소리가 들렸다. 카토는 뒤를 돌아보았다. 길에 구부정한 할머니가 서 있었다.

할머니는 목줄 한 작은 개와 함께였다. 작은 개는 호기심에 가득 차서 코를 킁킁대며 카토가 신은 신발 냄새를 맡았다. 할머니는 영화관을 지팡이로 가리켰다.

“여긴 오래된 영화관이야.”

할머니는 계속해서 말했다.

“나도 이 영화관에서 내 사랑 헨드릭과 낭만적인 시간을 많이 보냈었지. 비록 오래전 일이지만 말이야. 그이도 오래전에 죽었고. 에, 지금 여기 보이는 건, 그저 빈껍데기일 뿐이야. 과거의 망령이지. 여긴 이미 30년 전에 문을 닫았어.”

할머니는 영화관에 눈길을 둔 채 고개를 주억거리며 말했다.

“제가 알기로는 새로운 주인이 왔어요.”

카토가 말했다.

“그 사람이 영화관 문을 열 거예요. 카노 부인이라고 아세요?”

할머니는 미소 띤 얼굴로 고개를 저었다.

“굳이 내 의견을 묻는다면, 이상한 이름이라고 생각한단다. 내 세대에는 그런 이름을 가진 사람이 없었지. 지금 세대에도 그런 이름을 찾아 볼 순 없을 텐데.”

카토는 명함을 꺼내 할머니에게 보였지만, 할머니는 여전히 고개를 저었다.

"돋보기가 없어서 읽을 수가 없구나. 아가야, 내 눈도 과거에서 왔단다."

"카노 부인의 영화관, 어디서도 상영되지 않는 영화, 그렇지만 당신이 언제나 보고 싶어 했던 바로 그 영화."

카토가 명함에 쓰인 글을 읽었다.

"그리고 이건 주소예요."

"정말 흥미롭구나. 그 수식어에 걸맞은 영화 몇 편이 생각나는군. 넌 어떤 영화를 보고 싶니?"

"아, 그건 저도 모르겠어요, 할머니. 하지만 그냥 궁금해서요. 그리고 카노 부인이라는 사람을 만나 보고 싶어요."

"문을 닫은 지 꽤 오래돼 보이는구나."

할머니가 말했다.

"예전에도 그렇게 보였었지. 하지만 절대 겉만 보고 판단해서는 안 된단다, 아가. 나의 헨드릭은 얼굴은 감자처럼 생겼지만, 마음씨는 천사 같았지. 이 영화관도 마찬가지야. 텅 빈 것처럼 보이지만, 그 안은 이야기로 가득 차 있을 거야. 한 가지 더 일러 주자면, 난 한 번도 정문으로 안에 들어간 적이 없단다. 그럼 표를 사야 하니까 말이야. 그래서 항상 뒷문을 찾았지. 자, 저기를 보렴."

할머니는 지팡이를 들어 영화관 옆 작은 골목을 가리켰다.

"저리로 가 보렴."

카토는 어둑어둑한 골목을 들여다보다가 영화관 벽에서 녹슨 문을 발견했다.

"알려 주셔서 감사해요, 할머니."

"천만에, 아가야. 나도 어릴 때 다 배운 거란다. 네가 만약 카노 부인이라는 사람과 만난다면, 너 스스로 어떤 영화를 보고 싶은지 신중하게 생각해야 할 거야. 그게 아니면 굳이 여기까지 찾아올 이유가 없잖니?"

할머니는 개를 향해 고개를 돌렸다.

"가자, 헨드릭. 이 아가씨는 지금 중요한 임무를 수행해야 하는데, 우리는 그저 늙은이일 뿐이로구나. 우린 시간이 많지."

"감사합니다……. 안녕히 가세요……."

카토는 이미 등을 돌려 인도를 따라 느릿느릿 걷는 할머니에게 인사했다.

"천만에. 그리고 다시 보자!"

할머니는 쳐다보지도 않고 대답했다.

카토는 어두운 골목으로 들어갔다. 녹슨 철문을 열려고 시도하자, 놀랍게도 문이 열렸다. 안은 매우 캄캄했다. 카토는 심호흡을 한 번 하고서 안으로 들어섰다.

눈이 어둠에 익숙해지기까지는 시간이 걸렸다. 카토는 앞이 잘 보일 때까지 숨을 죽이고 기다렸다. 그때 어둠 속에서 누군가가 아주 나지막하게 흥얼거리는 소리가 들렸다. 그러자 주변의 어수선한 모습이 하나둘 눈에 들어오기 시작했다. 썩어 가는 나무 소품들, 부서진 좌석들, 누렇게 바랜 포스터들, 반쯤 분해

된 영사기, 녹슨 필름 통……. 이 방은 마치 과거의 물건들을 모아 놓은 박물관 같았다.

카토는 아무것도 밟지 않으려 조심하면서 흥얼거리는 소리를 따라 방을 가로질러 걸어갔다. 그러자 조금 덜 어두운 입구가 나왔다. 판자로 가려 놓지 않은 창문의 얼룩진 유리를 통해 햇빛이 들어오고 있었다. 붉은 카펫 위를 담요처럼 소복이 덮은 먼지가 빛나 보였다. 바(bar)가 있었고, 거기에 콜라 기계와 팝콘 기계도 있었다. 저만치 떨어진 벽에 빨간 가죽을 씌운 커다란 문 두 개가 흔들리고 있었다. 그 너머에 상영관이 있을 것이다. 오른쪽에 위층으로 올라가는 좁은 계단이 보였다. 흥얼거리는 소리는 그 위 어딘가에서 들려왔다.

카토는 계단을 올라가서 좁은 복도를 따라 짙은 색 두꺼운 벨벳 커튼을 쳐 놓은 그곳까지 걸어갔다. 그리고 조심스럽게 커튼을 옆으로 밀었다.

커튼 뒤로 청소용품 보관함만 한 크기의 공간이 나왔다. 그곳은 책과 서류철, 필름 통이 잔뜩 든 상자들로 가득 차 있었다.

방 뒤쪽으로 영사기와 유리창이 보였다. 그 옆에 여행 가방이 열린 채 놓여 있었다. 유리창 너머가 상영관이었다. 방 한가운데에 있는 책상에는 오래된 타자기와 서류가 수북하게 쌓여 있었다. 그 바로 앞에 다리가 세 개뿐인 비뚤어진 나무 의자에 어떤 여자가 앉아 있었다. 카토를 등지고 앉은 여자는 콧노래를 흥얼거리면서 산더미 같은 사진과 서류 위로 몸을 숙이고 있었다.

"아직 문 안 열었어요. 여기 지저분한 것들 못 봤어요?"

여자가 뒤를 돌아보지도 않고 말했다.

"카노 부인?"

"응? 내가 카노 부인인데?"

여자가 대답했다. 여전히 카토를 등지고 앉은 상태였다.

"무엇을 도와줄까, 꼬마야?"

"저희 아빠를 아시는 거 같아서요. 아빠에 대해 여쭤보고 싶어요. 어제 우리 집에 다녀가셨다고 해서요. 제가 어디 사냐면요……."

"네가 어디 사는지는 이미 알고 있어."

카노 부인이 카토의 말을 끊었다. 그러고는 그제야 뒤를 돌아보았다. 야생 덤불처럼 늘어뜨린 길고 굵은 머리카락. 갈고리처럼 구부러진 날카로운 코끝. 밝은 파란색 잉크로 아이리스꽃을 그려 넣은 그릇을 연상시키는 눈. 카토에게는 뭔가 이상하면서도 어딘가 익숙한 얼굴이었다. 카노 부인은 카토를 아래위로 훑어보더니 미소를 지었다. 그러고 나서 적어도 열 개는 넘어 보이는 팔찌 중에서 손목에 축 늘어져 있는 커다란 시계를 보았다.

"빨리 왔구나."

카노 부인이 말했다.

"빠르다고요?"

"뭐, 어쨌든 나보다는 빨라. 몇 살이니? 열한 살?"

"열세 살이요."

"아, 당연하지, 열세 살. 그래, 뭐 그래도 빠른 편이지."

"무슨 말씀을 하시는지 잘 모르겠어요……. 계속 여기 계시지 않았어요?"

"그래, 온 지 얼마 안 됐어. 내가 여기 조금 더 빨리 왔으면 좋았을걸. 뭐, 어쨌든 이제는 상관이 없지. 네가 여기 있으니까 말이야."

카노 부인이 일어나 가녀린 손을 내밀었다. 카토도 손을 내밀어 악수를 했다.

"저는 카토예요."

"카토, 반갑구나. 내 영화관에 온 걸 환영해. 네 눈빛만 봐도 질문이 꽤 많을 것 같은데, 안타깝게도 대답해 줄 시간이 없구나. 우선 그렇다는 것만 알고 있으렴."

"그래도 질문 한 가지는 대답해 주셨으면 좋겠어요."

카토가 말했다.

"그래, 아까 말했었지. 네 아빠를 아느냐고. 솔직히 말해서, 그다지. 거의 모른단다."

"네에?"

"그래, 그렇대도."

"거의 모른다고요? 그러니까 알긴 안다는 말이네요?"

"그러니까, 그냥 모른다고 해 두자."

"아니, 그렇지만 우리 집 문 앞까지 오셨잖아요."

"그냥 간 거야, 홍보하러. 손님들이 알아서 찾아올 만큼 이 영화관이 매력적이진 않으니까."

카토는 카노 부인의 말을 어떻게 해석해야 할지 도무지 알 수가 없었다.

'그래서 아빠를 안다는 거야, 모른다는 거야? 정말로 거의 모르는 걸까? 그냥 명함을 주려고 문 앞에 서 있었을까? 영화관 홍보하려고? 일요일이었는데?'

카노 부인은 웃음을 지으며 카토의 어깨에 손을 얹었다.

"거봐라."

부인이 말했다.

"네가 할 질문이 수백 개일 거라고 했지? 하지만 난 정말 시간이 없단다. 내일은 첫 손님이 오셔서 영화관을 둘러볼 거야. 커피 좋아하니?"

"아니요."

카토가 대답했다.

"좋아, 나도 커피를 좋아하지 않아. 그러니까 너의 첫 번째 임무는 너와 나를 위해 진한 커피를 내리는 거야. 아주 진한 블랙커피여야 해. 주방은 저 아래에 있어. 수도를 조금 틀어 놓으렴. 물을 오랫동안 틀지 않았으니 말이야."

"임무요?"

"그래, 임무. 너 여기 아르바이트하려고 온 거 아니니? 나 혼자 이 엉망진창을 치우긴 어렵지. 난 저 사진들을 정리하는 일만으로도 바쁘단다."

"무슨 사진이죠?"

"무슨 사진일 거 같니? 어딘가에서는 영화가 시작돼야 하잖아, 그렇지?"

"어디서도 상영되지 않는 영화요?"

"똑똑하구나. 그래서 뭐, 더 할 말이 남았니? 커피는 언제 내릴래?"

"이 사진들이 영화에 어떻게 쓰이는데요?"

"질문은 줄이고 참을성은 기르도록 하렴. 여기서 아르바이트를 하려면 그래야 해. 여기선 질문이 필요하고, 참을성이 덜 필요한 일이 셀 수 없이 일어나지. 그러니까 나는 내 직원이 그와는 반대였으면 좋겠어. 네가 이런 상황을 이해하길 바란다."

"저는 아르바이트가 있는지도 몰랐어요."

"그래도 네가 여기 왔잖니."

카노 부인은 엷게 미소를 지어 보이고는 등을 돌려 카토를 못 본 척 계속해서 사진에 빠져들었다.

"카노 부인, 저희 아빠 아신다고 했잖아요."

카토가 조심스럽게 말했다.

"내가 '거의 모른다'라고 했을 텐데?"

카노 부인이 덧붙였다.

"집중력이 좋지 않구나."

"네, 거의 모른다고 말씀하셨어요. 그렇지만……."

카토는 말을 멈추었다. 그리고 엄마를 떠올렸다. 카노 부인이 엄마를 알 수도 있을까?

"꼬마야, 그래서 뭐?"

카노 부인이 말했다.

"커피는 아직이니?"

카토는 가만히 서서 카노 부인의 뒷모습을 바라보았다. 어쩌면 다음 기회를 노려야 할지도 모른다. 지금이 기회가 아닐지도 모른다. 하지만 한 가지는 확실했다. 이 아르바이트를 포기한다는 건, 미친 짓이다.

카토는 카노 부인의 등에 대고 고개를 끄덕이며 말했다.

"알겠어요. 아주 진한 블랙커피를 대령하겠습니다."

그러고는 주방을 찾아 복도를 내려갔다.

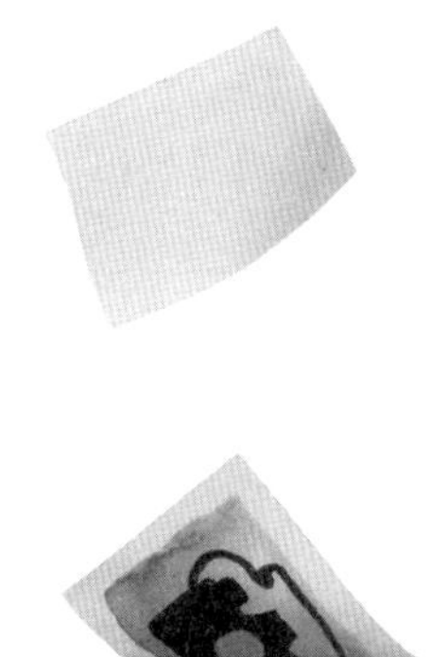

어디서도 상영되지 않는 영화

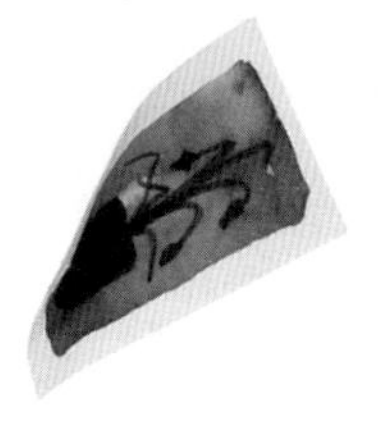

주방은 영화관의 다른 곳들보다 더 엉망진창이었다. 바닥에는 모래 먼지가 두껍게 한 겹 덮여 있었고 벽지는 누더기처럼 떨어져 있었다.

금이 간 창문 유리, 문이 절반은 떨어져 나간 찬장. 카토는 죽은 식물들의 숲을 헤쳐 나가 마침내 싱크대를 찾았다. 커피 잔이 잔뜩 포개져 있었다. 카토가 수도꼭지를 틀었지만, 한동안 아무것도 나오지 않았다. 곧이어 끈적거리는 갈색의 무언가가 나오기 시작했다. 몇 분이 지나서야 커피를 내릴 수 있을 만큼 깨끗한 물이 나왔다. 커피를 찾는 건 어렵지 않았다. 퀴퀴하고 쉰 냄새만 조금 맡으면 됐으니까. 찬장 구석에 커피 가루가 절반쯤 든 상자가 있었다. 물론 유통 기한은 확인하고 싶지 않았다.

'산다는 건 쉬운 일이 아니네.' 오늘만 벌써 커피를 두 잔째

마시게 된 카토는 이렇게 생각했다. 커피를 내리는 동안, 카토는 아마도 지난 10년 동안 아무도 보지 않았을 틈새의 죽은 식물들을 찍었다.

"이건 완전히 지옥처럼 진한 블랙이잖아."

커피를 한 모금 마신 카노 부인의 얼굴이 혼란스러워졌다.

"존경스럽다, 카토!"

"감사해요. 제가 생각해도 진짜 엄청나게 쓴 커피예요."

"너 정말, 이 일에 딱 맞는 아이로구나. 그리고 나는 너 같은 사람이 꼭 필요하기도 하지. 내일은 첫 손님이 오실 거란다. 그 분을 반기려면 여기를 청소하는 게 좋겠지. 로비를 반짝반짝 빛나게 닦고, 창틀과 창문에 붙여 놓은 판자들도 떼어 내면 좋겠구나. 음, 음료 판매대도 좀 정리해야 해. 음료와 팝콘 기계가 있어야겠지. 팝콘 없는 영화관이란……. 음, 뭐, 팝콘 없는 영화관인 거지. 팝콘 기계가 아직 작동하는지 살펴보렴. 작동하지 않으면 고쳐 놓고."

카노 부인은 커다란 여행 가방을 가리켰다.

"저 안에 도구들이 있을 거야. 전구도 들어 있을 테고. 창고 어딘가에 간판 쪽으로 올라가는 계단이 있을 거야. 계단도 깨끗해야 하고, 간판에 조명도 들어와야 해. 어때, 할 수 있겠어?"

"오늘 하루 만에요? 전부 다요?"

"응."

"당연히 할 수 있지요."

"아주 좋아. 아, 너 카메라를 가지고 있더구나. 영화관 정면 사진을 좀 찍어 주겠니? 가능하다면 매일 말이야."

"날마다요?"

"뭐, 네가 오는 날마다겠지. 그냥 나중에 쓸 일이 있을 거야. 말하자면 보관용이지."

"알겠어요."

카토가 대답했다.

"그러면 내일은 손님이 한 분만 오시는 거예요?"

"당연히 한 번에 한 분만 모셔야지. 커피는 다 마셨니?"

"나중에 마시려고요."

카토가 자리에서 일어나며 말을 이었다.

"차가워지면 더 별로거든요."

카노 부인이 미소 지었다.

"넌 정말 너답구나."

카노 부인은 확신에 찬 얼굴이었다.

카토는 그런 부인을 이상하다는 듯 바라보았다.

"그걸 어떻게 아세요?"

"한눈에 봐도 알 수 있지. 난 네가 어떤 사람인지 정확하게 봤단다."

카노 부인은 자신의 커다란 푸른 잉크빛 눈을 가리켰다.

"이 눈으로 네가 생각하는 것보다 많은 걸 볼 수 있지."

"조금 많이 이상하신 것 같아요. 아시죠?"

카토가 말했다.

"응? 그게 대체 무슨 말이니? 내 대답은 '너나 잘하렴.'이란다."

카노 부인 말이 맞았다. 다들 카토를 이상하다고 생각했다. 왜냐면 카토는 일부러 양말을 짝짝이로 신고 다니고, 갈래머리 왼쪽은 말총머리, 오른쪽은 땋은 머리로 다니기도 했다. 얼굴에 그림을 그린 채로 학교에 가기도 했다. 꼭 좀비처럼 말이다. 카토는 큰 소리로 혼잣말을 하기도 했다. 다들 들을 수 있게. 하지만 카토는 자기가 이상하다는 걸 한 번도 심각하게 받아들여 본 적이 없었다. 사람들이 하는 말에 전혀 신경 쓰지 않았으니까.

카토는 커피를 한 모금 마시고는 진저리를 쳤다. 그러고 나서 카노 부인의 영화관에서 맡게 된 첫 임무를 수행하기 위해 연장통과 전구가 든 상자를 챙겼다.

오래된 커피를 마셔서인지, 아니면 어제부터 일어난 갖가지 이상한 일들 때문인지 알 수는 없었지만, 카토는 힘이 넘쳤다. 카토는 일단 카노 부인이 말한 대로 영화관 정면 사진부터 찍었다. 그러고는 긁고, 문지르고, 닦고, 탁탁 치고, 덧붙이고, 나사를 조이고, 이것저것 옮겼다. 그러면서도 머릿속에서 뱅뱅 도는 온갖 생각과 질문을 멈출 수가 없었다.

'카노 부인은 아빠의 먼 친척일까? 옛날 친구일까? 어쩌면 과거의 연인 아닐까? 그렇다면 우리 엄마도 알지 않을까?'

카토는 곰곰이 생각해 봤다. 하지만 당연하게도 자신의 가정으로만 답을 찾아낼 수밖에 없었고, 그게 모든 질문을 더욱 흥미롭게 만들었다.

1. 카노 부인은 사실 카토의 엄마이다. 병원의 실수로 아이가 바뀌었다. 그러니까 지금 카토의 아빠도 친아빠가 아니라 그저 바뀐 아이를 데려온 남자일 뿐이다.
2. 카토의 아빠와 카노 부인이 친부모가 맞고, 돌아가신 엄마는 친엄마가 아니다. 당시 출산을 도왔던 코르넬리아 아줌마가 아빠를 남몰래 좋아한 나머지, 엄마를 바꿔치기한 것이다. 아니면 엄마가 그 반대일 수도 있다. 아니지, 그건 말이 안 된다.
3. 카토의 엄마는 친엄마이다. 하지만 위험에 빠진 스파이이며, 가짜 신분으로 죽음을 위장하도록 강요당했다. 그러고는 러시아의 암살자들에게서 자신과 가족을 보호하려고 어딘가 먼 곳에서 새로운 삶을 살아가다가 가족에 대한 그리움을 더는 누르지 못하고 이제 카노 부인으로 변장을 하고 나타난 것이다. 아마 카노 부인은 존재하지 않는 들판에 있었을 것이고, 자신을 몰래 엿보다가 어젯밤에는 도둑으로 집에 찾아왔을지도 모른다. 그리고 러시아의 암살자는 코르넬리아 아줌마일지도 모른다. 그렇다면 아줌마가 왜 늘 자신의 방식을 강요했는지, 왜 계속해서 요리와 청소를 하는지도 설명할 수 있다. 코르넬리아 아줌마는 엄마를 협박하

기 위해 카토와 아빠를 인질로 삼은 것일 뿐이다. 어디서도 상영되지 않는 영화가 상영되는 영화관이라니! 게다가 손님은 한 명뿐이라고? 손님은 동료 스파이일까? 그렇다면 영화들은 모두 암호화된 메시지를 담고 있을까? 이 모든 것들은 진실이라고 하기엔 너무나도 말이 안 된다. 하지만 그렇게 말도 안 되는 것 가운데 진실이 숨어 있는 경우도 많다. 어디선가 읽은 적이 있다.

카토는 수수께끼 같은 이 상황에 놀라울 만큼 침착했다. 평소 비밀이라는 것에 참을성을 가진 적은 없었지만, 이번엔 그저 즐겁기만 했다. 카토는 마음속으로 —지금은 알 수 없어도— 곧 알게 되리라고 확신하고 있었다.

해 질 녘이 되어서야 카토는 로비 청소를 마쳤다. 창문을 가린 판자를 떼고, 창문이 다시 반짝거릴 때까지 문질러 닦았다. 어스름한 저녁, '룩스'라는 영화관 간판이 붉은빛으로 밝게 빛나기 시작했다. 음료 판매대에는 음료수 두 통을 챙겨 두고, 팝콘 기계는 고치지 못할 것 같아 그대로 놔두기로 했다.

몸은 지쳤지만 마음은 뿌듯했다. 카토는 카노 부인에게 집에 간다고 말하려고 계단을 올랐다. 하지만 영사실로 들어가는 커튼을 열자, 그곳은 텅 비어 있었다. 사실 다시 생각해 보니, 오후 내내 카노 부인이 안 보였던 것 같다. 책상에 메모가 놓여 있었다.

미안, 급히 가 봐야 할 일이 생겼어.
손님은 내일 오전 9시에 도착할 거야.
너도 다시 올 거지? 도와줘서 고맙다.
그리고 끔찍하게 진한 커피도!

-카노

카토는 어리둥절한 얼굴로 주변을 둘러보다가 잘했다고 칭찬받기를 바랐던 자신의 속마음을 깨달았다.

메모 바로 옆에 노란색 서류철이 잔뜩 쌓여 있었다. 서류철에는 커다란 글씨로 이렇게 적혀 있었다.

기밀: 접근 금지!

카토는 망설였다, 아주 잠깐. '진짜 기밀이라면, 카노 부인이 미리 치워 놨어야지.' 서류철은 카노 부인이 카토에게 남긴 메모지 바로 옆에 그냥 놓여 있었다.

카노 부인은 바보가 아니다. 카토가 '접근 금지'라는 글씨를 볼 것을 모를 리 없었다. 무엇보다 '접근 금지'라고 적혀 있다고 해도 다들 '접근 허가'라고 생각할 테고.

카토는 맨 위에 놓인 서류철을 집어 들었다. '기밀: 접근 금지!'라는 글씨 위에 '어디서도 상영되지 않는 영화: 다비드와 아르튀르 로제보털의 통나무집'이라고 쓰인 이름표가 붙어 있었다.

카토는 서류철을 펼쳤다. 남자아이 둘이 커다란 나무 위에 지은 통나무집을 배경으로 서서 찍은 사진이 있었다. 둘 중 한 명은 나이가 많은 게 확실했지만, 아프고 말라 보였다. 그 아이는 자기보다 어린 아이의 어깨에 한 손을 올리고서 다른 한 손에는 새총을 쥐고 있었다.

카토는 사진을 집어 들었다. 사진 뒷면에 무언가 연필로 적혀 있는 게 보였다. 손 글씨인 데다 군데군데 지워져서 읽기가 어려웠다.

'1961년'이라는 글씨가 눈에 띄었다. 지워진 글자를 가늠해 해석해 보니 '다비드와 아르튀르가 나무 위 통나무집에서 함께 보낸 마지막 시간'이라고 적혀 있는 듯했다.

서류철에는 다른 사진과 종이 몇 장이 더 있었다. 그중 하나는 진단서였다. '환자명: 다비드 로제보털'. 그리고 병원 침대에 누워 있는 다비드로 보이는 남자아이의 사진. 통나무집 앞에 있던 아이와 같은 아이였다. 먼저 봤던 사진에서보다 더 마르고 더 아파 보였다. 그 아이는 우스꽝스러운 표정으로 카메라를 보고 있었다. 침대 다른 쪽에서는 다른 아이가 팔꿈치를 기대고 있었다. 역시 우스꽝스러운 얼굴을 하고서. 이 아이는 아르튀르가 틀림없다. 사진 뒷면에 '다비드가 죽은 날'이라고 쓰여 있었다.

카토는 깜짝 놀라 얼른 서류철을 덮었다. 마음 깊은 곳에서 '카토, 네가 상관할 일이 아냐.'라는 생각이 아우성쳤다. 카토는 심호흡을 했다. 이건 카토가 볼 사진들이 아니었다.

"그래, 카토. '기밀: 접근 금지!'라고 쓰여 있었잖아, 멍청아."

카토는 큰 소리로 외치고는 유리창 너머로 상영관을 들여다보았다. 매우 어두웠지만, 빨간 의자들과 그 앞으로 쭉 펼쳐진 창백하고 텅 빈 하얀 스크린이 보였다. 카토는 영사기를 쳐다보았다. 사실 영사기는 태어나서 처음 보지만, 그래도 매우 오래된 물건이란 것은 알 수 있었다. 영사기의 길고 굵은 전선이 바닥을 지나 구석에 놓인 검은 상자로 이어져 있었다. 무거운 금속으로 만들어진 게 틀림없다고 카토는 생각했다. 뚜껑을 열어 보았다. 안은 텅 비어 있었다.

카토는 카노 부인이 남긴 메모지를 들어 올리며 생각했다.

'좋아요, 카노 부인. 내일 오전 9시.'

카토는 아래층으로 내려가 상영관의 무거운 문을 열려고 했지만, 문은 잠겨 있었다. 물론 예상한 일이었다. 카토는 옆문을 열고 밖으로 나갔다.

머릿속에 가득 찬 질문들과 함께 카토는 자전거에 올라 어둠을 뚫고 집으로 달렸다.

멍청한 텔레비전 토크 쇼

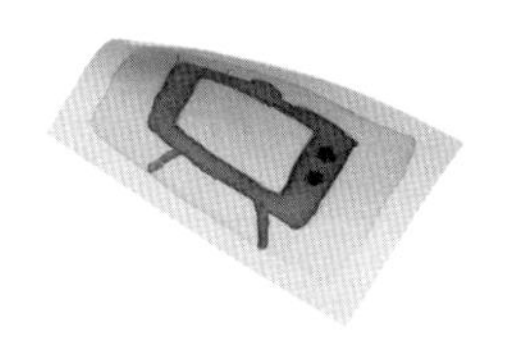

카토는 주방에서 코르넬리아 아줌마와 아빠를 보았다. 코르넬리아 아줌마는 냄비를 젓고 있었고, 아빠는 식탁 앞에 앉아 신문에 코를 박고 있었다. 카토가 물을 컵에 따라 밖으로 나가려는데 카토를 본 코르넬리아 아줌마가 질문을 시작했다.

"온종일 어디에 있었니?"

"그걸 왜 물어보시는데요?"

코르넬리아 아줌마가 코를 훌쩍이며 식탁을, 그리고 그 앞에 앉아 있는 아빠를 보았지만, 아빠는 신문만 봤다.

"집안일을 좀 도우면 얼마나 좋아?"

코르넬리아 아줌마가 말했다.

"이를테면 방을 치운다거나. 방학이라고 공상만 하며 온종일 밖으로만 나돌면 되겠니?"

"저는 잘못한 거 없는데요. 그리고 제 방에 들어가시면 안 되는 거 아시죠? 제 물건들은 전부 제자리에 놓여 있다고요."

"썩은 살라미가 든 빵 쪼가리처럼 말이지?"

카토는 코르넬리아 아줌마의 지겨운 참견에 한마디라도 거들어 줄까 싶어 아빠를 쳐다보았다. 하지만 아빠는 여전히 신문만 볼 뿐이었다.

"아, 진짜! 대체 뭐 하시는 건데요? 오늘은 왜 또 여기에 계시는 거죠? 어제도 계셨잖아요. 이럴 시간에 가서 아줌마 가족 될 사람들이나 찾아 보시는 건 어때요?"

"카토!"

그제야 아빠가 신문에서 머리를 홱 들어 올렸다.

"그만하면 됐다! 코르넬리아 아줌마한테 예의 바르게 굴도록 해라! 너를 얼마나 챙겨 주시는데."

"그렇지만 아빠……."

"그만. 철 좀 들어라, 카토. 지금 네 행동은 도무지 봐줄 수가 없구나. 미움과 부정적인 마음만 가득하다니. 코르넬리아 아줌마는 너를 위해 최선을 다하고 있는데……. 미안해요, 코르넬리아……."

마녀는 잠깐 사이에 상처받고 실망하고 슬퍼하는 여러 표정을 짓는 데 성공했다. 표정 변화의 속도가 어찌나 빠른지 존경스러울 정도였지만, 동시에 카토는 더욱 화가 났다.

"괜찮아요, 하르. 그런 뜻은 아니었을 거예요."

코르넬리아 아줌마는 울먹거리는 입 모양으로 말했다.

"우리 아빠 이름은 하! 롤! 트!예요!"

카토가 소리쳤다.

"그리고 아빠, 대체 언제쯤 정신 차리실 거예요? 대체 언제쯤 고개를 똑바로 들고 저 말도 안 되는 사람이 아빠를 조종하는 걸 그만두게 할 건데요? 저 여자는 엄마가 아니에요. 제 말이 틀렸어요? 그게 아빠가 말하는 어른이 되는 거예요? 그렇다면 저는 절대 어른이 되지 않을래요!"

카토는 유리컵을 식탁 위에 세게 내려놓았다. 깨진 유리 조각 너머로 카토는 쿵쿵거리며 주방을 가로질러서 계단을 올라 방으로 들어갔다. 오늘따라 유난히 더 바보스러워 보이는 눈으로 토끼가 꿀꿀거리며 카토를 곧장 반겨 주었다.

"아래층에는 말도 안 되는 것투성이야, 소찬."

카토가 중얼거렸다.

"그러니까 심술부려도 돼."

카토는 카메라를 목에 걸고는 토끼를 안아 목줄을 채웠다.

"산책하러 가자, 이 가짜 돼지야. 그런데 오늘은 창문으로 나갈 거야. 저 나쁜 인간들을 마주치고 싶지 않거든."

소찬은 잠시 꿀꿀거렸지만, 밖으로 나가는 게 싫은 것 같지는 않았다. 심지어 창문에 목줄이 걸려 달랑거렸을 때도, 그저 멍하니 앞만 바라볼 뿐이었다. 카토와 토끼는 조심히 몸을 낮추고 하수관을 타고 내려와 정원 뒷문으로 향했다.

문을 여는 순간, 카토는 정원에서 자신을 바라보는 누군가의 시선을 또 한 번 느꼈다.

카토는 놀랐는지 계속해서 꿀꿀거거리는 소찬의 목줄을 확 잡아당겨 조용히 시켰다. 하지만 거기에 있는 누군가는 이미 카토와 토끼가 있다는 걸 눈치챈 듯했다. 쓰레기통 뚜껑이 흔들리는 소리가 들리고, 곧 빠르게 도망가는 발걸음 소리가 들렸다. 카토는 심장이 두근거렸다. 심지어 소찬도 귀를 쫑긋 세우고 지금 무슨 상황인지 알아내려는 것처럼 보였다. 카토는 소리가 들리는 골목을 바라보았지만, 어두운 그림자만 보일 뿐이었다.

"가자, 소찬."

카토가 토끼를 불렀다.

"이번엔 도망가게 놔둘 수 없어!"

카토는 토끼를 안고 뛰기 시작했다. 골목 끝에서 카토는 누군가 문을 열고 뒷문으로 들어가는 것을 보았다. 카메라 플래시를 터뜨리면 무언가 보이지 않을까 싶어 사진을 찍으려 했지만, 그 사람의 뒷모습은 이미 문안으로 사라지고 없었다. 카토는 빠르게 뛰어갔다. 하지만 곧 문 잠금장치를 잠그는 소리만 들었을 뿐이다. 집 담장 앞까지 가서 문을 열려고 해 봤지만, 당연히 문은 열리지 않았다. 그제야 카토는 그 집의 주인이 누구인지 깨달았다.

코르넬리아 아줌마였다.

"그럴 리 없어."

카토가 속삭였다.

"틀림없이 꿍꿍이가 있는 거야."

카토는 그저께 누군가 집에 몰래 들어왔을 때, 꼭 자기가 아는 사람인 듯한 느낌이 들었던 걸 기억했다. '그때도 코르넬리아 아줌마였을까?' 하지만 지금 상황을 놓고 보면 말도 되지 않는다. 아줌마는 주방에 아빠와 함께 있지 않았나. 그리고 아줌마가 골목에 숨어 있을 이유도 없다. 아줌마는 자기 집 열쇠가 있을 테니, 말이 안 된다.

카토는 몸을 숙여 코르넬리아 아줌마 집 담장에 난 구멍으로 정원을 들여다봤다. 불은 꺼져 있었다. 카토 머릿속에서 작은 목소리가 담을 넘어 집 안으로 들어가라고 속삭였지만, 카토는 감히 그럴 수가 없었다. 게다가 꿀꿀거리는 토끼는 카토가 눈에 보이지 않으면 곧바로 도망갈 것이다.

카토는 한동안 아무 결정도 내리지 못하고 그 자리에 서 있었다. 이따금 담장 안을 기웃거려 봤지만, 어두워서 아무것도 보이지 않았다.

"정말 멍청한 짓이지 뭐야."

카토가 중얼거렸다.

"다들 이유를 찾고 있어. 엿보고, 몰래 들어오고, 방해하려고. 난 신경 안 써. 소찬, 우리는 그냥 산책이나 하자."

카토는 토끼를 안고서 골목 밖으로 나왔다. 그러고는 달팽이처럼 느릿느릿 가로등의 노란 불빛을 따라 걷기 시작했다. 오른

쪽으로는 집 바로 앞 작은 공원이 보였고, 왼쪽에는 오래되고 웅장한 집들이 있었다. 소찬은 앞뒤로 깡충거리며 눈앞에 펼쳐져 있는 모든 멍청한 것에 신경을 쏟았다. 나뭇가지, 돌, 나뭇잎, 씹다 버린 껌, 그리고 가끔 보이는 개똥까지.

카토는 아무것에도 신경 쓰지 않는 체했지만, 사실은 코르넬리아 아줌마네 집 정원으로 들어간 강도와 아무것도 눈치채지 못했던 자신의 아빠까지 계속해서 생각하고 있었다. 아아, 단 한 번도 뭔가 눈치채지 못하고 꼭 빈 껍데기처럼 살아가는 아빠. 곧이어 카토는 피아노 앞에 앉아 있던 아빠를 생각했다. 창문 밖을 바라보던 아빠, 피아노 위에 놓여 있던 명함, 그리고 카노 부인. 아빠를 '거의 모르는' 사람.

"소찬, 어떻게 생각해?"

카토는 개똥을 맛보려는 토끼에게 물었다. 카토가 목줄을 단단히 잡았지만, 소찬은 개똥으로 다가가려고 끙끙대며 안간힘을 썼다. 카토는 토끼를 다시 안아 올렸다.

"네가 너무 멍청해서 안타까워."

카토가 말했다.

"네가 똑똑했다면 날 도와줄 수 있을 텐데. 하지만 내가 널 도와줄게. 걱정하지 마."

그날 밤, 코르넬리아 아줌마가 집으로 돌아가고 아래층에서 아빠가 텔레비전 보는 소리만 들려왔을 때 카토는 아빠가 위층으로 올라와 주기를 바랐다. 비록 말다툼만 하게 되더라도 말이다. 하지만 아빠는 올라오지 않았다. 주방에서 일어났던 작은 소란은 텔레비전에서 흘러나오는 말도 안 되는 토크 쇼 소리에 묻힌 것 같았다.

다음 날 아침, 카토가 잠에서 깨어 아래층으로 내려갔을 때 아빠는 이미 출근하고 없었다. 아빠가 일부러 자기가 내려오는 시간에 맞춰 나갔다고 카토는 생각했다.

카토는 샌드위치를 먹고, 엉망진창 커피를 마시고, 주방 창문 밖을 내다보았다. 날씨가 흐렸다. 이슬비가 내렸고 하늘은 회색 먹구름으로 덮여 있었다. 하늘이 얼마나 높은지 가늠할 수 없는 그런 날 중 하나였다. 그냥 콘크리트 벽에 얼굴을 대고 서 있고 싶은 그런 날이었다. 생명을 잃은 듯한 나뭇잎이 이리저리 흩날렸다.

카토는 잔에 남은 커피 한 모금을 싱크대로 흘려 보내고는 두꺼운 코트를 입고서 자전거를 타고 영화관으로 출발했다.

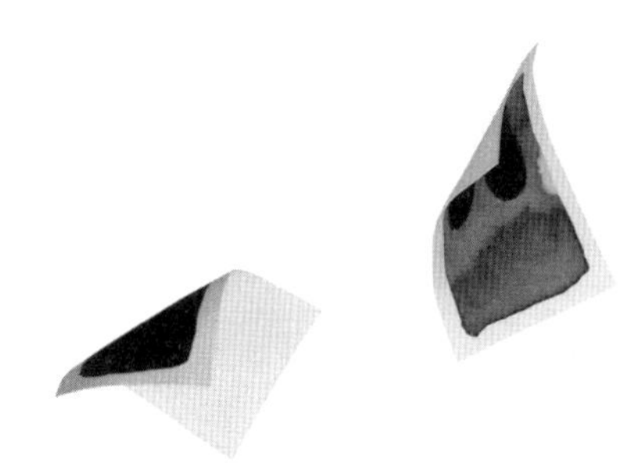

첫 번째 손님

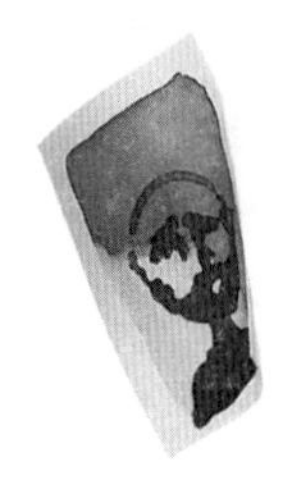

카토는 카노 부인이 부탁한 대로 영화관 정면 사진을 찍은 다음 안으로 들어갔다. 로비에 서 있으니 위층에서 카노 부인이 소리쳤다.

"곧 내려갈게!"

"알았어요……."

카토가 대답했다.

카토는 낡은 카펫 여기저기 붙어 있는 먼지를 집어내고는 영화관 간판에 불을 켰다. 카토가 바 뒤로 가서 레모네이드 통을 덮어 놓은 포일을 벗기는데, 영화관 문이 열렸다. 그러곤 마치 영화에서 막 튀어나온 것처럼 단정하게 차려입은 노신사가 지팡이와 모자를 들고 들어왔다. 노신사는 테이프로 단단히 봉한 상자를 겨드랑이에 끼고 있었다. 자신이 여기 온 게 옳은 선택

이었는지 확신할 수 없다는 듯, 긴장한 표정이었다.

"안녕하세요, 어르신."

카토가 공손하게 인사했다.

노신사는 깜짝 놀라 상자를 떨어뜨릴 뻔했다.

"마실 거라도 드릴까요?"

카토는 노신사가 긴장을 풀기를 바라며 물었다.

"더블 위스키는 없겠죠, 아가씨?"

노신사가 웃으며 말했다.

카토는 어리둥절한 표정으로 판매대에 놓인 음료 통들을 보았다.

"오렌지에이드와 레모네이드가 있어요. 혹시 그것보다 센 걸 원하신다면, 정말 맛없는 커피를 내려 드릴 수도 있어요."

노신사는 고개를 젓더니 천천히 카토에게 다가왔다.

"오렌지에이드가 정말 맛있죠. 그걸로 주세요."

"잠시만 기다리세요. 금방 내려가요!"

그때 위층에서 카노 부인의 목소리가 들렸다.

"카노 부인이 금방 내려오실 거예요."

카토가 말했다. 그러고는 컵에 오렌지에이드를 따랐다.

노신사는 고개를 끄덕였다.

"나도 들었어요."

노신사는 잠시 망설이다 자리에 앉아 상자를 무릎 위에 놓았다. 오렌지에이드를 한 모금 마신 뒤, 맛이 괜찮다는 듯 고개를 끄덕였다.

"아주 맛있는 시럽을 썼군요. 정말 오랜만에 이런 걸 마셔 봅니다. 자주 마실 걸 그랬어요. 정말 맛있군요."

노신사의 미소에 카토는 회색 아침이 말끔히 씻겨 나가는 기분이었다. 오렌지에이드 한 잔처럼 단순하고 작은 것으로도 누군가를 기쁘게 할 수 있다니. 어느 날 평범하고 당연했던 것들이 건네준 평범하지 않은 행복 같은 것이었다.

카토는 상자와 노신사의 얼굴을 번갈아 보며 질문들을 퍼붓고 싶었지만, 아무 말도 하지 못했다.

곧 레이스업 부츠(앞이나 옆에서 끈으로 묶도록 된 부츠)를 신은 카노 부인이 또각거리며 계단을 내려왔다.

"환영합니다. 어서 오세요."

카노 부인이 말했다.

"상자에는 제가 말씀드렸던 게 들어 있겠죠?"

노신사는 여태 잊고 있었다는 듯 무릎에 놓인 상자를 쳐다보았다.

"아, 그렇습니다……. 그래요."

"그 상자를 제게 넘겨주실 수 있을까요?"

노신사는 떨리는 손으로 상자를 카노 부인에게 건넸다.

"감사해요. 금방 돌아올게요."

말을 마치고서 카노 부인은 위층 영사실로 사라졌다.

노신사가 오렌지에이드를 찾아 들고 빠르게 한 모금씩 마시는 동안, 카토는 그를 보지 않고 그가 누구인지 알아내려 노력했다. 몇 분 뒤, 카노 부인이 다시 계단을 내려왔다.

"올라가실까요?"

카노 부인이 말했다.

"영화가 곧 시작될 거예요."

노신사는 주저하며 일어섰다.

"네……, 물론이죠."

노신사는 이렇게 대답하고는 몸을 돌려 카토에게 말했다.

"맛있는 오렌지에이드 고마워요, 아가씨."

카토는 고개를 끄덕이며 수줍게 미소를 지었다.

곧 카노 부인과 노신사가 상영관의 붉은 가죽 문 안으로 사라졌다.

카토는 재빨리 안을 들여다보려 했지만, 상영관 안은 어두웠고 문은 금세 닫혀 버렸다. 로비는 아주 조용했다. 상영관 안에서는 아무 소리도 들리지 않았다. 음악도, 목소리도, 그 어떤 소리도. 카토는 문으로 걸어가 가죽에 손을 대 봤다. 문을 열고 안을 들여다볼까 아주 잠깐 생각했지만, 감히 그럴 수가 없었다.

자신이 무언가 방해하거나 망치기라도 한다면? 문 뒤에서 위험한 일이 벌어지고 있다면?

카토는 영사실을 떠올렸다. 굵은 전선으로 영사기에 연결되어 있던 의문의 검은 상자가 생각났다. 그리고 유리창을 통해 상영관 안을 들여다볼 수 있다는 걸 기억해 냈다.

카토는 위층으로 올라가서 복도를 지나 두꺼운 커튼을 밀었다. 영사기가 시끄럽게 윙윙대고 있었다.

책상에는 노신사가 가져온 상자가 놓여 있었다. 상자는 열린 채 텅 비어 있었다. 카토는 검은 상자로 다가가 조심스럽게 상자를 열었다. 새총이 들어 있었다.

창으로 상영관을 들여다보니, 스크린에 통나무집이 보였다. 들판에 서 있는 남자아이 둘의 윤곽이 사진과 똑같았다. '노신사는 아르튀르 로제보털이 틀림없어.' 카토는 마침내 깨달았다. 1961년 사진 속의 그 남자아이. 그때보다 거의 60살이나 더 많지만, 아픈 형과 함께 있던 소년이었다.

그런데 노신사와 카노 부인은 뭘 하는 거지? 노신사의 기억을 들여다보는 걸까? 상영관의 스크린에는 계속해서 통나무집과 두 남자아이가 보였다. 아무 일도 일어나지 않았고, 아무것도 움직이지 않았다. 그냥 사진을 크게 확대해 놓은 걸까? 조금 더 집중해서 보려고? 그런 이유일까?

그런데 두 사람은 지금 어디 있지? 카토는 창을 통해 상영관을 살펴보았지만, 어디서도 노신사와 카노 부인을 찾을 수 없었다. 한 군데라도 놓치지 않으려고 좌석을 모두 샅샅이 훑었지만, 상영관은 텅 비어 있는 것 같았다.

영사실에서 걸어 나와 막 계단을 내려가려던 찰나, 카토는 영화관 입구 유리문에서 누군가를 발견하고 몸을 움츠렸다. 코르넬리아 아줌마였다. 아줌마는 영화관 입구 바로 앞에 서서 유리창으로 안을 들여다보더니 몇 걸음 뒤로 물러섰다가 다시 정면을 보며 고개를 젓고는 유리창에 얼굴을 갖다 댔다. 코르넬리아 아줌마는 문을 열려고 하지 않았다. 아줌마의 표정으로 짐작하건대, 문에 손을 대기엔 너무 더럽다고 생각했을 것이다. 하지만 코르넬리아 아줌마는 계속해서 안을 들여다봤다.

'저 마녀가 대체 여기서 뭘 하고 있는 거야? 설마 나를 미행했어? 하다 하다 내가 밖에서 하는 일까지 참견하려고?'

카토는 계단 꼭대기에 웅크리고 앉은 자신에게 놀랐다. 왜 아무렇지 않게 계단을 내려가서 문을 열고는 "안녕하세요? 여기서 뭘 하시는 거죠?"라고 당당하게 묻지 못할까?

'넌 코르넬리아 아줌마를 두려워하는 거야, 카토.' 카토의 머릿속에서 작은 목소리가 말했다. '코르넬리아 아줌마의 아픈 남편 이야기는 소문이 아니라, 실제로 있었던 일인지도 몰라. 아줌마가 왜 널 죽이지 않고 살려 뒀을까?'

"시끄러워."

카토는 스스로에게 대꾸하듯 속삭였다.

카토는 그런 유치하고 어리석은 생각이 싫었지만, 그렇다고 뭘 하지는 않았다. 코르넬리아 아줌마가 떠날 때까지.

코르넬리아 아줌마가 정말 갔다는 것을 확신하고 나서야 카토는 자리에서 일어나 천천히 계단을 내려갔다. 입구에 섰을 때 카토는 갑자기 자기가 아무것도 할 줄 모르는, 그저 어리석은 아이라는 생각이 들었다. 그 멍청한 여자한테 들키지 않으려고 숨어 있다가, 이제야 텅 빈 로비로 내려오다니. 게다가 상영관 안에서 무슨 일이 일어나는지 알아내지도 못하고. 카토는 그저 레모네이드나 따르고 맛없는 커피나 내릴 뿐이다. 그리고 호기심을 채우려 노력하고.

호기심을 채우는 것. 그건 카토가 늘 하는 일이다. 성공 확률은 매번 달랐다. 한번은 3주 동안 학교 복도의 히터 뒤에 놓여 있던 우유갑의 냄새를 맡았었다. 코를 찌르는 악취에 기절하면서 히터 모서리에 뺨을 베여 꿰매야 했다. 냉장고가 얼마나 큰지 궁금해서 손전등을 가지고 좀비 영화에 나오는 노래를 흥얼거리며 냉장고 안으로 기어 들어간 적도 있었다. 네 시간 후, 아빠가 맥주를 꺼내려고 냉장고 문을 열었다가 저체온증과 산소 부족으로 숨을 헐떡이는 카토를 보고 깜짝 놀랐다.

그래도 카토는 계속해서 자신의 호기심을 좇을 것이라 다짐했다. 그리고 호기심이 언젠가는 카토를 어딘가로 데려갈 것이다. 다른 사람들이 없는 어딘가로.

인터넷에서 찾아낸 엄마

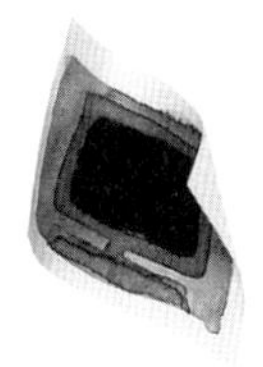

그날, 아르튀르 로제보털 씨는 얼마 지나지 않아 꿈같은 미소를 띠고서 상영관에서 나왔다. 카토는 그 노신사에게 감히 아무 말도 걸지 못했지만, 말을 건넸더라도 노신사가 자기 말을 듣지 못했을 것이라고 확신했다.

그 이후로, 더 많은 손님의 방문이 뒤를 이었다. 때로는 노인이, 가끔은 20대와 30대가 올 때도 있었다. 다들 물건을 담은 상자를 들고 찾아왔다. 카노 부인이 손님과 함께 상영관으로 사라지자마자 카토는 검은 상자 안을 들여다보기 위해 영사실로 슬그머니 들어갔다. 곰 인형, 주전자, 우표, 막대기, 목걸이, 바람 빠진 축구공 같은 것들이 있었다. 스크린에서 카토는 해변, 화장실, 휴게소, 인적이 드문 들판의 텐트, 포도주병들이 즐비한 야외 탁자가 있는 뒷마당, 그네를 타는 누군가, 잔디 위에 있는 누군가, 호수 한가운데서 손을 흔드는 누군가를 보았다.

그리고 상영관에는 항상 아무도 없었다.

며칠 동안, 카토는 적어도 손님 10여 명이 꿈꾸는 듯한 표정으로 영화관을 떠나는 것을 보았지만, 처음 아르바이트를 시작했을 때처럼 여전히 아는 것이 거의 없었다. 그러더니 갑자기 손님들의 발길이 끊겼고, 카토의 방학이 끝나 갈 무렵에는 카노 부인의 발길도 점점 뜸해졌다. 카노 부인은 자신이 매우 바쁘고, 집이 영화관에서 멀고, 집 근처에도 이런 영화관을 운영하고 있고, 끔찍할 만큼 출장을 자주 가야 해서 매번 짧게만 머물 수 있다고 말했다. 하지만 카토가 다른 영화관 일도 돕겠다고 하자, 카노 부인은 고개를 저었다.

"네가 오긴 너무 멀어. 게다가 네 자리도 없고."

카노 부인이 말했다.

카토는 카노 부인이 올 때마다 두 시간, 또는 길어야 세 시간 이상 머무른 적이 없다는 것을 알아차렸다. 카노 부인은 안절부절못하며 묘한 분위기를 풍기는 손목시계를 연신 바라보다가 갑자기 서둘러 문을 나서곤 했다.

"댁이 어디신데요?"

카토가 물었다.

"이미 말했던 것처럼, 넌 모르는 곳이야."

카노 부인이 대답했다.

그게 전부였다.

카토는 서두르는 카노 부인의 뒤를 몇 번 밟았지만, 번번이 놓치고 말았다. 카노 부인은 갑자기 공원이나 골목으로 몸을 숨기거나, 별안간 바쁜 일이 생긴 것처럼 빠르게 길을 건너기도 했다. 그러고는 사라져 버렸다.

가을 방학이 끝나고도 카토는 방과 후에 계속해서 영화관을 찾았다. 카노 부인이 부탁하지 않았는데도, 영화관을 마주 보고 서서 날마다 사진을 찍었다. 카노 부인은 어느새 영화관에 발길을 끊었다.

영화관 입구는 다시 잠겼지만, 카토는 옆문을 이용해 안으로 들어갔다. 영사실에는 여전히 사진이 잔뜩 든 서류철, 복잡한 공식과 청사진이 가득한 노트 더미 같은 카노 부인의 물건이 그득했다.

카토는 영사실이 잠겨 있지 않다는 것을 알아채자마자 구석구석을 샅샅이 뒤졌다. 모든 게 평범했다. 카토가 실수로 스크린에 손가락을 댔다가 소스라치며 뗄 때까지만 해도.

이전에 다른 스크린을 만져 본 적은 없지만, 스크린을 만졌을 때 이런 느낌이 들면 안 된다는 건 확실했다. 카토는 다시 한 번 조심스럽게 손가락을 뻗어 스크린을 만져 보았다. 천은 마치 액체 같아서, 꼭 우유에 손가락을 담근 것처럼 보였다. 손끝이 천에 닿는 순간, 파도가 온몸을 관통하듯 근육이 경직되고 심장이 덜컥 내려앉았다.

꼭 전기 울타리에 감전된 것 같은, 아니 그보다도 더한 충격이었다. 뻗었던 손가락을 당겨 오그렸을 때, 카토는 스크린에 이는 잔물결을 보았다. 스크린의 모든 모서리를, 그리고 커튼 뒤를 구석구석 살펴보았지만, 이상한 것은 전혀 없었다. 스크린 뒤에 비밀의 방도, 다른 차원으로 통하는 웜홀도, 카토를 몰래 관찰하는 외계인 연구 팀도 없었다. 스크린 뒤는 그냥 벽이었다. 단지 스크린만 특이했을 뿐.

카토는 파일 속 모든 사진을 보고, 거기 함께 있던 기사와 문서를 모두 읽었다. 영화관은 도서관이 됐다. 레모네이드 한 잔과 영사실 불빛에 의지해 카토는 객석의 바다 한가운데에 자리를 잡았다. 카토 주위에는 서류들과 사진들이 뒤죽박죽으로 놓여 있었다. 이따금 카토는 신선한 에이드를 따라 먹으려고 로비로 나갔는데, 문을 여는 순간 카토를 집어삼키는 빛의 홍수는 매번 경이로웠다.

적어도 하루에 세 번은 호기심이 충격의 두려움을 이겨 냈다. 충격에 대한 두려움보다 카토의 호기심이 적어도 하루에 세 배씩 더 강해졌다. 카토는 하루에 세 번은 손가락으로 스크린을 찔러 보고 자신을 관통하는 충격에 몸을 떨었다. 파도가 몰아칠 때마다 감정의 홍수가 카토를 덮쳤다. 카토가 알고 있는 감정도 있었지만, 나머지는 낯설고 복잡했으며, 카토의 마음속에 작지만 이해할 수 없는 흔적을 남겼다. 매일 밤, 카토는 침대에 누워 끝없이 자신의 마음속을 헤맸다.

그러다 결국 밤이 정말 깊어지면 생각들이 표류하기 시작했다. 대부분의 시간은 엄마를 생각했다. 더 이상 엄마를 떠올리며 괴롭지도, 엄마에 대해 점점 무관심해지지도 않았다. 카토는 자리에서 일어나 옷장으로 걸어가서는 엄마의 빨간색 여름 원피스의 감촉을 가만히 느껴 보았다. 그러고는 원피스에 코를 대고 냄새를 맡으며 13년 전의 봄 냄새를 맡았다고 상상했다.

학교생활은 대체로 지루했다. 공부는 쉬웠지만, 내용은 전혀 흥미롭지 않았다. 카토는 창밖을 응시하는 게 훨씬 더 좋았다. 로버르 선생님은 사실 좋은 사람이었지만, 동시에 말썽꾸러기들에게 속아 넘어가는 멍청이이기도 했다. 특히 로니와 다리오는 갖은 수를 써서 로버르 선생님을 난처하게 만드는 악당들이었다. 둘은 가끔 아이들을 괴롭히곤 했는데 그 누구도 나서서 맞서지 못했다. 카토를 절망스럽게 만든 건, 자신도 그들 앞에 나서지 못했다는 점이다. 카토는 자기 앞가림은 스스로 해야 한다고 되뇌었지만, 사실은 자신도 저 멍청이들을 무서워한다는 걸 알고 있었다.

카토는 친구가 없는 것이나 마찬가지였다. 다른 아이들 앞에서 어색하게 행동해서 그럴 수도 있다. 반 친구들은 카토를 이상하게 여겼고, 카토도 이를 알고 있었다. 친구들은 티를 내지 않으려고 노력했지만 말이다. 그중 몇몇은 카토가 매력 있다고 생각하는 것 같았는데, 그렇다고 친구가 될 만큼 매력적이진 않은 모양이었다. 사실 카토는 반 친구들이 자기를 무서워할지도 모른다고 생각했다. 심지어 로니와 다리오까지 말이다.

그건 학교 전체가 알고 있는 닉과의 사건 때문일지도 모른다. 닉은 활달한 열세 살이었고 카토는 아직 열한 살이었을 무렵의 일이다. 어느 날 오후, 학교가 끝난 뒤 닉은 카토에게 다가와 묘한 미소를 지으며 사랑을 고백했다. 순식간에 학생의 절반이 두 사람 주위에 모여들어 누군가 신호를 보내기라도 한 것처럼 일제히 손가락질하며 웃었다. 인정하고 싶진 않지만, 카토는 그 바보 같은 농담에 큰 상처를 받았다. 카토는 닉의 코에 주먹을 날렸고, 닉은 벌렁 나가떨어졌다. 그 바람에 닉은 뇌진탕을 일으켜 일주일 동안 침대 신세를 져야만 했다. 나중에 알고 보니, 닉의 고백은 바보 같은 장난이 아니었다. 닉은 며칠 동안이나 망설이다가 용기를 내 카토에게 고백한 것이었다. 카토는 닉에게 사과하는 문제를 두고 거듭 고민했다. 하지만 카토는 도저히 그럴 수가 없었다.

"그리고 어차피 난 상관없어."

또다시 비겁하게 망설이기만 하다가 닉에게 사과를 하지 못하고 학교에서 집에 돌아온 카토가 소찬에게 단호하게 말했다. 소찬은 멍청해 보이는 작은 눈으로 카토를 바라보았다. 그러더니 자기 밥그릇에 똥을 잔뜩 쌌다. 소찬이 꼭 "젠장!"이라고 말하는 것 같았다. 하지만 그러기엔 소찬이 너무 멍청하다는 걸 카토는 알고 있었다.

그 뒤 닉은 다른 마을의 상급 학교로 진학했고, 카토는 닉을 다시는 만나지 못했다. 하지만 둘의 이야기는 여전히 학교에 떠돌고 있었다. 소문을 들은 아이들은 카토가 이상한 아이이고, 어쩌면 조금 위험한 인물일지도 모른다고 생각했다.

카토는 그래도 괜찮았다. 솔직히 말하면, 사람들이 자기를 이상하다고 생각해 주길 바랐다. 카토는 자신이 이상하게 보이도록 노력해야 한다고 생각했으니까. 다들 이상한 건 나쁜 것이라고 생각하지만, 대놓고 이상하게 굴면 아무도 자신을 건드리지 못한다는 걸 알게 될 것이다.

카토는 이상함 때문에 관심을 받았지만, 그게 전부였다. 이상함은 어떤 친구도 만들어 주지 않았다. 하지만 카토는 이 또한 괜찮았다. 적어도 소찬에게는 그렇게 말했다.

집은 모든 게 그대로였다. 코르넬리아 아줌마도 여전했다. 카토는 그 뒤로 두 번 다시 영화관을 기웃거리는 코르넬리아 아줌마를 보지 못했다. 아줌마는 그날에 대해 한마디도 하지 않았다. 사실 카토는 그게 이상했다. 코르넬리아 아줌마는 그 이상하고 텅 빈, 그리고 더럽기까지 한 영화관에 대해 반드시 할 말이 있을 텐데? 하지만 코르넬리아 아줌마는 영화관에 가 본 적 없는 사람처럼 침묵을 지켰다.

카토의 아빠는 일을 하거나, 텔레비전의 바보 같은 프로그램을 보거나, 아니면 의자에 앉아 아무것도 하지 않았다. 카토는 엄마에 대한 궁금증이 계속 커졌지만, 어쩐지 아빠에게 물어볼 순 없었다. 아빠에게 마지막으로 엄마에 관해 질문을 한 지도 1년이 넘었다.

카토의 예상대로, 아빠는 엄마가 상냥했다는 식의 평범한 이야기를 몇 가지 해 주었다. 엄마 이야기를 할 때면 아빠의 눈에는 안개가 끼었고, 이야기는 길게 이어지지 않았다.

그리고 지금은, 1년 동안이나 엄마 이야기를 나누지 않았던 터라 카토는 선뜻 엄마에 대해 물어보기가 두려웠다. 다시는 실망하고 싶지 않았기 때문이다. 카토는 아버지에게 물어보는 대신, 인터넷 검색으로 엄마에 대한 정보를 찾기 시작했다. 하지만 엄마와 관련해서 아무것도, 사진도, 문자도, 오래된 수업 목록도, 그 무엇도 찾을 수 없었다. 사실, 카토는 무언가 찾으리라고 기대하지도 않았다. 이미 여러 번 시도해 봤기 때문이다.

한동안 카토는 인터넷으로 엄마의 정보를 검색하는 데 집착했다. 그리고 몇 년 전, 집 근처 공원에서 우연히 찍힌 축제 사진을 발견했다. 카토는 그 사진에서 한 무리의 사람들 뒤쪽에서 카메라를 똑바로 쳐다보고 있는 누군가를 보았다. 그 사람의 얼굴은 불과 몇 밀리미터밖에 찍히지 않았지만 틀림없이 카토의 엄마였고, 카토는 엄마의 눈에서 넘쳐 나는 감정을 보았다. 아주 소중한 것을 보고 있는 듯했다. 마치 다른 세계의 엄마가 차원과 차원 사이의 비밀 창문을 통해 카토의 눈을 똑바로 쳐다보는 것만 같았다. 엄마가 실재하는 느낌이었다. 여태껏 인터넷 어딘가의 사진 한구석에 꼭꼭 숨어 있었던 것처럼. 카토가 구글을 조금 더 열심히 뒤졌더라면 찾을 수 있었을 것처럼.

카토는 밤새 그 사진을 조용히 바라보았다. 그리고 매일 밤 되풀이해서 사진을 보았다. 그러던 어느 날, 사진이 올라와 있던 웹 사이트가 고스란히 없어지고 말았다. 당연히 사진도 사라졌고, 카토는 다시는 그 어디에서도 그 사진을 찾아 볼 수 없었다. 지금 와서 다시 그 사진을 생각하니, 솔직히 공원에 있는 사람들 가운데에서 엄마의 모습을 찾아냈던 게 단지 꿈이 아니었을까, 의문이 들었다.

카토는 카노 부인의 파일 속 사진들과 이해할 수 없는 공식들이 적힌 노트들을 몽땅 뒤지는 한편, 시간 여행 책과 좀비 만화를 가져와 영사실에서 몇 시간씩 읽곤 했다. 카토는 카노 부인이 다시는 돌아오지 않으리라 생각하기 시작했다. 때때로 카토는 카노 부인이 자신이 만들어 낸 인물이 아닌지 궁금해지곤 했다. 하지만 상영관의 스크린을 누르면 모든 게 현실이라는 걸 다시금 깨닫고야 말았다.

그리고 어느 날 오후, 카노 부인이 갑자기 나타났다. 마치 잠시도 영화관을 떠난 적 없다는 듯이.

“네 아르바이트비를 한 푼도 안 줬지 뭐니?”

카노 부인이 퉁명스럽게 말했다.

책을 보고 있던 카토는 놀라서 고개를 들었다.

“여태 어디 계셨어요?”

“바빴어, 꼬마야.”

카노 부인이 대답했다.

"안타깝게도 어른이 되면 이런 일이 일어나곤 한단다. 왜 그런지는 모르겠어. 매번 놀란다니까."

"아르바이트비는 안 주셔도 돼요."

카토가 말을 이었다.

"여기서 하는 일이 없는걸요. 더 이상 할 일이 없어요."

"일은 내일부터 시작이야."

카노 부인이 말했다.

"내일 새로운 손님이 올 거야. 열여덟 살 남자애가 개를 찾으러 말이지. 사랑스럽고, 뭐 그렇게 우울하진 않아. 너한테 안성맞춤인 일이라고 생각했어. 첫 번째 시간 여행으로 말이야."

"시간 여행이요?"

"넌 그 아이와 함께하는 시간 여행자가 될 거야. 여행을 안내하는 가이드 역할이지."

"아……."

"내일 저녁 8시야. 한 시간 정도 일찍 오렴. 손이나 발이 사라진 채 돌아오고 싶지 않다면, 배워야 할 게 많단다."

스크린의 파도

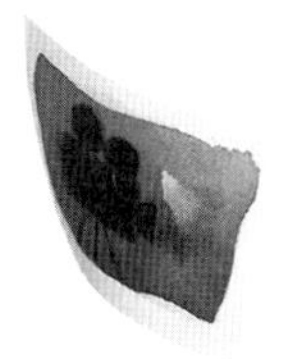

다음 날 저녁, 카토가 잔뜩 긴장한 채 약속 시간보다 한 시간 일찍 영사실로 들어섰을 때 카노 부인은 이미 김이 모락모락 나는 커피 두 잔을 들고서 준비 중이었다.

"앉으렴, 카토."

카노 부인이 말했다.

"할 말이 많아."

그러면서 부인은 구석에 있는 의자를 가리켰다. 카토는 재빨리 그 위에 털썩 앉았다. 카노 부인은 카토에게 커피가 든 머그잔을 건네고서 책상에 등을 기댔다.

"넌 기괴하고, 예상치 못한, 미지의 것에 관심이 많지."

카노 부인이 말을 시작했다.

"왜 그렇게 생각하세요?"

"네 눈빛이 그렇거든."

"눈빛이요?"

카노 부인은 카토 쪽으로 몸을 돌리더니 쏘아보았다.

"바로 이 눈빛."

카노 부인이 말했다.

"이게 바로 시간 여행자의 눈빛이야. 눈빛이 이런 사람은 거의 없지. 물론 좀 이상하게 굴어야 하기 때문이야. 네가 이상하다는 걸 받아들이렴. 넌 예전의 나랑 똑같아, 카토. 나는 남들이 대수롭지 않게 여기는 것들을 궁금해하곤 했어. 나도 너만큼 똑똑하고 고집이 셌지. 만약 네가 호기심이 생길 만큼 오래 머무른다면, 생각지도 못했던 것들을 발견할 거야."

카노 부인은 잠시 말을 멈추고는 달뜬 기분으로 커피를 한 모금 마시고서 반짝반짝 눈을 빛내며 카토를 보았다.

"누군가의 시간 여행을 가능하게 만드는 일처럼."

"로제보털 씨가 시간 여행을 했던 것처럼요?"

카토가 말했다.

"정확해."

"그럼 이 사진들이……."

"시간 여행이 어떻게 진행되는지 짧게 설명해 줄게."

카노 부인이 말했다.

"복잡한 물리학 공식은 생략할게. 지금 당장은 말해 줘도 이해하지 못할 테니까."

카노 부인은 커피를 한 모금 더 마시고는 얼굴을 찡그리더니 고개를 끄덕였다.

"좋아, 시작하자."

부인이 이야기를 시작했다.

"가장 먼저 알아야 할 건, 시간이 유동적이지 않다는 점이야. 시간이 멈춘다는 뜻이지. 시간을 계속해서 작은 순간으로 나누면, 그러니까 1초, 1000분의 1초, 그리고 그보다 더 작은 순간들로 나누다 보면 어떤 순간에 도달하게 된단다. 아주 짧은 순간에 도달하는 거야. 더 이상 시간을 나눌 수 없는 지점에. 해변이 수조 개의 모래알로 이루어진 것처럼, 시간도 수조 개의 느슨하고 고요한 순간들로 이루어져서 빠르고 연속적으로 서로를 따라가지. 영화도 마찬가지야. 마치 연결된 하나의 이미지처럼 보이지. 보이는 모든 것이 부드럽게 움직이고, 흔들리지 않아서 그렇단다. 하지만 영화란 결국 스크린에 연속적으로 빠르게 나타나는 사진들일 뿐이야."

카노 부인은 영사기를 가리키며 말을 이었다.

"이 영사기는 매우 정교해서 사진 속 멋진 순간들을 시간으로 나타낼 수 있지. 그러니까 정확히 어떤 순간을 보고 싶은지만 결정하면 돼. 일반 영사기를 돌리려면 필름이 필요한 것처럼 이 영사기도 필름이 필요하단다. 하지만 일반적인 영화 필름으로는 부족해. 왜냐면 우리는 평범한 영화를 상영하는 게 아니니까. 지금쯤이면 눈치챘겠지만."

"맞아요. 어디서도 상영되지 않는 영화."

카토가 말했다.

"바로 그거야."

"기억들이죠."

"그렇지."

카토는 고개를 끄덕이고는 말했다.

"사실 저도 그런 걸 기대하고 있었어요."

"물론 넌 이미 파일들을 다 살펴봤겠지? '기밀: 접근 금지!'라고 적힌 파일 말이야."

카토는 무뚝뚝한 표정으로 카노 부인을 바라보았다.

"그렇게 생각하세요?"

"아주 확고하게."

그러고는 카노 부인이 미소를 지었다.

"혼자서 이 모든 걸 생각해 내신 거예요? 그리고 실제로 만드신 거고요?"

카토가 물었다.

"혼자 한 건 아니야. 도움을 받았지. 말했던 것처럼, 시간 여행자는 언제나 고집스럽고 호기심이 많으며 다른 사람들이 보지 않는 곳을 바라봐야 해. 그리고 열심히 노력하다 보면 그리 어렵지 않다는 걸 알게 돼. 비록 나는 여기까지 오는 데 평생을 바쳤지만. 그러니까 너도 할 수 있어, 카토. 넌 다른 사람들이 생각하는 것보다 훨씬 더 대단하다는 걸 기억하렴, 언제나."

"누구한테 도움을 받았는데요?"

"남편."

"남편이 있어요?"

"그래. 나를 이상하기만 한 아줌마라고 생각했던 건 아니지? 나 같은 사람한테도 꼭 들어맞는 사람이 있단다, 얘야."

"앗, 그런 뜻이 아니라……."

카토는 재빨리 대답했다.

"저는 그냥……."

"그냥?"

"아니에요……."

"나란 사람도 대부분은 꽤 평범하단다. 내가 이상해 보일 수도 있겠지만, 그런 나한테도 집이 있지. 누군가가 기다리고 있는 집 말이야. 내 경우에는 매우 똑똑한 사람이 기다리고 있단다. 나만큼이나 호기심이 많은 사람이지."

아래층에서 인기척이 들렸다. 카노 부인은 손목에 찬 고풍스러운 시계를 보더니 "조금 이르네."라고 중얼거렸다.

"어서 오세요!"

부인은 아래층을 향해 인사하고는 큰 소리로 말했다.

"퇸? 잠시만 기다려요. 내려갑니다!"

카노 부인은 자리에서 일어나 커튼 쪽으로 걸어갔다.

"금방 올게, 카토."

카토는 카노 부인이 계단을 걸어 내려가는 소리를 들었다.

"어디 계세요?"

아래층에서 카노 부인의 목소리가 들려왔다.

"퇸, 거기 있나요?"

'퇸.' 카토는 생각했다. 카토가 안내해야 하는 시간 여행자의 이름이다. 영화관 문이 닫히는 소리가 나더니, 이어서 카노 부인의 발걸음 소리가 다시 계단에 울려 퍼졌다.

"잘못 들었나 봐."

카노 부인이 영사실로 들어오면서 말했다.

"아무래도 바람이 불어서 문이 열렸던 것 같아. 자, 어디까지 설명했지? 아, 상자!"

카노 부인은 굵은 전선으로 영사기와 연결된 검은 상자를 다시 가리키며 설명을 이어 나갔다.

"어떤 손님이든 기억 속으로 돌아가기 위한 무언가를 가져와야 해. 반지, 돌멩이, 책, 종이 뭉치…… 무엇이든 상관없단다. 그 물건이 기억 속 그 자리에 있기만 하면 돼. 가져온 물건을 여기 이 검은 상자 안에 넣지. 그러면 영사기가 물건에서 시간을 추출하는 거야."

카토는 로제보털 씨가 시간 여행을 하는 동안 상자 안에 놓여 있었던 새총을 떠올렸다.

"물건이 시간을 보존하고 있는 거예요?"

"바로 그거야. 모든 것에는 과거의 흔적이 남지. 다시 말해, 물건에는 그 물건이 지나온 모든 세월이 새겨져 있어. 썰물 때

해변에 파도의 흔적이 남는 것처럼. 그리고 모든 것은 작은 조각으로 이루어져 있지. 물론 넌 이미 알고 있을지도 모르겠구나. 분자와 그 안에 더 작은 입자들이 있는데, 그 작은 입자들을 통해 그것들이 있었던 장소와 주변에서 무슨 일이 일어났었는지 추적할 수 있어. 형사가 단서를 통해 범죄 현장에서 몇 시간 전에 일어난 일을 추론할 수 있는 것처럼, 모든 물체에도 역사가 흔적으로 남아 있을 수 있지. 이 영사기는 그 모든 역사를 번역해 스크린에 비추는 거야."

"그렇다면 그냥 길에 굴러다니는 아무거나 주워서 넣어도 영사기가 과거를 추출할 수 있나요?"

"아니, 당연히 한계도 있지. 돌을 넣는다고 해서 수백만 년 전으로 돌아갈 수는 없어. 뭐, 대략 100년 전쯤은 별문제 없이 떠날 수 있지만, 그보다 더 오래전 시간으로 갈수록 흔적도 점점 닳아 없어진단다. 그러니 그런 흔적에서 캐낸 과거는 신뢰하기가 어렵고 불안정할 뿐이야. 그런 곳으로는 여행하지 않는 게 좋아. 알아들었지?"

바로 그때, 주방 바닥에서 무언가 부서지는 소리가 났다. 카토와 카노 부인 둘 다 깜짝 놀랐다.

"이번엔 또 뭐야……?"

카노 부인이 말했다.

둘 다 조용히 주방 쪽으로 귀를 기울였지만, 잠잠했다.

"잠깐 여기 있으렴, 카토."

카노 부인은 이렇게 말하고는 일어나 커튼 사이로 사라졌다. 잠시 후, 주방에서 부스럭거리고 쿵쾅거리는 소리가 들려왔다. 카토는 자리에서 일어나 영사실을 살금살금 빠져나왔다. 카노 부인한테 도움이 필요할지도 모르고, 강도와 싸우고 있을지도 모르니까. 카토는 최대한 숨죽이고서 복도를 지나 주방 쪽으로 빠르게 이동했다.

카토가 주방 문 앞에 도착했을 때, 카노 부인은 빗자루와 쓰레받기로 흙과 유리 파편을 쓸어 담고 있었다.

"바람이었어."

카노 부인은 이렇게 말하고는 열린 주방 창문을 보며 고개를 끄덕였다.

"바람이 불어서 화분들이 넘어지면서 컵들이 바에 떨어진 모양이다. 자, 이런 것들도 좋은 수업 자료야. 이 모든 게 바로 흔적이니까."

카노 부인은 흙과 파편을 가리켰다.

"이걸 바탕으로 여기서 일어난 일의 역사를 짐작할 수 있지."

카토는 창문을 닫으러 갔다가 냄새를 맡았다.

바람이 아니었다.

주방에는 달콤한 향수의 흔적이 어설프게 남아 있었고 카토는 바로 알아차렸다.

코르넬리아 아줌마.

확실하다.

시간 주변 여행자

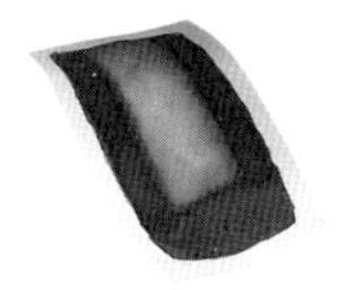

"괜찮니?"

카노 부인의 목소리가 들렸다.

"갑자기 얼굴이 하얗게 질렸네."

"네……."

카토가 천천히 대답했다. 창밖으로 골목을 내다보았지만, 아무도 보이지 않았다. 카토는 계단을 내려가서 영화관 입구로 가 보았다. 역시 아무도 없었다. 그저 문만 열려 있을 뿐이었다.

"카토, 정말 괜찮은 거야?"

위층에서 카노 부인의 목소리가 들려왔다.

"올라올래? 손님이 곧 올 텐데, 아직도 설명할 게 많아."

'정말 코르넬리아 아줌마였을까? 영화관 안에서 몰래 돌아다니고 있었던 거야? 여기 앉아서 이야기를 엿들었나? 대체 왜? 원하는 게 뭐지?' 카토는 어둠이 깔린 골목에서 코르넬리아 아줌마네 정원으로 들어간 수상한 사람을 떠올렸다. '그 사람과 관련이 있을까, 아니면 이 모든 게 우연일까?'

"카토?"

"네, 가요!"

카토는 코르넬리아 아줌마에게 신경 쓰지 않으려 노력하며 계단을 뛰어 올라갔다. 카노 부인의 말에 집중해야 한다. 위험하지 않은 시간 여행은 없으니 말이다. 카토가 뭐 하나 잘못하기라도 하면…….

카토는 영사실로 돌아와 구석 의자에 앉았다.

"괜찮니?"

카노 부인이 날카로운 눈으로 카토를 살피며 물었다.

"네."

카토가 대답했다.

"전부 괜찮아요."

"좋아."

카노 부인이 대답하며 고개를 끄덕였다.

"그럼 계속하자. 저 검은 상자, 저 상자 안에 담긴 물체에서 과거를 캐낼 수 있지. 한 100년 전쯤까지. 하지만 우리가 얻고 싶은 건 그 모든 역사가 아니야. 그중 특정한 순간이지. 예를 들어, 로제보털 씨가 그날 오후 형과 통나무집에서 보냈던 순간 말이야. 그렇게 특정한 시간으로 돌아가려면 사진이 필요해. 바로 그 순간의 사진. 그리고 영사기를 통해 그 순간으로 돌아가지. 자, 여길 보렴. 여기에 넣는 거야."

카노 부인은 영사기의 틈을 가리켰다.

"그러면 사진을 통해서, 영사기가 사진 속 과거의 그 순간에 정확하게 초점을 맞추지. 그럼 다음으로 바로 이거, 이 레버를 당기면 된단다."

카노 부인은 커다란 쇠막대기를 가리켰다.

"이걸로 사진을 찍은 시점에서 가장 적절한 순간을 포착할 때까지 몇 시간을 빨리 감거나 되감을 수 있어. 그리고 그 시점과 순간이 스크린 위로 옮겨져. 그런 다음 손님이 스크린 안으로 발을 들여놓으며 자신의 기억 속으로 들어가지."

"스크린 안으로 들어간다고요?"

"응. 좀 이상한 스크린이긴 하지. 너, 궁금해서 손가락으로 한 번 찔러 봤지?"

"혹시 다른……."

"맞아."

카노 부인이 카토의 말을 끊고 말했다.

"넌 정말 너답구나. 그래, 네가 느낀 대로, 저 스크린은 매우 특별한 물질로 만들어졌어. 내가 말했잖니? 평생 동안 충분히 호기심을 추구하고 고집이 세다면, 너도 무언가를 발견할 거야. 물론 하루아침에 엄청난 발견을 할 수 있는 건 아냐. 그건 내가 확실히 말해 줄 수 있지. 저 스크린은 '개연성'의 스크린이야. 저 스크린을 구성하는 입자는 어디서나 찾아 볼 수 있지만, 그 어디에서도 찾아 볼 수 없지. 그리고 영사기가 기억의 적절한 형태, 시간, 장소를 가정할 수 있도록 스크린의 입자를 배열해. 그렇게 스크린은 다른 시간으로 가는 통로가 되지. 바로 그 스크린에 보이는 순간으로 들어가는 거야. 스크린을 볼 땐 항상 조금 떨어져서 보렴. 그래야 안전해."

카토는 자리에서 일어나 영사실 유리창으로 다가갔다. 그리고 황혼 속에서 비밀스럽게 빛나는 달처럼 하얀 스크린을 다시 쳐다보았다.

"정말 그 순간으로 갔던 거예요?"

카토가 물었다.

"당연하지. 여기의 너나, 거기의 너나 다를 게 없단다."

"하지만 그건 가능하지 않잖아요……."

"넌 네 말을 확신하니? 그게 가능하지 않다는 그 말을?"

"음……."

카토는 잠시 말을 멈추었지만 스크린은 계속해서 응시했다. 그러고는 스크린에 손가락을 넣었을 때, 온몸을 관통하던 그 이상한 감정의 폭풍을 떠올렸다. 상영관에서 나오던 손님들의 얼굴도 모두 떠올렸다.

"사실, 저도 가능하다고 믿어요."

카토가 말했다.

"그렇게 생각할 줄 알았어."

"그렇지만 솔직히 말하면, 위험하게 느껴져요."

"자, 이제 네가 할 일을 알려 줄게. 난 손님들을 절대 혼자 보내지 않는단다. 내가 그들의 보호자로 함께 가지. 난 이 보호자를 '시간 주변 여행자'라고 불러. 그리고 오늘은 네가 시간 주변 여행자가 되는 거야. 손님과 함께 여행하면서 모든 것이 정상적으로 진행되는지 살펴봐야 해. 그리고 무엇보다도, 시간이 얼마나 흘렀는지 잘 지켜보는 게 중요해. 너무 오래 머무르지 않도록 해야 하거든. 시간의 균열을 조심하고."

"시간의 균열이요?"

"영사기는 사진에 초점을 맞추고 있어. 과거의 특정한 시간에. 기껏해야 몇 시간 정도밖에 되지 않아. 그리고 그것 말고는 아무것도 읽지 않지. 그러니 그 안에 너무 오래 머무르면 스크린엔 아무것도 스며들지 않고, 기억은 서서히, 그렇지만 완전히 부서져 버려. 네 주변에 너 말고 그 누구도 없을 때까지 말이야. 그걸 원하는 사람은 아무도 없겠지."

카토는 입을 벌린 채 카노 부인을 바라보았다. 그리고 갈라지는 목소리로 물었다.

"그럼 무슨 일이 일어나는데요?"

"나도 몰라."

카노 부인이 대답했다.

"그리고 모르는 편이 좋다고 생각해."

카토는 계속해서 스크린을 보고 있었다. 등줄기를 타고 식은

땀이 흘러내렸다.

"그러면 스크린 밖으로 다시 나오는 방법은요?"

카토가 걱정스러운지 연달아 물었다.

"일단 기억 속에 들어가면요. 나오는 길이 있나요?"

"물론 출구는 있어. 기억은 사건이거든. 시간에만 엮여 있는 게 아니라, 장소에도 엮여 있지. 만약 그 경계를 넘어서면 넌 다시 영화관으로 돌아올 수 있어. 오늘의 이 영화관으로 말이야. 너도 그 경계를 보게 될 거야. 경계에 다가갈수록 세상이 흐릿해지지. 그리고 계속해서 걸어가면, 짙은 안개 속에 발을 들여놓는 기분이 들 거야. 기억에 속하지 않는 과거의 세계일 뿐이니까. 그래서 물체에 흔적으로 남아 있지 않지."

카노 부인은 이 모든 게 세상에서 가장 평범한 일인 듯 설명했다. 시간 여행이 슈퍼마켓에서 장을 보는 것과 같은 일인 양 아무렇지 않게.

"위험하지 않다고는 말하지 않을게."

부인이 계속해서 말했다.

"정말 솔직히 말하면, 내 자식이라면 못 하게 할 거야."

미소를 짓는 것도 잠시, 카노 부인의 얼굴에 갑자기 그림자가 스쳤다. 작은 연못에 돌풍이 지나가 잔물결이 일듯이. 마치 불현듯 무언가를 깨닫고는 재빨리 생각을 밀쳐 내 버린 것 같았다.

카토는 카노 부인의 얼굴을 자세히 바라보았다. 처음으로, 카노 부인이 믿을 만한 사람인지 자문해 보았다. 사실, 카토는 자기가 여전히 카노 부인에 대해 아무것도 모른다고 생각했다. 결국 카노 부인이 영화관과 시간 여행에 대해 많이 말해 주긴 했지만, 카토는 아직 카노 부인의 정체에 다가가지 못했다.

그러나 기억이라는 단어가 나온 이후, 촛불의 움직임에 따라 흔들리는 그림자처럼 카토의 마음을 가장 괴롭힌 것은 엄마였다. 엄마의 빨간 원피스……. 검은 상자에 넣을 물건. 그리고 벤치에 앉아 있는 엄마 사진……. 영사기 속의 기억. 가능할까?

'분명 가능할 거야.'

하지만 시간 여행과 시간의 균열의 위험성, 그리고 그 위험에 대해 생각을 하면 할수록 너무나 큰 두려움이 카토를 억누르며 목을 조여 왔다.

"제가 너무 빨리 왔나요?"

갑자기 목소리가 들려왔다.

"손님이다."

카노 부인이 말했다.

"난 내려가 볼게. 자, 이 사진을 보렴. 이게 손님의 영화야. 다섯 살이었대."

카노 부인은 카토의 손에 사진을 쥐여 주고는 자리에서 일어나 영사실을 나가려 했다. 하지만 카토가 부인의 옷자락을 붙잡았다.

"카노 부인?"

"왜, 꼬마야?"

"왜 저에게 모든 걸 알려 주지 않으시죠? 어떻게 아빠를 아는지 이야기해 주지 않으셨잖아요."

카노 부인은 뒤돌아 잠시 카토의 눈을 보았다.

"날 믿으렴, 카토."

카토는 잠시 망설이다가 카노 부인의 옷자락을 놓았다.

카노 부인은 격려하듯 고개를 끄덕였다.

"준비가 다 되면 내려오렴."

그러고는 다시 등을 돌려 커튼 밖으로 나갔다.

카토는 카노 부인이 쥐여 준 사진을 보았다. 집 근처 공원 건너편에 있는 동물 병원이란 것을 알아챘다. 카토는 조금 크고 나서부터 주기적으로 동물 병원 유리창 앞에 서 있곤 했다. 창 안으로 아기 토끼를 본 적이 있다. 눈을 보면 그다지 똘똘해 보이진 않았지만, 카토는 그 토끼와 사랑에 빠지고 말았다. 카토는 집으로 달려가 돼지 저금통을 부쉈다. 그리고 한 시간 뒤, 소찬을 데려왔다.

팔에 강아지를 안은 작은 소년이 찍혀 있는 사진. 렌즈에 비친 어린 남자아이는 반짝반짝 빛나 보였다.

"안녕, 다섯 살의 퇸."

카토는 사진 속 소년에게 인사했다.

"어디서도 상영되지 않는 영화를 볼 준비가 됐니?"

카토는 자리에서 일어나 영사실 밖으로 나갔다. 경험 많은 시간 주변 여행자의 자신감 넘치는 얼굴을 하고서.

카토의 눈을 똑바로

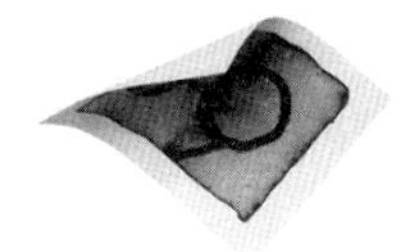

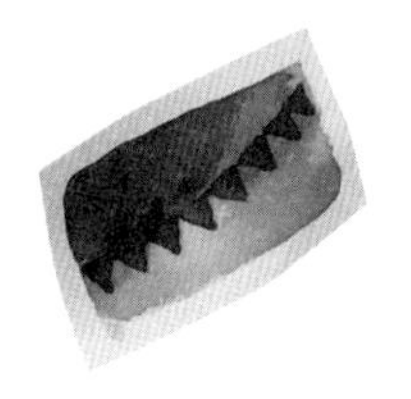

입구에 소년이 서 있었다. 파란 머리에 얼굴에는 피어싱이 가득했다. 날카로운 표정, 못 미더운 작은 눈으로 소년은 영화관 내부를 초조하게 둘러보았다. 카노 부인은 그 옆에 서 있었다.

"저기, 손님의 시간 주변 여행자가 오네요."

카노 부인이 말하고서 카토에게 고개를 끄덕였다.

"카토, 여기는 퇸이야. 퇸이 조금 긴장되나 봐. 음료수를 좀 가져다줄 수 있겠니?"

"저랑 같이 간다고요? 이렇게 어린 꼬마가?"

퇸이 놀라며 물었다.

카토는 퇸의 말을 무시하고 곧장 걸어갔다.

"오렌지에이드를 줄까요, 레모네이드를 줄까요?"

"아무것도 필요 없어."

카토의 물음에 퇸이 딱딱하게 대답했다.

"상관없어요."

카토가 말했다.

"카토는 어리지만 훌륭한 시간 주변 여행자예요. 카토와 함께라면 안전할 거예요."

카노 부인이 말했다.

카토는 "정말 그런가요?"라고 묻고 싶었지만, 꾹 삼키고는 자기를 바라보고 있는 퇸을 보았다.

"그럼 난 위층에 올라가서 준비할게요."

카노 부인이 말을 이었다.

"금방 돌아올 거예요."

카노 부인은 겨드랑이에 신발 상자를 끼고서 위층으로 올라갔다.

퇸과 카토는 잠시 조용히 서 있었다. 카토는 퇸에 대해 추측해 보려 했다. 화가 나 있고, 성격이 나쁜 것 같았다.

"왜 그렇게 피어싱이 많아요?"

카토가 물었다.

"예쁘다고 생각하니까."

퇸이 대답했다.

카토는 고개를 끄덕이고는 자기도 피어싱을 할 수 있지 않을까 생각했다. '얼굴 가득 피어싱이라니. 정말 멋질 것 같아.'

"강아지 이름이 뭐예요?"

카토가 물었다.

"내 개는 죽었어. 지난주에."

"그렇군요."

"이름은 막스. 13년 동안 함께했어."

카토는 고개를 끄덕였다. 사진 속 그날이었다.

"다시 한번 막스를 보고 싶은 거네요?"

카토가 말했다.

퇸은 어깨를 으쓱했다.

"그 비슷한 거지."

퇸이 대답을 마쳤을 때 카노 부인이 계단을 내려왔다.

"준비됐으면 나를 따라오세요."

카노 부인은 이렇게 말하고는 상영관 문을 열었다.

카토는 퇸에게 단호한 인상을 주기로 마음먹었다. 그래서 카노 부인의 뒤를 따라 퇸보다 먼저 상영관으로 걸어 들어갔다. 커다란 스크린에 사진이 비치고 있었다. 다섯 살의 퇸은 키가 2미터나 됐고 강아지는 양만큼이나 컸다.

"시계, 카토."

카노 부인이 말했다.

"지금 몇 시니?"

"8시 11분이요."

"좋아, 그럼 10시까지는 시간이 있겠구나. 네 시계로 10시까지야. 돌아오고 싶다면, 그저 안개 속으로 걸어 들어가면 돼. 안개는 절대 멀리 있지 않아. 무서워하지 말고. 그리고 퇸과 함께 있어야 해. 약속했다?"

가슴이 쿵쾅거리는 게 느껴졌지만, 카토는 단호하고 침착한 표정을 지으려 노력했다. 그러고는 스크린 바로 앞까지 카노 부인을 따라갔다. 뒤에 퇸이 서 있는 게 느껴졌다.

"들판으로 가는 문이라고 생각하고 그냥 들어가. 스크린이 좀 이상한 느낌일 거야. 마치 얼음물로 목욕하는 느낌이라고 할까? 그런데 얼음물 목욕과 마찬가지로 계속해서 들어가다 보면 익숙해져, 알겠지?"

카노 부인의 말에 카토는 고개만 끄덕였다. 대답하면 목소리에 긴장이 묻어날 테니.

"저기요……."

퇸이 조심스레 입을 뗐다.

"우리 진짜 시간 여행을 하는 건 아니지요? 그냥 뭐…… 속임수 같은 거잖아요. 꿈 같은 것? 그렇죠?"

"아니요, 이건 속임수가 아니에요."

카노 부인이 단호하게 말했다.

"꿈은 더더욱 아니고, 리얼이죠. 그러니까 이상한 행동을 하면 안 된다는 거예요. 아무것도 방해해선 안 되고요. 엄청난 결과가 벌어질 수 있으니까. 그리고 무엇보다 제시간에 돌아오는 게 중요해요."

퇸은 생기 없는 얼굴로 스크린을 바라보았다. 카토는 퇸이 어떤 느낌일지 충분히 상상할 수 있었다. 하지만 자기만큼은 스크린을 생기 없이 바라보지 않으려고 노력했다.

"들어가지 않기로 한다면, 그 결정도 괜찮아요."

카노 부인이 말했다.

"내가 생각해도 정말 이상한 경험일 테니까. 하지만 신나는 경험이기도 하죠."

카토는 퇸을 바라봤다. 얼마쯤은 퇸이 여행을 포기하기를 바라는 마음으로. 카토의 눈길을 느낀 퇸은 허리를 똑바로 펴더니 말했다.

"아니요, 갈 거예요."

"좋아요."

카노 부인이 말했다.

"한번 해 보면 별거 아니란 걸 알게 될 거예요. 게다가 카토가 함께하니까요."

카노 부인은 카토에게 눈짓을 했다. 카토도 답례로 눈을 찡긋해 보였지만, 너무 긴장한 나머지 눈이 떨리는 것처럼 보였을 것이다.

"아, 그리고 안경, 카토."

카노 부인이 말했다.

"안경이 왜요?"

"안경을 벗는 게 좋아. 처음에는 모든 게 흐릿하고 얼룩져 보일 거야. 그렇지만 금방 괜찮아지지. 그런데 안경 같은 걸 쓰면 오히려 더 흐릿하고 얼룩져 보이는 것 같더라고."

"그러니까 안경을 쓰지 않는 게 더 선명하게 보인다고요?"

"바로 그거지."

카토는 안경을 벗어 카노 부인에게 건넸다.

"손을 잡아."

카노 부인이 말했다.

"음……."

카토가 망설였다. 퇸이 헛기침을 했다.

"어서."

카노 부인이 재촉했다.

"너희 둘 다 어린애처럼 굴지 말고."

카토는 퇸의 손이 자기 손을 살며시 쥐는 걸 느꼈다. 카토는 생각했다. '어디, 볼까? 여기서 책임자가 누군지?'

카토는 퇸의 손을 강하게 쥐었다. 너무 강하게 쥔 나머지 부러지는 느낌까지 들었고, 퇸이 신음 소리를 내는 걸 들었다. 이게 낫지. 적어도 둘의 역할은 분명해졌으니까.

"같이 들어가렴."

카노 부인이 말했다.

카토가 앞으로 나섰다. 퇸이 따라오는 게 느껴졌다. 카토는 스크린 속으로 발을 집어넣었다. 순간 얼음물이 몸 전체에 퍼지며 뼈를 찌르는 듯한 느낌을 느꼈다. 하지만 계속해서 걸어야만 한다. 차가운 바닷속에 들어가는 것처럼 말이다. 물러서지 말고

한 번에 해내야 한다. 카토는 한 걸음을 더 내디뎠다. 순식간에 스크린이 카토를 완전히 감싸 버렸다. 카노 부인 말대로 얼음물 목욕을 하는 것 같았다. 그보다는 얼음물에 사는, 눈에 보이지 않는 피라냐 1만 마리가 카토를 산 채로 잡아먹는 것처럼 느껴졌지만. 카토는 눈물이 날 뻔했는데, 고통이 시작되자 눈물이 쏙 들어가 버렸다.

어느 순간, 카토는 동물 병원 맞은편 공원 가장자리에 서 있었다. 여전히 퇸과 손을 잡고서. 퇸도 카노만큼이나 손을 꽉 잡고 있었다.

카토는 다른 손을 바라보며 손가락을 움직여 보고는 고개를 돌렸다. 공기가 물만큼이나 무겁게 느껴졌다. 시야가 정말 흐릿했다. 마치 모든 게 안개 속에 있고, 세상이 조금 더 느리게 움직이는 것 같았다. 석양이 짙어지면서 가로등 불빛이 빛바랜 듯 보였고, 미소 띤 얼굴로 이야기를 나누며 거리를 걷는 사람들이 슬로 모션 영상처럼 보였다. 마치 달에 온 사람들처럼.

냄새도 달랐다. 공원의 풀 냄새도, 지나가는 스쿠터에서 나오는 매연 냄새도 전혀 느껴지지 않았다. 대신에 카토는 자기가 언제나 좋아하던 민들레 줄기의 향기를 떠올리게 하는 달콤하고 자극적인 냄새를 맡았다.

옆에 서 있던 퇸은 카토의 손을 놓고서 똑같이 놀란 눈으로 자기 손과 손가락을 바라보았다. 카토는 퇸을 바라보았다. 느리지만 확실하게 주변이 선명해졌다. 퇸, 보도, 가로등, 나뭇가지가 보이기 시작했다. 안경 없이도 모든 게 선명했다. 그리고 수심이 가득한 퇸의 얼굴이 똑똑히 보였다. 이어서 카토의 눈이 길 건너편 문 열린 동물 병원으로 쏠렸다. 남자와 여자가 밖으로 나왔고, 그들 뒤로 어린 남자아이가 깡충깡충 뛰어나왔다. 품에 강아지를 안고서. 다섯 살의 퇸이었다. 남자는 카메라를 들어 퇸과 강아지를 찍었다. 카토가 가만히 서서 가능한 한 눈에 띄지 않으려고 조심하는 동안, 퇸은 길 건너편의 강아지와 어린 퇸에게 쏜살같이 뛰어갔다.

"퇸! 뭘 하는 거예요?"

카토가 소리쳤다.

열여덟 살의 퇸은 대답하지 않았지만, 다섯 살의 퇸은 어디선가 자기 이름이 들려오자 깜짝 놀랐다. 그리고 곧 얼굴 가득 피어싱을 한 남자가 자기를 향해 뛰어오는 걸 보고는 꽁꽁 얼어붙고 말았다.

피어싱을 한 청년 퇸은 소년에게서 강아지를 빼앗아서는 공원으로 내달렸다.

"퇸!"

카토가 소리쳤다.

"이봐! 돌아와!"

퇸의 아빠가 소리쳤다. 그러고는 카토를 향해 이렇게 외쳤다.

"거기 너!"

카토는 그가 자기에게 말을 걸어오자 화들짝 놀랐다.

"네 친구냐? 대체 어떤 놈의 자식이 저런 짓을 하는 거야?"

퇸의 아빠가 다가왔다. 어린 퇸은 멍한 얼굴로 엄마 옆에 꽁꽁 얼어붙어 있었다.

"아니, 저는……."

카토가 입을 열었다. 피어싱 퇸을 찾아야만 한다. 모든 일이 더 끔찍해지기 전에…….

"거기 서!"

퇸의 아빠가 소리쳤다.

"죄송해요!"

카토가 소리쳤다.

"제가 꼭 찾아서 돌아올게요!"

카토는 뒤돌아 공원으로 뛰어갔다.

'정말 멍청해. 손을 절대 놓으면 안 됐어!' 카토는 울고만 싶었다. '나쁜 놈 같으니라고! 꼬마인 자기 자신한테서 개를 훔치다니! 대체 누가 그런 짓을 해!'

"거기 서라고!"

카토는 남자의 목소리를 뒤로하고 달렸다. 목소리가 점점 멀어졌다. 주변이 어두워서 공원 속 그림자로 숨어드는 게 어렵지 않았다. 하지만 피어싱을 한 퇸도 그렇게 숨었을 것이다. '어쩌면 개를 데리고 스크린 밖으로 나갈지도 몰라……. 이 멍청이는 도대체 어디 간 거야?'

카토는 어디선가 들려오는 소음과 함께 나무들 사이를 비추는 불빛을 보았다. 안개는 대체 어디 있는 걸까? 카토는 불빛 쪽으로 계속해서 걸었고, 곧 탁 트인 들판에 다다랐다.

카토는 이곳을 알아볼 수 있었다. 항상 마을 행사가 열리는 곳이었다. 카토는 들판이 등불로 가득 찬 것을 보았다. 한 무리의 사람들이 축제 복장을 차려입고 돌아다니고 있었고, 커다란 모닥불이 타고 있었다. 퇸은 이 사람들 속에 숨어 있을까? 카토는 산호초 사이를 지나가는 물고기처럼 등불 사이를 움직였다. 잔디가 카토의 발밑에서 조용히 미끄러졌다.

"퇸!"

가만히 이름을 부르는 게 카토의 최선이었다. 하지만 퇸의 아버지가 들을까 봐 겁이 나서 감히 더 크게 목소리를 높이지는 못했다. 아무도 대답하지 않았다. 사람들은 웃고 떠들고 있었다. 놀고 있던 아이들이 카토 옆을 지나쳐 달려갔다. 카토를 둘러싼 세상은 더 이상 느리게 돌아가지 않았다. 마치 카토가 과거의 속도에 익숙해지기라도 한 것처럼.

그때 누군가 소리쳤다.

"여기야! 어서 연주해 봐!"

카토의 시선이 무대 주위에 모여 있는 작은 군중에게로 쏠렸다. 카토는 피아노 의자 끄는 소리를 들었지만, 사람이 너무 많아 무대는 보이지 않았다.

이내 조용해지더니 누군가가 피아노를 연주하기 시작했다. 두 번째 음이 들려왔을 때, 카토는 어떤 음악인지 알아챘다.

"아빠?"

카토가 속삭였다.

카토는 좀 더 가까이 다가가 까치발을 하고서 사람들 너머로 무대를 보려 했지만 여전히 아무것도 안 보였다. 하지만 피아노를 치는 사람이 아빠가 아니란 건 알 수 있었다. 왜냐하면, 열세 살을 더 먹기 전의 아빠가 사람들 틈에 서 있었기 때문이다.

카토는 얼어붙었다. 머리끝부터 발끝까지 소름이 끼쳤다. 피어싱을 한 퇸과 개가 사라진 건 이미 잊은 지 오래였다.

카토는 피아노를 연주하는 사람이 누군지 알았다.

공원은 조용했고, 오직 음악 소리만 나무 사이를 맴돌았다. 카토는 아무 생각 없이, 숨도 쉬지 않고 피아노 연주를 들었다. 그리고 마지막 음이 들렸을 때, 누군가 조심스럽게 손뼉을 쳤다. 카토는 아빠가 자랑스러워하며 환하게 웃는 모습을 보았다.

"아니, 아니에요. 그 정도로 잘하진 않았어요!"

사람들에게 둘러싸여 보이지 않는 누군가가 무대 위에서 말했다.

카토는 그 목소리의 주인을 바로 알아차렸다. 비록 단 한 번도 들어 본 적 없는 목소리였지만 듣자마자 카토는 여태껏 자기가 너무나도 잘 알고 있던 목소리라고 느꼈다. 엄마의 목소리는 마치 윙크 같았다. 균형 있고, 모든 걸 가볍게, 그리고 열린 마음으로 만들어 주는 목소리. 실제론 그 목소리가 다른 말을 하고 있었지만 마치 모든 게 괜찮을 거라고 말해 주는 것 같았다.

그제야 카토는 자기가 어떤 광경을 바라보고 있는지 깨달았다. 인터넷에서 몇 년 전 찾아냈던 그 사진이다. 며칠 동안이나 보았던 그 사진이다. 그 사진이 지금 카토의 눈앞에서 재연되고 있었다. 공원에서 열린 축제, 사람들, 그리고 엄마. 엄마는 사람들 사이에서 빛나는 미소를 띠고 있었다. 바로 그 순간, 카토가 컴퓨터 화면을 통해 보았던 그 모습 그대로.

뒤에서 카메라 셔터 소리가 들렸다. 누군가 사진을 찍었다. 하지만 엄마는 카메라를 똑바로 바라보지 않았다. 카토는 이제야 이해할 수 있었다. 카토의 엄마는 카토의 눈을 똑바로 보고 있었다.

어항 속 물고기

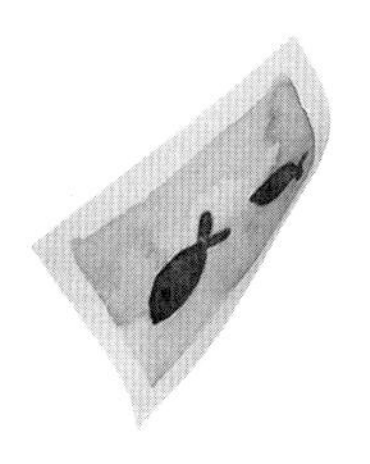

카토는 도망쳤다.

공원을 나와, 길을 지나, 안개 속으로. 스크린 밖으로 나가기 위해서.

카토는 스크린에서 너무 세게 튀어나오는 바람에 넘어지면서 카노 부인과 부딪힐 뻔했다.

"카토! 퇸은 어디 있어?"

카노 부인이 소리쳤다.

'아, 퇸!' 카토는 그제야 생각했다. '여기로 먼저 돌아온 건 아닌가 보네?'

"잘 모르겠어요……."

카토가 말끝을 흐렸다.

바로 그 순간, 피어싱 퇸이 스크린 밖으로 나왔다. 막스를 팔에 안은 채였다. 당황스러운 모습이었다. 어찌해야 좋을지 모르는 듯했다.

“퇸, 안 돼요! 동물을 데려오다니!”

카노 부인이 소리쳤다.

카노 부인의 말이 마음에 걸렸는지, 퇸은 곧장 막스를 카노 부인에게 건넸다.

막스를 다른 사람에게 맡기고 나자, 퇸은 비로소 안심하는 것 같았다. 카노 부인은 아무 말 없이 막스와 함께 스크린 속으로 사라졌다.

퇸은 카토 옆 바닥에 주저앉아 불안한 모습으로 카토를 쳐다보았다. 카토도 퇸을 바라봤지만, 거의 보지 않고 있는 것이나 다름없었다. 심장이 너무 빨리 뛰어서 금방이라도 폭발할 것만 같았다. 어두웠을 상영관에 햇빛이 쏟아져 내리고 있어서 카토의 동공이 홍채만큼이나 커진 듯했다. 카토의 생각은 미처 이해하기도 전에 증발해 버렸다.

곧 카노 부인이 스크린 밖으로 빠져나왔고, 카토는 부인을 슬며시 쳐다보았다. 카노 부인이 몸을 숙이고서 퇸과 대화를 나누었지만, 카토는 듣지 않았다.

‘구멍이…….’ 카토의 머릿속에 떠오른 유일한 생각이었다. 머릿속에서 코르넬리아 아줌마의 목소리가 맴돌았다.

누군가 말을 걸고 있다는 걸 알아차리기까지는 조금 시간이 걸렸다. 누군가 이마에 손을 올리는 게 느껴지면서 카토의 심장은 진정이 됐다. 카노 부인이 카토의 눈앞에 앉아 있었다.

"무슨 일이 있었니?"

카노 부인이 물었다.

'구멍이…….' 코르넬리아 아줌마의 목소리가 들리는 듯했다.

"엄마를 봤어요."

카토가 속삭였다.

카토는 카노 부인이 깜짝 놀라는 걸 보았다. 잠깐 몸이 굳은 듯 보였지만, 곧 얼굴에 친절한 그림자가 지나갔다.

"네 엄마……."

카토가 고개를 끄덕였다. 상영관은 서서히, 하지만 뚜렷하게 다시 어두워졌다. 원래 그랬던 것처럼.

"저희 엄마는 돌아가셨어요."

카토가 말했다.

"그런데 퇸의 영화에서는 엄마가 살아 있었어요. 엄마는 피아노를 쳤어요. 그리고 저를 바라봤어요. 사진 속에서처럼요."

"사진?"

"인터넷에서 찾은 사진이요. 공원에서 열린 축제 때 찍힌 사진이었어요. 퇸의 기억 속에서 사진 속의 엄마 모습을 보았어요. 제가 본 사진은 그때 찍힌 거였어요."

"공원에서 열린 축제라……."

카노 부인은 적절한 단어를 찾는 것처럼 말끝을 늘였다.

"그건 몰랐네."

그러고는 속삭였다.

"그때 그랬구나. 너희 엄마가."

카노 부인의 얼굴이 귀신이라도 본 것처럼 하얗게 질렸다.

"괜찮으세요?"

카토가 묻자 카노 부인이 슬며시 웃었다.

"아, 카토."

카노 부인은 카토의 어깨를 잡고는 미소를 지었다. 그제야 얼굴에 혈색이 돌아왔다.

"네게 조금 더 빨리 물어볼 걸 그랬구나."

카토가 몸을 움츠렸다.

"놀라신 거 같아요."

"내 걱정은 말렴. 넌 괜찮니?"

카토는 자기가 괜찮은지 아닌지 알 수 없었다.

'괜찮은 걸까? 모든 게 정상이었을까?'

카토는 왜 그렇게 겁을 먹고 도망쳤을까? 왜 엄마에게 다가가지 않았을까? 카토의 '엄마'였다. 정말 다정해 보였고 목소리도 달콤했다. 그런데 왜 그렇게 무서웠을까? 왜 카토는 이렇게 말도 안 되는 행동만 하고, 잘하는 게 하나도 없을까? 퇸은 어리석었을지 모르지만, 적어도 이렇게까지 멍청하진 않았다. 개는 엄마와는 다르지만 말이다.

"그나저나 퇸은 어디 있어요?"

카토가 물었다.

카노 부인이 한숨을 쉬었다.

“또 사라졌어.”

“막스는요?”

“내가 돌려놨단다.”

카노 부인이 말했다.

“그 사람들 모두 놀랐겠지. 하지만 달라지는 건 없어. 퇸이 막스와 보낸 13년 동안의 소중한 추억을 빼앗아 온 건 아니니까.”

“일이 잘못돼서 죄송해요.”

카토가 말했다.

“아니야! 내 실수야, 안 그래? 네 엄마가 거기 있다는 걸 미리 알았어야 했는데.”

“그걸 어떻게 아시겠어요.”

카노 부인은 잠시 말을 멈추고는 어깨를 으쓱해 보였다.

“카노 부인, 저희 엄마를 아세요?”

카토가 묻자 카노 부인은 천천히 고개를 저었다.

“아니, 카토. 미안하구나. 나도 네 엄마를 알았으면 좋겠어.”

“왜 알고 싶으신데요?”

“왜냐면 네 머릿속이 질문으로 가득 찬 게 보이거든. 내가 그 질문들에 답을 해 줄 수 있다면 좋겠어.”

카노 부인은 몸을 돌려서 스크린을 잠시 바라보았다.

“세상에, 너희 엄마가…….”

그리고 말을 이었다.

"세상에……, 어떻게 그럴 수 있지? 그나저나 어땠니?"

카토는 입술에 번지는 미소를 느낄 수 있었다.

"정말 무서웠어요. 그리고 정말 끝내줬고요."

카토가 집에 돌아왔을 때, 이미 집은 어두웠다. 다행히 코르넬리아 아줌마는 아무 데도 없었다. 그리고 아빠는 벌써 잠자리에 든 것 같았다. 복도를 지나가는데 거실에 놓인 피아노가 보였다. 카토는 어두운 거실로 들어가 피아노 의자에 앉았다. 뚜껑을 열고, 건반에 손을 얹은 채 한동안 가만있었다. 그러고는 검은 건반에 쌓인 먼지를 보았다.

카토는 아빠를 생각했다. 젊은 시절의 아빠. 퇸의 기억 파일에서 본 아빠는 매우 달랐다. 당연히 젊었고, 더 생기 있었다. 공원에 있던 사람들 중에 가장 빛났다.

카토는 몇 주 전에 봤던 피아노 앞에 앉은 아빠를 떠올렸다. 이제 와 생각하니, 그때 아빠는 엄마를 생각하고 있었던 것 같다. 엄마를 떠올리며 그 선율을 쳤을 것이다. '엄마'가 연주했던 곡이니까.

카토는 피아노를 치다가 곧 멈추었다.

엄마는 카토를 바라보았다.

왠지 카토는 화가 났다. '왜 겁이 났을까?'

카토는 자리에서 일어나서 어두운 복도를 지나 어두운 주방으로 가 냉장고 문을 열었다. 그러고는 냉장고 안 불빛을 잠시 바라보았다. 카토는 항상 먹던 것을 꺼내 들었다. 냉장고 문을 열어 놓고서 그 불빛에 의지해 빵에 마요네즈를 바르고, 치즈를 갈아 올리고, 잼을 발라 샌드위치를 만들었다. 우유를 한 잔 따랐다. 그리고 발로 냉장고 문을 닫고 음식을 들고서 계단을 올라 방으로 향했다.

소찬이 꿀꿀거리며 카토를 반겼다. 카토는 소찬에게 고개를 끄덕여 보였다. 그러고는 불을 끄고 이불을 젖힌 다음 한 손에는 접시, 다른 한 손에는 컵을 들고서 창틀에 앉아 창문 밖으로 발을 뻗었다. 그렇게 앉아 빵을 먹고 우유를 마시고 바깥을 바라보았다. 정원거미는 여전히 거기 있었지만, 카토가 어떤 세상을 사는지에 대해서는 아무것도 알지 못했다. 정원거미는 미동도 않고 거미줄에 앉아 그저 기다릴 뿐이었다. 거미는 아무것도 하지 않고 그저 존재하고만 있었고, 아무 생각도 하지 않고 파리만 기다리고 있었다. 카토 역시 아무 생각도 하지 않으려 노력했다. 엄마 생각을 잠시 미뤄 두고, 거미처럼 있어 보려 했다. 그냥 존재하고, 자신이 살아 있다는 것만 느낀 채, 아무것도 하지 않는 것이다. 카토는 그 자리에 한 시간 동안 그렇게 앉아 있다가 잠이 들었다.

다음 날 학교가 끝나고 카토는 영화관에 가지 않았다. 카토는 자전거를 타고 존재하지 않는 들판으로 달려가 풀밭에 자전거를 세우고는 누워서 보통의 세상으로부터 몸을 숨겼다. 카토는 엎드려서 팔꿈치에 몸을 지탱한 채 아무 의심 없이 산책하는 사람들의 사진을 찍었다. 마치 렌즈를 통해 물고기가 그득한 어항을 바라보는 느낌이었다. 물고기들은 아무것도 눈치채지 못했다. 자신들을 둘러싼 세상이 그저 평범한 세상이라는 듯. 누군가 풀밭에 엎드려 자신들에 대해 연구하고 있으리라고는 생각하지 못했다.

그때 어떤 노부인이 개를 데리고 지나갔다. 노부인은 정확히 두 집 사이에 멈춰 서서 카토 쪽으로 돌아섰다. 그러고는 카토를 바라보며 손을 흔들었다. 마치 물고기가 별안간 어항 밖을 바라보고는 카토에게 윙크하는 것 같았다.

깜짝 놀란 카토는 카메라를 내리고는 노부인처럼 손을 들었다. 카토는 노부인을 알아보았다. 영화관에 갔던 첫날, 영화관으로 들어가는 옆문이 있는 골목길을 일러 준 그 노부인이었다. 카토가 미처 알지 못했던 그 골목 말이다.

그때 노부인의 개가 갑자기 들판을 가로질러 카토에게 달려왔다.

"헨드릭, 이리 와!"

노부인은 깜짝 놀라 쉰 목소리로 외쳤다.

하지만 헨드릭은 이미 카토를 찾았고, 킁킁거리며 카토의 얼굴을 핥았다.

"너를 얼마나 좋아하는지 몰라."

노부인이 카토 앞으로 다가와 말했다.

“잠깐 옆에 앉아도 되겠니?”

“그럼요.”

카토는 존재하지 않는 들판에 누군가와 함께 앉아 있다는 사실이 영 믿기지 않았다.

노부인은 그런 카토의 마음을 알아챈 것 같았다.

“그래, 값어치 없는 눈이지만 그렇다고 못 보는 건 아니란다. 나는 이 들판을 평생 알고 있었지. 그렇지만 여기에서 다른 누구를 본 적이 없단다. 너 빼고 말이야.”

“전에 할머니를 만난 적 있어요…….”

카토가 말했다.

“맞아, 아가야. 넌 정문으로 들어가려 했지만, 닫혀 있었지. 어떤 영화를 보고 싶은지 정했니?”

카토는 아무 말도 하지 않았다.

당연히 카토는 자기가 보고 싶은 영화가 무엇인지 알았다. 하지만 아직은 알고 싶지 않았다.

노부인은 카토의 손을 잡고서 부드럽게 쥐었다.

“저길 보렴.”

그리고 포플러나무 위 파란 하늘을 가리켰다.

저 멀리에서 햇빛을 받아 비행기가 빛났다.

“값어치 없는 눈이지만 못 보는 건 아니라고 내가 말했지? 저 비행기 안에 앉아서 너를 바라보는 사람들을 상상할 수 있겠니? 아마도 우리가 모르는 사이 이 들판을 바라보고 있을 거야. 어쩌면 우리가 어항 속 물고기일지도 몰라."

속삭이는 할머니의 말소리가 마치 거친 파도처럼 카토의 머릿속으로 밀려들어 왔다. 할머니의 말은 잠시도 몸을 가눌 수 없을 만큼 거칠고 거대한 파도처럼 카토를 휩쓸었다.

"어항 속 물고기를 어떻게 아셨어요?"

카토가 연달아 물었다.

"할머니는 대체 누구세요?"

노부인이 웃었다.

"나는 그냥 참견하길 좋아하는 바보 같은 노인일 뿐이야. 가까이서 보면, 그게 전부지."

세상에서 가장 불쌍한 사람들

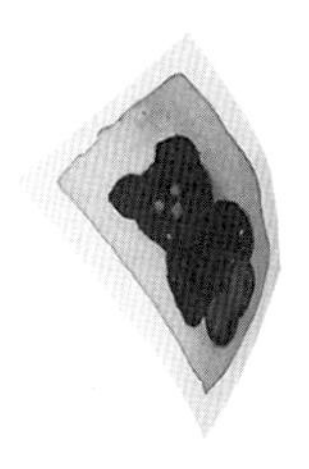

보통 카토는 학교에서 집중하는 게 어려웠다. 카토의 시선은 창밖을 이리저리 흘러 다녔고 생각은 나무에서 구름으로 옮겨갔다. 카토는 가끔 로버르 선생님이 '균열'이라는 단어를 설명할 때면, 교실을 둘로 쪼개는 거대한 균열을 상상하곤 했다. 그 상상 속에서, 반 아이들의 4분의 1이 그 틈으로 빠져 사라지고 로버르 선생님은 비명을 지르며 책상 위로 뛰어올랐다. 마침내 그 균열은 점점 커져서 우주에서 서로 다른 길로 향하는 두 개의 지구로 나뉘었다. 지구의 양쪽 반에 있는 사람들은 자신들만의 역사를 만들어 갔고, 서로 다른 존재로 진화했으며, 그들이 매우 발전했을 때 결국엔 균열과 그 틈으로 사라진 사람들을 잊고 말았다. 그렇지만 우주선을 발명해 자신들이 우주에서 혼자가 아니라는 사실에 기뻐했을 것이다.

그런 상상을 하다 보면, 로버르 선생님이 "카토!" 하고 부르는 목소리가 들린다. 카토가 다시 교실로 끌려왔을 땐 반 친구들이 비웃고 있었다.

카노 부인의 영화관이 카토의 삶에 들어온 이후, 카토의 생각은 너무 멀리까지 퍼져 나가서 마치 우주를 떠난 것처럼 보였다. 특히 퇸과의 첫 시간 여행을 하고 나서 등교한 첫날이 가장 심했다. 엄마가 사람들 틈에서 카토의 눈을 똑바로 바라보던 그 순간이 영화처럼 머릿속에서 계속 재생됐고, 보고 또 봐도 질리지 않았다. 먼 곳에 있던 엄마가 갑자기 너무나 가까워졌고, 어렴풋하긴 했지만 엄마는 밝고 살아 있었다. 그런 엄마를 생각할 때마다 카토는 일종의 미련을 느꼈다. 그리고 이 영화야말로 어디서도 상영되지 않는 자신만의 영화였다고 스스로에게 말했다. 엄마를 멀리서나마 몰래 볼 수 있었다는 것, 그것만으로도 충분했다.

카토는 정신이 번쩍 들었다. 아주 잠깐 모든 사람이 자기를, 그리고 자기의 몽상을 비웃고 있다고 느꼈지만, 곧 아무도 자기를 지켜보고 있지 않다는 것을 깨달았다. 모두 로버르 선생님을 쳐다보고 있었다. 선생님은 책상 앞에 앉아 초조하게 교실을 둘러보더니, 몸을 굽혀 가방을 뒤적였다.

"플립을 본 사람?"

선생님이 아이들에게 물었다.

누군가 키득거렸다.

카토는 로버르 선생님이 항상 작은 곰 인형을 놔두는 책상 한구석을 바라보았다.

곰 인형의 이름이 플립인가 보다.

“아무도 없어?”

교실 여기저기에서 모른다고 중얼거리는 소리가 들려왔다. 아무도 플립의 행방을 알지 못했다. 카토는 다리오와 로니가 앉은 자리를 찾아 교실을 훑어보았다. 둘은 책상에 고개를 박고 킥킥거리고 있었다. 이 둘이 작당한 게 틀림없었다. 하지만 카토는 입을 다물었다. 그리고 교실을 다시 둘러보고는 거의 모든 아이가 즐겁게 웃고 있다는 것을 알아차렸다. 어느 순간, 불한당 스물다섯 명과 겁쟁이 다섯 명 정도로 이루어진 반이 되어 있었다.

“누구든 플립이 어딨는지 알려 준다면 정말 고맙겠구나.”

로버르 선생님이 말했다. 목소리가 조금 갈라졌다.

“저희가 그걸 어떻게 알아요? 설마 저희를 도둑이라고 생각하세요?”

다리오가 말했다.

“난 그렇게 말하지 않았단다.”

로버르 선생님이 빠르게 말을 이었다.

“누군가가 장난을 치느라 그랬을 수는 있지. 하지만 장난은 끝났어. 그러니 아는 사람이 있으면…….”

침묵이 흘렀다.

"오늘 아침에는 플립을 못 본 것 같아요."

라라가 말했다. 우연히도, 라라는 카토가 항상 친절하다고 여겼던 아이였다. 이젠 아니지만.

"집에 두고 오신 거 아니에요?"

로버르 선생님은 넋을 잃은 채 잠자코 아이들을 바라보았다.

카토는 마음속으로는 이미 몇 번이고 자리를 박차고 일어나 로니와 다리오를 가리키며 반 아이들 모두에게 제발 정상적으로 행동하라고 소리쳤다. 상상 속에서는 이미 로니에게 주먹을 날리고 이도 부러뜨렸다.

하지만 현실 세계의 카토는 감히 움직이지 못하고 마비된 것처럼 의자에 앉아 있었다.

'확실하지 않잖아.' 카토는 자신에게 말했다. 로니와 다리오가 배후라는 게 확실할까? 단지 그 둘이 말썽꾸러기이기 때문에 의심했을 뿐이다. 그런데 로버르 선생님은 어째서 이 일을 직접 해결하지 못할까? 왜 단 한 번도 그 아이들을 따끔하게 혼내지 않는 걸까? 그런 로버르 선생님 편에 서서 반 전체 아이들의 분노를 살 이유가 있을까?

로버르 선생님은 한숨을 쉬고는 아무 말도 하지 않고 교실 밖으로 나갔다.

그러자 곧바로 로니 책상 위로 플립이 불쑥 올려졌다.

"안녀어엉!"

로니가 킬킬거리면서 인사했다.

반 아이들 대부분이 웃음을 터뜨렸다. 반면 카토는 조용히 앉아 있었다. 기분이 굉장히 좋지 않았다.

갑자기 교실 문이 벌컥 열렸다. 스틴트 교장 선생님이 성큼성큼 교실로 들어왔다. 다들 쥐 죽은 듯 조용해졌다. 플립은 다시 책상 밑으로 재빠르게 사라졌다.

"무슨 일이죠? 로버르 선생님이 나가신 지 몇 초나 됐다고 벌써 이렇게 시끄러운가요?"

스틴트 교장 선생님이 소리치고는 교실을 둘러봤다.

교장 선생님의 시선에 모두가 움츠러들었다. 만약 스틴트 교장 선생님이 곰 인형을 찾아 책상 위에 올려놓는다면 로니와 다리오는 위압감에 움츠러들어서 그걸 쳐다볼 생각조차 못 했을 것이다.

"로버르 선생님이 갑자기 몸이 안 좋아지셨어요."

스틴트 교장 선생님이 말을 이었다.

"선생님이 조퇴하셨으니 오늘은 내가 대신 수업을 진행하겠어요."

카토는 스틴트 교장 선생님의 목소리에서 로버르 선생님의 갑작스러운 조퇴로 교장 선생님이 짜증이 났다는 것을 느낄 수 있었다. 카토는 갑자기 기분이 좋아졌다.

그날 저녁 카토는 코르넬리아 아줌마가 냉장고에 남겨 둔 음식을 들고서 창틀에 앉았다. 코르넬리아 아줌마가 준비한 음식을 먹는다는 사실이 자랑스럽지는 않았지만, 그보다는 굶어 죽는 게 더 끔찍했다. 그리고 아빠가 사 온 구역질 나는 음식을 먹는 것도 싫었고. 게다가 코르넬리아 아줌마가 만든 음식은 꽤 맛있었다. 물론 코르넬리아 아줌마에게는 절대 비밀이지만.

카토의 아빠는 아래층 텔레비전 앞에 앉아 있었다. 카토는 위층으로 올라가기 전에 한동안 아빠를 지켜보았다. 그렇게 앉아 있는 아빠가 카토의 눈에는 갈색 의자 위에 놓인 회색 물체 같았다.

카토는 한편으로는 그리 달려가 텔레비전 플러그를 뽑아 버리고 아빠를 껴안고 싶었다. 그러면 부서지기 쉬운 얼음 조각처럼 아빠가 산산조각 날 것이라고 반쯤 기대했다. 다른 한편으로는, 아빠가 마침내 고개를 들어 자기가 거기 서 있는 것을 볼 때까지 아빠를 흔들고 싶었다.

하지만 결국 이긴 건 문 앞에서 꼼짝하지 않고 가만히 서 있는 카토였다.

"바보."

카토는 이렇게 중얼거리고서 위층으로 올라갔다. 카토는 불만이 차오르는 걸 느끼며 음식을 창틀 위에 올려놓았다.

"멍청한 텔레비전이랑 함께 살라지."

카토는 투덜거리며 음식을 먹었다.

시간이 지날수록 카토는 자신의 불만이 아빠를 향한 게 아니라는 걸 깨달았다. 카토는 로니의 앞니를 생각했다. 자기가 부러뜨리지 못한 앞니. 아래층 텔레비전을 생각했다. 자기가 플러

그를 뽑아 버리지 못한 아빠의 텔레비전. 그리고 엄마를 생각했다. 자기가 가까이 달려가지 못했던 엄마.

카토는 음식 접시를 책상 위에 탁 내려놓고는 창틀에서 폴짝 뛰어내렸다. 그리고 아래층으로 내려가 코트를 입고 밖으로 나갔다. 카토는 자전거를 타고 로니의 집으로 달렸다.

카토가 초인종을 누르자, 한 아줌마가 놀란 얼굴로 문을 열더니 친절하게 말했다.

"안녕? 너 카토 아니니?"

"맞아요……."

아줌마는 카토를 이상한 시선으로 바라보았다. 카토는 처음에는 그 표정을 이해하지 못했지만, 곧 그게 연민임을 깨달았다. 그래서 덜컥 겁이 났다.

"여기가 로니네 집 맞지요?"

카토가 물었다.

"그렇단다. 너희 둘이 친구인 줄 몰랐네. 잘됐다."

아줌마 말에 카토는 숨이 막힐 뻔했다.

"네."

카토는 쉰 목소리로 대답했다.

"불러 줄게. 로니! 손님 왔다!"

멀리서 로니의 목소리가 들려왔다.

"금방 올 거야. 들어오렴."

카토는 빠르게 머리를 저었다.

"괜찮아요. 감사합니다."

아줌마가 집 안으로 사라지고 조금 뒤 로니가 문밖으로 나왔다.

"카토?"

로니가 놀라서 말했다. 로니의 눈은 금세 의심스러운 눈초리로 바뀌었다. 하지만 다행스럽게도 카토는 로니의 눈에서 두려움을 보았다. 그게 바로 카토가 쥔 비장의 카드였다. 이제 중요한 건 그 카드를 잃지 않는 것이다. 물론 카토는 자기에게 어떤 카드가 있는지도 모른다. 초인종을 누르는 것 말고는 아무 계획도 없었으니까.

"플립을 찾으러 왔어."

카토가 무턱대고 말했다.

로니의 얼굴에 못된 미소가 번졌다.

그제야 카토는 미리 계획을 세우고 오는 편이 더 나았었겠다는 생각이 들었다.

"뭐라고?"

"플립을 가지러 왔다고."

"그렇구나! 그게 갖고 싶냐? 왜?"

"로버르 선생님한테 갖다 드리려고."

로니의 미소가 더욱 커졌다. 로니는 뒤돌아 옷걸이에 걸린 코트를 만지작거리더니, 갑자기 가방에서 플립을 꺼내 보이며 말했다.

"그렇구나. 로버르 선생님한테 드릴 거라고? 그럼 당연히 너한테 줘야겠네. 선생님한테 안부 전해 드릴래? 그리고 내가 죄송하다고 했다고 전하고?"

로니가 자기를 놀리고 있다는 걸 뻔히 알면서도 카토는 플립을 빼앗을 수가 없었다. 카토가 플립을 빼앗으려고 팔을 뻗자 로니는 재빨리 인형을 뒤로 숨기고는 킥킥거렸다.

"어쩔 건데, 이 꼬맹아?"

로니가 말했다. 좀 전까지 카토에게 가졌던 두려움은 사라지고 없었다.

카토는 이런 나쁜 놈이 자기를 바보 취급하자 화가 부글부글 끓어올랐지만, 아무 말도, 그 어떤 행동도 하지 않았다. 그저 가만히 있을 뿐이었다. 교실에서처럼 말이다. '제기랄, 지금 뭘 하는 거야? 이게 뭐야?' 카토는 생각했다.

"너 바보처럼 밤새 여기 서 있을 거냐?"

로니가 물었다.

카토는 고개를 저었다. 사실 카토는 이미 그곳을 떠난 기분이었다. 로니네 집 앞마당에 서 있는 건 카토가 아니라 힘없는 풀때기일 뿐이었다. '여기 오는 건 정말 끔찍하게 어리석은 결정이었어.'

"네가 조금 미쳤다는 건 알았지만, 이렇게 겁쟁이일 줄은 몰랐는데."

로니가 말을 이었다.

"네 아빠를 닮아서 그렇겠지?"

카토는 위를 올려다봤다.

"우리 아빠……?"

"우리 엄마가 그러던데? 네 아빠가 꼭 쓰러질 것처럼 흐느적 흐느적 마을을 돌아다닌다고. 너희 아빠를 '가느다란 다리'라고 부른다더라."

순간 카토의 눈이 빨개졌다. 힘없는 풀때기에 단단한 근육이 솟았다. 그리고 수백 번은 족히 따라 해 봤던 이소룡처럼 번개 같은 동작으로 로니의 목을 잡았다.

"플립을 당장 내놓지 않으면 네 머리를 뜯어 버릴 거야, 이 찐따야."

로니가 캑캑거리며 카토의 손을 잡았지만, 카토의 손은 쇠붙이처럼 단단했다. 카토는 로니의 손톱이 손을 파고드는 것도 느끼지 못했다. 그저 겁에 질린 로니의 얼굴만 보였다. 카토는 로니의 목을 더 세게 움켜쥐었다.

로니는 캑캑 소리를 내며 몸부림치다가 플립을 카토 쪽으로 밀쳤다.

카토는 그제야 로니의 목을 움켜쥐고 있던 손아귀에 힘을 풀었다. 로니는 숨을 몰아쉬며 당황한 얼굴로 카토를 쳐다보았다.

"너 정말 미쳤구나."

로니는 계속해서 숨을 헐떡거렸다.

"똑똑히 알아 둬."

카토가 말했다. 목소리는 차분했지만, 내면은 분노로 차 있었다.

"한 번만 더 우리 아빠에 대해 그렇게 말하면, 내가 가만 안 둬. 지금보다 훨씬 더 무섭게! 무슨 말인지 알겠어?"

로니는 고개를 끄덕였다. 로니가 여전히 놀란 얼굴로 쳐다보았지만 카토는 뒤를 돌아 앞마당을 지나서는 자전거에 올라 불타는 몸을 이끌고 페달을 밟았다.

'아빠가 불쌍해 보이다니! 다들 그렇게 생각하고 있었던 거야? 최소한 로니는 그렇게 알고 있었어.'

카토는 플립을 바라봤다.

"걔는 알고 있었어, 플립!"

카토가 말했다.

"넌 이제 가족의 품으로 돌아가렴. 오늘 밤, 세상에서 가장 불쌍한 사람들은 알아서 지내라지."

그제야 카토는 바람이 피부를 스치며 머리카락을 훑는 것을 느꼈고, 마치 카토 자신이 작은 바람이 된 것도 같았다. 카토는 달구어진 기계처럼 거리를 헤집고 다녔다. 어둠을 쪼갤 듯이 소리치면서 두 팔을 벌리자, 마치 날아오른 것만 같았다.

통통이

카토는 그날 밤 아기처럼 잠들었고, 다음 날 아침 기운차게 일어났다. 그러고는 쾌활하게 인사했다.

"좋은 아침이에요!"

아빠가 보여 준 미소는 무시했다. 청소용품을 들고 현관으로 들어서는 코르넬리아 아줌마의 짜증 나는 콧노래도 무시했다. 카토는 맑은 하늘을 내다보았다. 토요일이었고, 무슨 일이든 할 수 있을 것 같은 기분이었다.

그때 코르넬리아 아줌마가 주방으로 들어오더니 봉투 하나를 건네며 말했다.

"현관 매트 밑에 놓여 있더구나."

카토는 코르넬리아 아줌마의 향수 냄새를 맡고서 바로 영화관 주방에서 나던 향기를 기억해 냈다. 의심할 여지 없이, 똑같은 향수였다.

'우연일까? 이렇게 끔찍한 향수를 쓰는 사람이 얼마나 되겠어? 그리고 코르넬리아 아줌마가 아니라면, 대체 누구야?'

"정신 차려, 카토."

아줌마의 목소리가 들렸다. 아줌마는 봉투를 흔들고 있었다.

카토는 생각을 멈추고는 봉투를 바라보았다. 봉투에는 '카토'라고 적혀 있었다.

카토는 봉투를 열어 그 안에 든 작은 노트를 꺼냈다. 거기에는 이렇게 쓰여 있었다.

> 오늘은 특별한 손님이 오실 거야.
> 네가 그분을 맞이해 주면 좋겠구나!
> 오전 11시 정각에 영화관으로 오렴.
> -카노

순간 어떤 기억들이 카토의 머리를 스쳐 갔다. 퇸과 함께 여행하다 실수를 하고 만 기억이. 그리고 무대 위의 엄마까지. 그런 일이 또 일어나면 어쩌지? 또 겁을 먹고 미친 듯이 도망쳐서 다 망쳐 버리면 어쩌지?

하지만 카토는 로니의 목을 단단히 움켜쥐었던 일을 떠올렸다. 겁에 질린 그 녀석의 표정까지.

'투정 부리지 마.' 카토는 자신에게 말했다.

카토는 도망치지 않을 것이다. 자신이 그렇게 엉망일 리는 없었다.

그래서 카토는 11시가 되기 15분 전에 자전거를 타고 영화관으로 향했다. 자전거를 세워 놓은 후, 습관적으로 영화관 정면 사진을 몇 장이나 찍었다. 사진 상태가 좋지 않다고 생각했기 때문이다. 하지만 뒤이어 그저 시간을 끌고 있다는 것을 깨달았다.

'멍청하긴. 그만 좀 해.' 카토는 자신에게 말하고는 심호흡을 하고 안으로 들어갔다.

카노 부인은 바 옆에 서 있었다. 카토를 기다리고 있던 것처럼. 카토보다도 훨씬 더 초조해 보였다.

"왔구나, 카토. 반갑다."

카노 부인이 말을 이었다.

"특별한 손님은 벌써 와 있단다."

"그래요? 어디 계시는데요?"

"바로 네 앞에 서 있지."

카노 부인이 말했다.

카토는 놀란 얼굴로 카노 부인을 바라봤다.

"부인이라고요?"

카토가 소리쳤다.

"그럼 나 말고 다른 사람이 보이니?"

"아니요……. 그렇지만…… 부인이요?"

"어머나, 그 반응은 대체 뭐니? 나도 사람이야. 추억이란 게 있다고. 그리고 과거에서 해내지 못한 일이 있지. 그러니까 이번엔 내가 손님이야. 넌 내 시간 주변 여행자로 함께 가는 거고. 이번엔 특별한 임무가 있어. 나는 방해받지 않고 일을 해내야 하거든. 그러니 넌 내가 바쁠 때 누군가를 지켜봐야 해."

"누군가를 지켜봐야 한다고요? 아이를 돌보는 일인가요?"

카노 부인은 미소를 지었다.

"그렇게 말할 수도 있겠네. 한 남자아이가 있어. 다들 통통이라고 부르지. 내가 바쁠 때 그 '애기'를 잘 지켜봐 줬으면 해."

"그렇지만 왜요?"

"그건 때가 되면 설명해 줄 테니, 일단 그 아이랑 시간을 보내면 돼. 아이를 잘 봐야 한다. 눈을 떼면 안 돼."

"제가 아이를 보는 동안 뭘 하실 건데요?"

"그건 내 일이야. 너도 곧 알게 되겠지만. 그래서, 날 도와줄 거니?"

카토는 별로 생각할 필요도 없었다. 당연히 갈 테니까. 카노 부인의 기억이 마침내 부인에 대한 수수께끼를 풀 실마리가 될 것이다. 그렇다면 아마도 카노 부인을 좀 더 알 수 있겠지.

"당연히 도와드려야죠. 어디로 가는 거죠?"

"상영관 안에 들어가면 보일 거야. 나도 금방 그리로 갈게."

카노 부인은 계단을 올라 영사실로 갔다. 카토는 상영관으로 들어가 기대에 찬 얼굴로 하얀 스크린을 쳐다보았다. 불빛과 함께 스크린에 카노 부인의 기억이 떠올랐다. 들판으로 둘러싸인 마을, 커다란 정원이 있는 오래된 집.

'카노 부인의 어린 시절일까? 부인이 늘 여행을 가던 그곳인가? 굉장히 멀다는 그곳? 이곳과 같은 영화관이 있다는 바로 그곳일까?'

카노 부인이 상영관 안으로 들어왔다.

"준비됐니, 카토?"

"네, 그렇지만……."

"그렇지만?"

카노 부인은 카토의 손을 잡고 스크린 쪽으로 걸어가기 시작했다.

"그러니까 저는 그냥 남자애 하나만 감시하면 되는 거죠?"

"맞아."

"통통이요?"

"정확해."

"그리고 부인은…… 거기서 무언가 할 거고요?"

"그래, 좋아. 이게 시험이라면 네게 100점 줄게."

카노 부인은 안심하라는 듯 카토에게 미소를 지어 보였다.

"안경, 카토."

카토는 안경을 벗어 스크린 아래 바닥에 두었다.

"가자. 얼음 목욕할 준비 됐지?"

카노 부인이 말했다.

카토는 카노 부인을 뒤따라 스크린 안으로 들어섰다.

다음 순간, 둘은 목초지 한가운데 있는 작은 마을의 오래된 집 앞에 서 있었다. 집 앞마당에는 카토와 비슷한 또래의 소년이 서 있었다.

카토는 곧 퇸의 기억 속에서도 맡았던 민들레 줄기 향기를 맡았다. 그때와 마찬가지로 카토의 시야가 약간 흐릿해졌지만, 곧 주위의 모든 게 선명해졌다. 카토는 자기도 시간 여행에 익숙해졌다고 생각했다.

"네 시계로 지금 몇 시니?"

카노 부인이 물었다.

카토는 팔을 들어 올려 시계를 내밀었다.

"11시 15분이구나……. 좋아, 1시 15분에 널 찾으러 올게. 이 기억은 이 목초지에서도 꽤 먼 곳까지 걸쳐 있거든. 그러니까 멀리 가지 마. 여기선 안개를 찾기가 어려울지도 몰라."

카토는 고개를 끄덕이고는 의심과 호기심이 섞인 눈초리로 소년을 쳐다보았다.

"가 봐."

카노 부인이 말하며 카토를 집 정문 쪽으로 밀었다.

"나중에 보자."

카노 부인은 카토가 정문 앞에 다가가는 사이 집에서 멀어져 갔다.

소년이 카토를 보고는 가까이 다가오고 있었다. 호기심 가득한 작은 눈에, 둥근 얼굴이었다. 그리고 별명처럼 통통했다.

“너, 저 이상한 사람이랑 같이 왔니?”

통통이가 물었다.

“카노 부인을 말하는 거야?”

“그게 저 사람 이름이야?”

“뭐 그래. 적어도 저 사람이 스스로 부르는 이름이지. 그게 진짜 이름인지는 나도 몰라. 너도 저 사람이 누군지 모르니?”

“잘 모르는데, 아무튼 여기 자주 나타나곤 했어. 처음엔 나를 계속 지켜보더라. 그리고 그다음에는 별의별 질문을 다 하더라니까. 나에 대해 모든 걸 알고 싶어 했어……. 와, 너 카메라가 있네?”

카토가 고개를 끄덕였다.

“뭘 찍는데?”

“아, 그냥. 그냥 바보 같은 것들을 찍어.”

“멋지다.”

“내가 바보 같은 것들을 찍는 게 멋지다고?”

“응.”

“그렇구나…….”

“넌 왜 양말을 짝짝이로 신고 있니?”

“그냥. 다들 같은 짝을 신고 있잖아. 난 그게 이상하다고 생각하거든.”

“맞는 말이야. 그럼 난 너를 ‘양말’이라고 부를래.”

“양말?”

"응."

통통이가 손을 내밀며 인사했다.

"만나서 반가워, 양말아. 다들 나를 통통이라고 불러."

그러고는 자신의 통통한 배를 가리켰다.

"그러니까 너도 날 통통이라고 부르도록 해."

"그렇게 불리면 짜증 나지 않아? 사람들이 통통이라고 부르는 거 말이야."

통통이는 고개를 저었다.

"난 통통한데? 그리고 난 내가 통통해서 좋아. 세상이 좀비로 가득 차서 슈퍼마켓에도 음식이 동나고 식당들이 모두 문을 닫아도, 난 저장분이 있지."

통통이는 통통한 뱃살을 꽉 쥐어 보였다.

"뭐…… 맛있게 먹으렴."

심드렁하게 대꾸하긴 했지만, 카토는 사실 통통이의 생각이 굉장히 좋은 생존 계획이라고 생각했다. 카토도 두꺼운 베이컨을 찌워야 하지 않을까? 세상이 언제 둘로 갈라질지 모르니까?

"그거 알아?"

통통이가 말했다.

"나도 카메라가 있어. 비디오카메라지. 내가 만든 영상 보여줄까?"

"좋아."

카토가 말했다.

"그래, 이리로 와."

통통이는 문밖으로 나가 길로 나섰다.

"카메라 가지러 가는 거 아니었어?"

카토가 턱 끝으로 집을 가리키며 물었다.

"응, 그렇지만 여기에는 없어. 이리 와, 양말아. 너도 카노 부인처럼 말도 안 되는 질문을 하는구나."

카토는 한동안 소년을 지켜봤다. 정말 이상한 아이라고 생각했다. 그런 모습이 좋았다. 하지만 카노 부인이 어째서 이 아이를 지켜보라고 했는지는 아직 풀지 못한 수수께끼였다. 적어도 지금은 이 아이가 일을 망칠 것 같진 않았다. 사실 카노 부인은 통통이에게 관심도 없어 보였다.

"양말아, 안 올 거니?"

카토는 통통이를 따라 걸었다. 둘은 몇 개의 거리를 지나 마을 가장자리에 있는 넓은 공터에 도착했다. 통통이는 도랑을 뛰어넘어 울타리의 철조망을 조심스럽게 떼어 냈다. 그리고 그 틈으로 살금살금 들어가기 시작했다. 카토가 그 뒤를 따랐다.

"여기에 비디오카메라가 있다고?"

"여기 어딘가에 있어. 조금만 더 가면 돼."

통통이는 땅바닥을 훑어보고서 조금 앞으로 달려가더니 무릎을 꿇었다. 그리고 의기양양하게 소리쳤다.

"이거 봐!"

통통이가 손에 든 건 구식 비디오카메라였다.

카토가 통통이를 따라잡았다.

"이게 대체 왜 여기에 있는 거야?"

"촬영을 해야 하니까! 배터리가 다 닳을 때까지 말이야."

카토는 주변의 텅 빈 들판을 둘러봤다.

"뭘 찍는데?"

카토가 물었다.

"이제 보여 줄게. 이리 와, 양말아!"

통통이는 이제 들판 밖으로 뛰기 시작했다. 카토는 하늘을 올려다보며 통통이를 뒤따라 달렸다. 카토는 시간의 균열이 어떻게 보일지 궁금했지만, 자기는 알아볼 수 있을 거라 확신했다. 일단, 하늘은 맑고 푸르다.

카토의 시계에 따르면, 남은 시간은 한 시간 30분 정도였다.

"빨리 와, 양말아!"

통통이가 불렀다.

"양말이 아니라 달팽이라고 불러야 하나?"

"가고 있어!"

카토는 속도를 높였다. 둘은 통통이의 집이 있는 마을로 돌아왔다.

"들어와. 집이 좀 엉망이야. 우리 엄마가 약간 엉망이거든."

"아빠는?"

"아빠는 그냥 게으르고."

카토는 통통이를 따라 집으로 들어갔다. 갈색 벽지와 갈색

장식, 그리고 갈색 카펫이 깔린 넓은 복도로 지나 역시 갈색 커튼, 갈색 벽과 가구, 그리고 램프까지 갈색인 거실로 걸어갔다. 아, 갈색 식물도. 카토는 이제 민들레 줄기의 향기가 아닌 다른 냄새도 맡을 수 있음을 알아챘다. 코가 시간 여행에 익숙해지고 있는 걸까? 통통이네 집에서는 쿰쿰한 냄새가 났지만, 좋은 의미의 쿰쿰함이었다. 추억으로 가득 찬 케케묵은 과거에서 나는 냄새. 그 냄새는 민들레 줄기의 향기와 잘 어우러졌다.

거실 한가운데에는 갈색이 아닌 물건 두 개가 있었다. 빨간색 두꺼운 카펫과 검은색 구식 텔레비전이었다.

"엄마 아빠는 어디 계셔?"

"집에 안 계셔."

"아하!"

통통이는 텔레비전 뒤의 전선을 만지작거리더니 비디오카메라를 충전기에 꽂았다.

통통이가 텔레비전 전원을 누르자 그 둘이 걸어온 들판과 무인 지대의 이미지가 깜빡거리며 나타났다.

영상은 땅바닥에서 촬영되었기에 주로 큰 흙덩어리와 풀잎 몇 개가 보였다. 그리고 저 너머로 석양에 물든 하늘이 보였다.

통통이는 텔레비전을 마주 보고 바닥에 앉았다. 카토는 그 옆에 앉았다.

"한 시간 정도 찍혔을 거야."

반짝이는 눈으로 화면을 보며 통통이가 말했다.

"그럼 무슨 일이 일어나는데?"

"아무 일도 없길 바라야지."

"아하!"

둘은 한동안 고요 속에서 화면만 쳐다보았다.

"갑자기 무슨 일이 일어나면 어떡하지?"

카토가 연거푸 물었다.

"누군가 걸어온다고 생각하면 괜찮지 않을까?"

"전혀. 그럴 리가 없어. 이걸 봐."

통통이가 카토 쪽으로 돌아앉으며 설명했다.

"카메라에 타이머가 있거든. 어제저녁 8시부터 촬영을 시작했지. 그때 난 거기에 없었고. 그리고 다른 사람도 없었어. 물론, 누군가 갑자기 지나가는 건 빼고 말이야. 그러니까 8시부터 9시 사이에는 아무도 없었지. 그렇다면 거기에 무엇이든 있었을까? 보고 듣는 누군가가 아예 없다면 말이야. 아무도 보고 있지 않다고 해도, 존재한다는 게 가능할까?"

통통이가 의기양양하게 화면을 가리키며 다시 말했다.

"당연히 존재해. 비밀스럽게, 아무도 알아차리지 못하게. 그러니까 우리는 증거를 촬영한 거야. 비밀스럽게!"

이렇게 말하는 통통이의 눈이 반짝였다.

카토는 자기가 찍은 사진을 떠올렸다. 존재하지 않는 들판의 사진을.

"정말 멋지다."

카토가 말했다. 카토는 자기 카메라를 들어 텔레비전 화면을 찍었다.

"네 말이 맞아, 통통아."

"고마워."

통통이가 대답했다.

"너도 나쁘지 않아, 양말아. 아직 날 보고 한 번도 웃지 않았으니까."

"사람들이 널 보고 웃니?"

"오, 당연하지. 물론 내 얼굴에 대놓고 웃진 않아. 왜냐면 그럼 내가 그들의 얼굴에 주먹을 날려 버릴 거거든."

카토는 웃음 지으며 로니와 자기 쇠주먹을 생각했다.

"당연하지."

그리고 이어 말했다.

"그럴 땐 얼굴에 주먹을 날려야 해."

카토는 통통이와 연결된 기분을 느꼈다. 카토도 사람들이 제멋대로 자기를 대하게 놔두지 않는다.

"그리고 카노 부인 말이야……. 너희 엄마야?"

통통이가 물었다.

"아니, 그럴 리가."

카토가 놀라 대답했다.

"그 사람도 나쁘지 않니?"

카토는 통통이의 질문을 듣고 곰곰 생각했다. 몇 주 전 처음으로 영화관을 찾아갔고, 심지어 계획에도 없던 아르바이트라는 걸 하게 된 첫날 뒤로 카노 부인에 대해 더 아는 게 거의 없었다. 카노 부인이 미스터리하다는 점 말고는 아무것도 몰랐다.

"나도 잘 몰라."

카토가 대답했다.

"지금 그 사람은 뭘 하는데?"

"그것도 잘 몰라. 할 일이 있대. 뭘 정리한다거나, 뭐 그런 거겠지."

카노 부인이 뭘 하는지 알았다면 부인을 따라갔을 것이다. 카토는 통통이와 계속 여기 머무른다고 해서 많은 것을 알아내지 못하리라는 건 확실하다고 생각했다. 통통이도 단서가 되지 못했다. 카토는 통통이를 지켜보아야 할 이유를 찾지 못했다. 통통이가 망칠 일이라는 게 대체 무엇일까?

카토는 자기가 미래에서 왔다고 하면 어떤 반응을 보일지 궁금해하며 한동안 통통이를 쳐다보았다. 그리고 불쑥 말해 버렸다.

"사실 나와 카노 부인은 미래에서 왔어. 나는 카노 부인의 기억 속을 여행하는 중이야."

통통이는 한동안 카토를 바라보더니 진지한 얼굴로 고개를 끄덕였다.

"멋지다."

통통이가 이어서 말했다.

"어쩐지 시계가 멋지더라. 이제 알겠네. 미래에서 온 시계라서 그래."

"응……."

카토가 말했다. 통통이처럼 자기 시계를 바라보던 카토가 미소 지으며 말을 이었다.

"짱이지."

"짱? 미래에서 쓰는 말이야?"

"나도 모르겠어. 그런 것 같아."

"짱? 엄청 멋진 말이네. 그런데 네 시계에 텔레비전도 있어?"

"아니, 그럴 리가."

"그러면 거기에 말할 수도 있어?"

"아니, 그것도 안 돼."

"그럼 대체 그 시계로는 뭘 할 수 있어?"

"뭐, 그냥. 시간을 확인해."

"흠, 재미없네."

"뭐, 그래도 예뻐서 좋아. 너도 차 볼래?"

"난 괜찮아."

통통이가 말했다.

"그런데 너 방금 카노 부인의 기억 속을 여행하고 있다고 말하지 않았니?"

"맞아."

카토가 대답했다.

"그러니까, 이게 카노 부인의 기억이라고?"

"그런 것 같아."

카토가 말했다.

"그럼 난 여기서 뭘 하는 거야? 그 기억 속에서? 이미 부인의 머릿속에 있다는 거잖아, 안 그래?"

"나도 잘 모르겠어. 사실 네가 다 알고 있길 바랐거든. 왜냐면 넌 부인의 기억 속에만 있는 건 아니잖아. 그렇지 않니?"

"그렇지. 솔직히 나는 그런 사실을 알지도 못했다고. 난 카노 부인을 몰라. 아, 우리 집 앞에 몇 번 서 있었다는 것 빼고는."

"카노 부인은 수수께끼 같은 사람이야. 그게 내가 부인에 대해 아는 전부야. 그리고 나도 내가 여기 와야 했던 이유를 몰라. 카노 부인이 바쁠 때 널 잘 보고 있으라고 말했던 것 말고는."

카토가 말했다.

"나를 잘 보고 있으라고?"

"그래."

카토가 킥킥거리며 말을 이었다.

"'애기'를 잘 지켜보고 있으라고 했어."

"어휴, 내가 너보다 더 성숙할걸, 양말아. 난 양손을 놓고 자전거를 탈 수 있거든."

"그게 다야? 나는 외발자전거에서도 손을 떼고 서 있을 수 있어. 이미 2년 전부터 그렇게 할 수 있었다고."

"나는 좀비로 둘러싸였을 때 뭘 해야 하는지 알아."

카토가 코웃음을 쳤다.

"그걸 모르는 사람도 있어? 화염병이나 전기톱을 쓰면 되잖아. 그리고 얼굴이랑 팔을 잘 감싸서 혹시 주변을 날아다니는 좀비의 이빨에 물리지 않도록 대비하면 된다고."

통통이는 놀란 얼굴로 카토를 바라보았다.

"그거 정말 기발한데?"

"화염병 말이야?"

"아니, 날아다니는 좀비한테 물린다는 상상. 그래도 굳이 나를 돌봐 줄 필요는 없어."

"카노 부인이 나에겐 맡긴 특별 임무야. 네가 자기를 따라올까 봐 무서웠나 보지."

"글쎄, 다음에 부인이 또 오면 그땐 따라갈게. 그러면 네가 나를 말려야 해."

통통이는 이렇게 말하고서 자기 뱃살을 잡으며 말했다.

"그땐 이 뱃살로 널 밀어 버려야지."

"오호라, 네가 나보다 세다고 생각해?"

카토가 덧붙였다.

"난 너 같은 남자애 두 명은 한꺼번에 상대할 수 있다고. 심지어 눈 감고도 할 수 있어."

"그래."

통통이가 대꾸하고는 자리에서 일어났다.

"뭐가 그래야?"

"레슬링을 해 보자. 정원에서. 너와 공평하게 겨뤄 주지. 나도 안대를 낄게. 그리고 두 명이 아니라 나 한 명만 상대하면 돼."

"좋아."

"여기서 기다려."

통통이가 말하고는 주방으로 가서 행주 두 장을 가지고 왔다.

"날 따라와."

정원에 이르자 통통이는 카토에게 행주를 건네고는 심각한 눈길로 카토를 보았다.

"잘 묶어, 양말아. 속임수를 쓰면 안 돼. 기사도에 어긋나는 짓이니까."

통통이가 말했다.

"네가 기사야?"

"오, 당연하지."

"좋아, 반칙 쓰지 않기."

하지만 카토는 통통이의 기사도 따위엔 아랑곳하지 않고 통통이가 행주로 눈을 단단히 가리는 모습을 미소 띤 얼굴로 지켜보았다. 그러곤 정작 자기는 눈썹을 살짝 움직이면 밖이 보이게끔 행주를 느슨하게 감았다.

"준비됐어?"

통통이가 물었다. 카토는 통통이가 허공에 손을 뻗어 허우적거리는 것을 보며 대답했다.

"응."

통통이는 소리가 들려오는 쪽으로 움직였지만, 카토는 조용히 옆으로 피했다. 통통이는 하마터면 자기 다리에 걸려 넘어질 뻔했다. 하지만 몸집과 달리 놀라울 만큼 민첩했다.

"삑삑!"

카토가 소리를 내자, 통통이는 빙빙 돌더니 소리 나는 쪽을 찾아 뛰었다. 카토는 다시 옆으로 비켜서면서 자기 옆을 지나치는 통통이의 배를 뒤에서 재빠르게 잡아채 단번에 바닥으로 내리눌렀다. 그러고는 등에 올라타 통통이의 다리를 쥐어짜는 느낌이 들 때까지 잡아당겼다.

통통이는 쿵쾅대고, 씩씩대고, 이리저리 구르며 몸을 비틀었지만, 카토는 마치 뱀처럼 통통이를 놓아주지 않았다.

"이제 포기할래?"

카토가 물었다.

통통이는 투덜거리며 마지막으로 한 번 더 꿈틀거렸지만, 이내 기운이 빠졌다. 그러곤 인정한다는 듯 고개를 끄덕였다.

"대체 어떻게 한 거야?"

통통이가 헐떡대며 물었다.

"뭘 어떻게 해? 내가 똑똑한 것뿐이야."

카토가 말을 이었다.

"네 기사도로는 세기말에 좀비가 오면 단 하루도 살아남지 못할 거야."

"아하, 너희 둘 잘 지내고 있었구나!"

카노 부인의 목소리였다. 부인은 정문 앞에 서서 둘을 바라보고 있었다.

카토는 통통이를 놓아주었고 둘은 허둥지둥 일어섰다. 카토가 시계를 보았다. 시간이 다 됐다. 어느새 두 시간이 훌쩍 지나가 있었다.

"가자, 꼬마야!"

카노 부인이 말했다.

"우리는 언젠가 다시 돌아올 거야. 아직 안 끝났거든. 그러니 승부는 그때 가리렴."

통통이와 카토는 카노 부인을, 그리고 서로를 조용히 바라보았다. 둘 다 몸부림치느라 지쳐 있었다. 카토는 갑자기 조금 불안해졌다.

"카메라 챙겨야지."

통통이가 이렇게 말하고는 집 안으로 달려가 카토의 카메라를 들고나왔다. 카토는 카메라를 받아 들며 고개를 끄덕이고는 말했다.

"그래, 안녕."

"응, 잘 가."

통통이가 인사했다.

카토는 몸을 돌려 카노 부인을 따라 정원을 걸어 나갔다. 그리고 길모퉁이에서 다시 뒤를 돌아보았다. 카토는 통통이가 정원에서 어떤 모습으로 자기들을 보고 있는지 선명하게 볼 수 있었다. 통통이가 손을 흔들어 인사했고, 카토도 손을 흔들어 답했다. 곧 통통이가 시야에서 사라졌다. 카토는 카노 부인과 함께 안개 속으로 들어섰다.

상영관으로 돌아와 카노 부인은 카토에게 어땠냐고 물었다.

“꽤 괜찮았어요. 근데 걔는 레슬링을 잘 못하더라고요. 부인은 어떠셨어요?”

카토가 말했다.

“나도 좋았어.”

“정확히 무슨 일을 하신 거예요?”

“다음에 말해 줄게.”

“지금 말해 주시면 안 돼요?”

“지금은 때가 아니야. 게다가…….”

카노 부인은 시계를 보고는 말을 이었다.

“이제 집에 가야 할 시간이야.”

카토는 카노 부인을 쳐다봤다.

“집이 그렇게 멀어요?”

카노 부인은 미소를 지었다.

“여기서 멀단다.”

“우리가 방금 다녀온 그 마을로 가시나요?”

카노 부인은 대답하지 않고 입구로 걸어가 코트를 입었다.

“네 도움이 한 번 더 필요해.”

카노 부인이 말했다.

“또 도와주겠니?”

“통통이를 돌보는 일 말인가요?”

카노 부인은 웃었다.

“하하, 그 비슷한 거지.”

“하지만 이해가 안 돼요, 카노 부인. 제가 왜 개를 돌봐야 하죠? 개가 부인이 하는 일과 무슨 관계가 있나요?”

“내가 질문을 좀 줄이라고 했었지, 기억나니? 그럼 다음에 보자, 카토.”

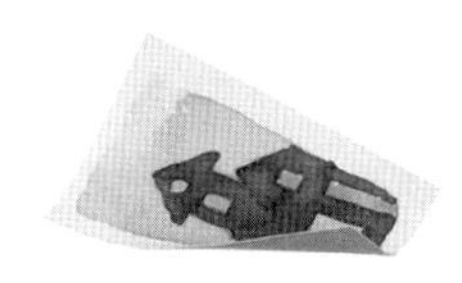

사라진 소찬

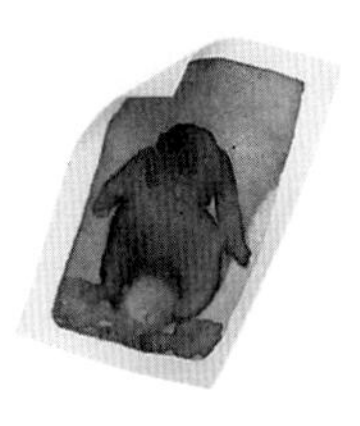

카토는 자전거에 올라 휘파람을 불며 집으로 향했다. 태양은 빛나고 있었고 세상은 조금 더 재밌어졌다. 통통이 때문일까? 아직 잘 알지도 못하는데? 좀 이상하지 않았나? 카토는 통통이와 많은 대화를 나누지 않았다. 그리고 통통이는 과거에, 그것도 다른 누군가의 기억 속에 있었다. 그러면 카토는 통통이를 어떻게 대해야 했을까? 어쨌든 카토는 자전거 자물쇠를 잠그면서, 걸으면서, 심지어 주방에서 코르넬리아 아줌마의 끔찍한 콧노래를 들으면서도 계속 휘파람을 불었다.

카토는 서둘러 계단을 올라 방으로 갔다. 창틀에 앉아 만화책을 보려고 하는데 뭔가 이상했다.

있어야 할 게 없다.

게다가 카토는 열린 창문 옆 창턱에서, 그것도 자기 발 바로 옆에서 토끼 똥 세 덩이를 보았다.

카토는 재빨리 뒤를 돌아봤다. 토끼 우리가 열려 있었다. 그리고 텅 비어 있었다. 카토는 벌떡 일어나 창문 아래를 내려다보았다. 지붕을 확인하기 위해 반쯤 올라갔지만, 토끼는 어디에도 보이지 않았다. 카토는 아래층으로 정원으로 뛰어다니며 구석구석을 샅샅이 뒤졌다. 거리로 나가 골목골목 살폈지만, 그 어디서도 소찬의 흔적을 찾을 수가 없었다.

카토는 다시 집으로 뛰어가 코르넬리아 아줌마가 감자 껍질을 벗기고 있는 주방으로 들어갔다.

"소찬 어디 있어요?"

카토가 소리쳤다. 그 목소리가 너무나 어둡고 차가워서 카토 스스로도 놀랐다.

"소…… 누구?"

코르넬리아 아줌마가 되물었지만, 아줌마는 사실 카토가 묻는 게 무엇인지 잘 알고 있었고, 카토의 말투에도 충격을 받은 게 분명했다.

"제 토끼요."

"음……."

코르넬리아 아줌마는 몸을 돌려 카토가 잘 알고 있는 가식적인 미소를 지으며 말했다.

"일단 앉으렴, 아가야."

"제 토끼 어디 있냐고요?"

카토가 단조로운 목소리로 거듭 물었다.

“지금 대답해요. 안 그러면 제가 무슨 짓을 할지 몰라요.”

코르넬리아 아줌마 얼굴에서 미소는 사라지고 표정이 차가워졌다. 꼭 가면을 벗은 것 같았다. 처음에는 강아지 같았다면, 이제는 성질 고약한 개나 마찬가지다.

“그 짐승이 내가 눈치채기도 전에 사라져 버렸더구나.”

코르넬리아 아줌마가 대답했다.

“청소하다가 반지가 빠져서 우리 속으로 떨어졌거든. 네 돼지 같은 토끼의 우리 말이야. 그래서 그 더러운 우리 문을 열었는데 열자마자 창문으로 쏜살같이 나가 버리더구나. 차라리 그게 낫지. 그 짐승은 너무 멍청해서 자기가 토끼인 줄도 모르잖니. 꿀꿀대기나 하고 말이야. 게다가 얼마나 더러운지 재채기가 다 났다니까.”

카토는 코르넬리아 아줌마의 목을 조르려고 어느새 식탁 위로 뛰어올랐다. 화가 나 씩씩거리면서도 아무 말도 하지 못했다. 차오르는 증오와 분노를 표현할 적절한 단어가 없었기 때문이다. 그때 카토의 아빠가 주방으로 걸어 들어왔다. 아빠는 식탁 위에 서 있는 카토를 올려다보았다. 마침내 무언가가 아빠를 둘러싼 세계를 관통한 것처럼 보였다.

“대체 무슨 일이냐?”

아빠가 물었다.

“아줌마가 내 토끼를 창문으로 내보냈어요! 그리고 심지어 그게 낫다잖아요!"

"따님이 저를 공격하려고 해요, 하르."

코르넬리아 아줌마가 말했다. 아줌마가 카토보다 감정 조절과 사람들을 속이는 훈련을 잘 받았다는 건 확실했다. 아줌마의 목소리는 차분하고 침착했다. 비교하자면, 현명하게 들리는 건 아줌마 쪽이었고, 미친 쪽은 카토였다.

"카토."

아빠가 카토를 부르고는 말했다.

"아줌마가 고의로 그러신 건 아닐 게다. 그리고 좀 봐라. 우리를 위해 맛있게 요리를 하고 계시잖니. 그러니 그렇게 화내며 말할 것까진 없지. 내일 새 토끼를 사라. 그러면 싹 해결될 일이야."

카토는 말문이 턱 막혀서 아빠를 뚫어져라 바라봤다. 온몸의 피가 얼어붙는 것만 같았다.

"아빠, 아빠는 정말, 정말, 정말 이 세상에서 가장 멍청한 사람이에요. 다시는 저를 못 보실 줄 아세요."

카토는 느리지만 진지하게 말했다.

카토는 마치 아무 일도 없었다는 듯 침착하게 주방을 나와 위층으로 성큼성큼 걸어갔다. 그리고 배낭을 움켜쥐고서 그 안에 카메라, 만화책, 시간 여행에 관한 책들을 쑤셔 넣었다. 카토는 침낭과 에어 매트리스를 꺼내고, 돼지 저금통을 비워 주머니를 채웠다. 그다음에 깨끗한 옷 몇 벌을 챙기고, 마침내 엄마의 원피스와 사진을 꺼냈다.

"이소룡."

카토는 포스터를 향해 고개를 끄덕이며 작별 인사를 했다.

카토는 아래층으로 내려갔다. 주방에서 아버지와 코르넬리아 아줌마가 이야기하는 소리가 들렸다. 틀림없이 카토에 관한 이야기일 것이다. 하지만 더는 카토의 신경을 건드릴 수 없다. 다시는 이 집에 돌아오지 않을 테니.

카토는 집 어딘가에서 뭔가 부서지기를 바라며 현관문을 가능한 한 세게 닫고는 집을 나왔다. 그런 다음 자전거를 타고 영화관으로 갔다. 마치 허공으로 튀어 오르는 공처럼 카토의 몸은 분노로 가득 찼다.

카토가 영화관에 들어서자마자 카노 부인이 계단을 내려왔다. 카토는 문 앞에서 얼어 버렸다. 물건을 잔뜩 담은 배낭과 겨드랑이에 끼고 있는 침낭이 나쁜 짓을 들킨 것처럼 괜스레 켕겼다.

"떠나신 거 아니었어요?"

"놓고 간 게 있어서."

카노 부인이 말했다.

"그런데 넌 여기서 뭐 하니?"

"사실 여기서 살 생각으로 왔어요. 여기서 살지 못한다 해도, 집으로 돌아가진 않을 거예요."

카토가 말했다.

"아, 그렇구나. 난 아무래도 상관없어. 그런데 왜 집을 나왔니?"

카노 부인이 물었다.

"아빠는 키만 큰, 이기적이고 무관심한 패배자예요. 그리고 코르넬리아 아줌마는 악마 그 이상도 이하도 아니고요."

"글쎄, 그렇게 나쁘지는 않을 텐데. 그 정도로 상황이 안 좋니?"

"네, 그 정도로 심각해요! 제 토끼가 없어졌어요. 코르넬리아 아줌마가 토끼가 도망가게 놔뒀는데, 일부러 그런 것 같아요. 제 토끼가 사라졌는데도 아빠와 아줌마 둘 다 신경도 안 써요. 코르넬리아 아줌마는 제 토끼가 더럽다고 생각하고, 아빠는 새 토끼를 사면 된대요. 토끼가 무슨 물건인 것처럼요. 아빠는 아무 관심이 없어요. 게다가 아빠는 거기 있을 때조차도 거기 있지 않아요."

"우리 아버지랑 비슷하네."

카노 부인이 말했다.

카토는 위를 올려다보았다. 카노 부인이 자기 이야기를 꺼낸 건 처음이었다. 카토는 자기가 화를 내고 있었다는 것을 잠깐 잊었다.

"아버지요?"

카노 부인은 고개를 끄덕였다.

"응, 무관심했던 우리 아버지. 난 아버지에 대한 기억이 거의 없단다. 휴가는 딱 한 번 가 봤고. 아버지를 회상할 때, 아버지가 내게 관심이 없었다는 것밖에 기억나지 않아. 아버지라기보다는 집 안의 화초에 가까웠지. 그리고 아버지가 실제로 회피하고 있다는 걸 난 나중에야 깨달았어. 아버지는 행복하지 않았지만, 딱히 빠져나갈 방법이 없었던 거야. 그것도 나중에야 깨달았어."

"그럼 지금은요?"

"돌아가신 지 오래야. 몇 년 동안 나와 연락을 하지 않았었거든. 그냥, 해결이 안 되더라고. 난 최대한 빨리 집에서 독립해 혼자 살았어. 그땐, 모든 게 물보라처럼 변해서 아무것도 남지 않았으니까."

"어머니는요?"

"이미 어렸을 때부터 안 계셨지. 돌아가셨거든."

"우리 엄마 같네요."

"정확해. 그러니 우리 둘 다 참 불쌍한 신세구나. 아버지는 멍청하고, 어머니는 죽었으니."

카토와 카노 부인은 마주 보고 웃었다.

"그런데 부인 주변에도 코르넬리아 아줌마 같은 사람이 있었나요?"

카노 부인이 깔깔 웃었다.

"코르넬리아 아줌마 같은 사람은 어느 곳에나 늘 있지. 그런 사람 때문에 고통받는 사람들도 항상 있고."

"아마도 그렇겠죠."

카토가 말했다.

"카토, 들어 봐. 아빠가 나쁜 사람일지는 몰라도, 그래도 너희 아빠잖니. 네게 무관심한 것 같아도 너희 아빠라는 사실은 변하지 않아. 나는 아버지와 연락하지 않았던 시간을 후회하고 있어. 그렇지만 되돌릴 수 없지."

"시간을 되돌릴 수 있잖아요. 아버지를 찾아서 이야기해 보시는 건 어때요? 아, 그게 부인이 간혹 한다는 일인가요? 우리가 부인의 기억으로 들어갈 때 말이에요. 제가 통통이와 시간을 보내는 동안 말이에요."

카노 부인은 한숨을 쉬며 한동안 아무 말도 하지 않았다.

"노력은 해 볼게."

마침내 카노 부인이 말했다.

"그렇지만 쉬운 일이 아니야. 시간 여행은 기억을 되살리기에 아주 좋지만, 변화를 만들고 싶다면 때때로 시기에 알맞게 해야 할 일들이 있지. 그걸 하지 않으면, 너무 늦어 버려서 언젠가는 후회할 수 있어."

"저와 아빠에 대해 말씀하시는 거네요."

카노 부인이 고개를 끄덕였다.

"그래도 저는 여기서 살 거예요."

"네가 원하는 만큼 여기 머물러도 좋아. 잠시 생각할 시간을 갖는 것도 나쁘지 않으니까. 아니면 아예 아무 생각도 하지 않든가. 그게 더 나을 때가 있지. 그럼 난 이제 가야겠다."

"집으로요?"

"아마도? 넌 그냥 네 문제에 집중하렴. 난 괜찮을 테니."

"저도 괜찮을 거예요."

"아, 그건 나도 알지. 너도 괜찮을 거야."

카노 부인은 코트를 입고 잠시 망설이다가 카토의 어깨에 손을 얹었다. 그리고 미소 지었다.

"너와 나……."

카노 부인이 말했다.

"우린 그리 다르지 않아. 난 네 옆에 있단다."

그 말을 남긴 뒤 부인은 어두워진 밖으로 사라졌다.

카토는 바닥에 침낭을 깔았다. 그리고 오렌지에이드 한 잔을 들고서 침낭 안으로 들어간 다음 배낭에서 카메라를 꺼내 유리창에 비친 자기 모습을 찍었다. 유리창에 비친 모습 너머로 저 멀리 거리가 보였다. 죽 늘어선 가로등이 마치 슬픈 이야기를 비밀스럽게 속삭이는 동상들처럼 보였다. 이따금 마지막 단풍잎이 나무에서 떨어져 내렸다.

카노 부인의 말이 계속 카토의 머릿속을 맴돌았다. '우리는 때때로 시기에 알맞게 해야 할 일들이 있다. 그걸 하지 않으면, 너무 늦어 버려서 언젠가는 후회할 수 있다.' 카토는 코를 훌쩍였다.

"그러라지!"

카토가 큰 소리로 말했다.

카토는 카노 부인이 차라리 카토의 아버지에게 이런 말을 하는 게 나았을 거라고 생각했다. 카토가 엄마에 관해 아빠와 대화하려고 할 때마다 먼저 자리를 뜬 건 언제나 아빠였다. 카토는 퇸의 기억 영화를 떠올리면서 그 영화 속에서 아빠가 얼마나 유쾌하고 지금과는 다른 모습이었는지 생각했다. 그때 이후로 아빠가 얼마나 많이 변했는지.

그리고 물론 엄마도 떠올랐다. 엄마가 수많은 사람을 헤치고 카토를 바라보는 순간을 생각하면 애틋한 감정이 카토의 마음을 가득 채웠다. 카토는 그때 그 순간이면 충분했다. 하지만 사실 카토는 그보다 더 많은 걸 원했기에 마음속 어딘가가 간질간질해졌다. 카토는 엄마의 목소리가 듣고 싶었다. 엄마가 자기에게 말 거는 소리를. 엄마는 카토를 쳐다보고 고개를 끄덕이며 이렇게 말할 것이다.

"맞아, 너란다. 네가 내 딸이야."

하지만 카토는 그 모든 생각을 떨쳐 버렸다.

'잠깐이라도 생각을 멈추자.' 카토는 다짐했다.

하지만 어려웠다. 수백 가지 생각이 카토의 마음속에서 소용돌이쳤다. 그리고 바보 같은 동물인 소찬이 그리웠다. 소찬은 자기가 토끼라는 걸 이해하기에는 너무 멍청했다. 코르넬리아 아줌마 말이 맞았다. 하지만 카토는 신경 쓰지 않았다. 바보든 아니든, 소찬은 카토의 친구였다. 그리고 또 누가 있을까? 통통이? 통통이는 텅 빈 들판과 좀비들을 찍은 비디오를 가지고 있다. 통통이는 카토처럼 자신도 모르게 놀림을 받았고, 이상해지고 싶어 했고, 그 무엇에도 신경 쓰지 않았다.

하지만 통통이는 기억 속의 사람이다. 그리고 그 기억은 카토의 것이 아니다. 그 안에서 카토의 역할은 무엇일까? 그래도 카토는 통통이를 다시 보고 싶었다. 통통이에게 역겨운 코르넬리아 아줌마에 대해 말하고 싶었다. 소찬, 쿵후, 이소룡, 시간 여행, 그리고 로버르 선생님과 관련된 모험도 이야기하고 싶었다. 단 두 시간 동안 함께 있었을 뿐이지만, 카토는 통통이가 이 모든 것을 정확히 이해할 것이라는 느낌을 받았다. 그 둘은 거의 한 시간 동안 무인 지대를 응시하고 있었으니까.

그렇지만 결론은 이거다. 카토는 고개를 저었다. '금방 뭐라고 다짐했었지?' 그리고 크게 소리 내서 말했다.

"생각 금지!"

카토는 주의를 돌리려고 만화책을 찾아 배낭 속을 더듬거렸지만, 손에 잡힌 건 엄마의 원피스였다. 카토는 일어서서 유리창을 거울 삼아 원피스를 몸에 대 보았다. 엄마와 닮았을까? 나중에 크면 엄마처럼 보일까? 카토는 바 뒤로 가서 신발과 바지를 벗고, 원피스를 머리 위로 뒤집어썼다. 그러고 나서 다시 유리창으로 다가가 자기 모습을 비춰 보았다. 우스꽝스러웠다. 왠지 초라해 보였다.

그때였다. 누군가 유리창 바로 앞을 지나가는 바람에 카토는 깜짝 놀랐다. 한 여자가 멈춰 서더니 유리창 쪽으로 몸을 돌려

고개를 까딱했다. 지난번에 만났던 노부인과 개 헨드릭이었다. 카토가 문을 열었다. 그러자 헨드릭이 재빨리 달려와 카토에게 뛰어올랐다.

"안녕, 물고기야."

노부인이 인사했다.

"아름다운 원피스구나. 어항 생활은 어떠니?"

"어, 음……."

카토는 흥분한 헨드릭을 얼굴에서 떼어 내려고 허둥거렸다.

"자, 교환을 해 볼까?"

노부인이 말했다.

"내게 헨드릭을 주면, 너에게 소찬을 줄게."

그제야 카토는 노부인의 다리에 꼭 붙어 있는 커다란 흰 토끼를 보았다. 토끼는 카토를 보고 꿀꿀거렸다.

"소찬!"

카토가 소리쳤다.

"덤불 속에서 갑자기 뛰어나오더구나."

노부인이 말했다.

"그 뒤론 내 곁을 떠난 적이 없지. 나를 좋아하는 것 같아. 헨드릭이 얼마나 질투했는지 몰라."

"감사해요, 할머니! 할머니 덕분에 무척 행복해졌어요! 이리 와, 소찬! 이쪽으로!"

소찬은 혼란스러운 표정으로 노부인과 카토를 번갈아 보다가 꿀꿀거리며 카토에게로 뒤뚱뒤뚱 걸어갔다. 헨드릭은 소리를 내 짖다가, 하얀 털이 난 이상한 돼지가 어슬렁거리며 다가오자 옆으로 비켜났다. 그러고선 재빨리 할머니에게로 도망쳤다.

"헨드릭은 겁쟁이야. 하지만 사랑스럽지."

노부인이 말했다.

"소찬은 멍청하지만 사랑스러워요. 그런데…… 어떻게 소찬의 이름을 아세요?"

"다들 아는 이름이잖니."

노부인이 말했다.

"〈취권〉에 나오는 이름. 끝내주는 영화야."

"네……, 그런데……."

카토가 말했다.

"어찌 됐든, 아가야. 나는 가던 길을 계속 가야겠구나. 너도 가던 길을 가렴."

노부인이 카토의 말을 끊었다.

"저는 아무 데도 가고 있지 않았는데요."

"당연히 가고 있지. 넌 항상 어디론가 가고 있단다. 네가 좋아하든 아니든 말이야. 가자, 헨드릭."

"안녕히 가세요, 할머니."

카토는 얼떨결에 인사하고는 손을 그대로 든 채 노부인과 헨드릭이 어둠 속으로 사라지는 것을 지켜보았다.

문을 닫고서 카토는 유리창에 비친 자기 모습을 다시 한번 보았다. 머리가 헝클어진 마른 여자아이가 지나치게 큰 원피스를 입고 서 있었다.

격투기 게임

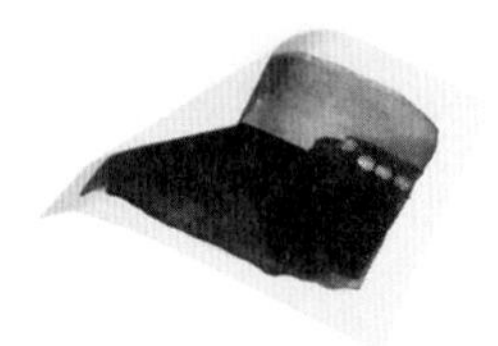

카토는 갓 구운 빵 냄새에 이끌려 잠에서 깼다. 눈을 뜨자 카노 부인이 옆 바닥에 앉아 있었다. 카토는 깜짝 놀랐다.

“배고프니?”

“엄청 고파요.”

카토가 대답했다. 그러고는 일어나 앉아 카노 부인이 건네주는 샌드위치를 받았다.

“같이 갈래?”

“같이요?”

“통통이한테.”

“지금 다시요?”

카노 부인이 고개를 끄덕였다.

“좋아요.”

카토가 대답했다. 카토는 자리에서 서둘러 일어나려 했지만, 카노 부인이 천천히 하라며 손짓했다.

"먼저 샌드위치를 먹으렴. 지금 막 일어났잖아. 잘 잤니?"

"음……, 솔직히 말해서 잘 잤어요."

카토가 말했다.

"그리고 토끼도 찾았고?"

"네, 토끼……. 어어, 토끼가 어디 갔지?"

"잠깐 2층 영사실의 여행 가방 안에 넣어 뒀어. 뚜껑을 열고. 즐겁게 지내고 있을 거야. 당근과 물을 줬거든."

"감사합니다."

"어제는 아무 생각도 하지 않고 즐거운 밤을 보냈니?"

카토는 어깨를 으쓱했다.

"집에 가라고 하시는 말이면, 저는 안 갈 거예요."

"난 아무것도 바라지 않아. 네 삶의 주인은 너뿐이니까."

카토는 샌드위치의 마지막 한 조각을 삼키고 일어섰다. 전혀 기분이 나쁘지 않았다. 토끼를 싫어하는 사람들의 집에서 빠져나올 수 있어서 기뻤다. 자유다.

"영사기를 켤게. 넌 상영관으로 가렴."

카노 부인이 말했다.

카토는 고개를 끄덕였다. 카토는 카메라를 든 채 빨간 가죽문을 활짝 열고 상영관의 어둠 속으로 들어갔다. 곧 기차가 질주하는 드넓은 들판이 스크린에 모습을 나타냈다.

피라냐에게 물어뜯기는 것 같은 얼음 목욕은 이제 익숙했다. 카토는 더는 소리를 지르지 않았다. 마치 베테랑 시간 여행자처럼 카노 부인과 함께 굳세게 스크린에 발을 내디뎠고, 곧 들판 가장자리에 섰다.

"우리에게 주어진 시간은 딱 두 시간이야. 두 시간 뒤에 통통이네 집으로 데리러 갈게."

카노 부인이 말했다.

"통통이는 어디에 있죠?"

카노 부인은 턱 끝으로 들판을 가리켰다.

"저 멀리 있는 기찻길 옆에."

"부인은요?"

"나는 다른 볼일이 있단다. 이따 보자!"

카노 부인은 뒤돌아 걸어갔다. 카토는 그녀의 뒷모습을 보며 망설였다. 물론 미행할 수도 있었다. 카토는 카노 부인의 '다른 볼일'이 뭔지 알고 싶다는 호기심에 불타올랐다. 카노 부인이 이곳을 여행하는 이유와 통통이를 감시하는 이유가 궁금했다. 하지만 지금 카노 부인을 쫓아간다면, 통통이를 만나지 못할 수도 있다. 카토는 잠깐 봤던 그 남자아이가 어쩌다 벌써 친구처럼 느껴지는지 이해할 수 없었다. 카토는 지난번 헤어지고 나서부터 지금까지 일어났던 모든 일을 통통이에게 들려주고 싶었다. 그리고 통통이가 들판에서 무엇을 하고 있는지 궁금했다. 그렇게 카토가 우유부단하게 머뭇거리는 동안, 카노 부인은 이미 시야에서 사라지고 없었다. 카토는 몸을 돌려 들판으로 걸어갔다.

이른 봄날의 저녁처럼 공기가 맑았다. 카토는 여전히 민들레 줄기의 이상한 향기를 맡았다. 그리고 거름과 풀과 흙냄새도 맡았다. 바깥에서 풍겨 오는 냄새였다. 하늘은 저무는 주황빛 해에 물든 양떼구름으로 가득 찼다. 카토는 항상 구름 속에 도시가 있고 그 안에 누군가 살지 않을까 상상했다. 물론 여전히 그렇게 믿기에는 너무 나이가 들었지만, 그래도 계속해서 상상했다. 카토는 양떼구름이 12킬로미터나 되는 매우 높은 하늘에 있다는 것을 알아챘다. 그것만으로도 카토의 상상은 멀리까지 퍼져 나갔다.

"양말아, 하늘을 뭘 그렇게 넋 놓고 보고 있니?"

갑자기 통통이의 목소리가 들려왔다.

"비행기 타 본 적 없어?"

카토가 깜짝 놀라 아래를 내려다보자, 통통이가 팔베개를 한 채 기찻길 가까운 풀밭에 누워 있었다.

"응, 아직 안 타 봤어."

"나도 마찬가지야. 하지만 나중에 전투기 조종사가 될 거니까 늘 비행기를 타고 있겠지."

통통이는 하늘을 보며 고개를 끄덕였다.

"난 내가 그걸 바라는지 잘 모르겠어. 하늘을 날다니. 어쩌면 구름이 내가 절대 닿을 수 없는 곳에 있는 게 더 좋을 것 같아."

카토가 말했다.

“이상하네.”

“그게 어때서? 너도 이상해. 게다가 넌 전투기 조종사가 되기에는 너무 뚱뚱해.”

“그러면 살이 빠질 때까지 덜 먹을게.”

“그러든가. 그런데 너 지금 여기서 뭘 하고 있어?”

“글쎄, 그건 내가 물어볼 말인데? 카노 부인은 어디 있니?”

카토는 어깨를 으쓱했다.

“저기 어딘가에.”

“대체 뭘 하는데?”

“나도 잘 몰라. 지난번과 같은 일. 과거를 바로잡는 일.”

“왜 미행하지 않아? 부인이 뭘 하는지 궁금하지 않니?”

“궁금하지…….”

“하지만 넌 여기로 왔네.”

“부인과 약속했거든. 그리고 내가 상관할 일도 아니야. 사생활이니까.”

통통이가 어깨를 으쓱해 보이고는 “그래, 뭐.”라고 말했다.

“뭐 하는 거야? 영상 찍어?”

카토가 물었다.

통통이는 고개를 저었다.

“그냥 기차를 보고 있어.”

“나도 같이 봐도 될까?”

"그래."

카토는 통통이 옆 풀밭에 누웠다. 두 사람은 어두워지는 하늘과 닿을 수 없는 곳에 있는 구름을 바라보며 오랫동안 아무 말도 하지 않았다. 카토는 통통이에게 하고 싶었던 말을 모두 생각했지만, 조급한 마음이 사라졌다. 단지 통통이와 함께 잔디밭에 누워 있고 싶었다. 굳이 카토가 말하지 않아도 통통이는 모든 걸 알고 있는 것 같았다.

갑자기 통통이가 소리쳤다.

"저기 온다!"

통통이가 선로를 가리켰다. 저 멀리에서 황혼과 뒤엉킨 불빛이 천천히 다가왔다. 카토도 일어서서 뒤엉킨 불빛이 점점 더 가까워져 일순간에 기차로 바뀌는 것을 지켜보았다. 불빛은 빠르게 다가와 소음과 바람을 일으키며 지나쳐 갔다. 그 시끄러운 소리 속에서 카토는 책을 읽고 있는 여자, 창문에 기대어 자는 남자, 침을 흘리고 있는 남자, 꿈꾸는 듯한 표정으로 차창 밖을 바라보고 있는 아이 같은 몇몇 순간을 포착했다. 카토는 카메라를 꺼내서 사진을 찍었다.

카메라가 어떤 순간을 담아냈을지 카토는 전혀 알 수 없었다. 곧 시끄러운 소리가 멀어졌다. 카토와 통통이는 기차의 빛이 다시 뒤엉켜 지평선 너머로 천천히 사라질 때까지 지켜봤다.

"이 선로의 끝이 어딘지 아니?"

통통이가 물었다.

"다음 마을로 연결되겠지."

"그래, 하지만 결국엔 어디로 갈까?"

"나도 모르겠어. 마지막 마을에 닿으려나?"

"중국."

"진짜?"

"응, 이 선로를 쭉 따라가다 보면 결국 중국까지 가게 된대."

카토는 새로운 시선으로 지평선을 바라보았다. 그리고 그 너머 어딘가에 중국이 있다고 상상했다.

"중국은 얼마나 멀까?"

"여기서 1만 2000킬로미터 떨어져 있어. 난 어른이 되면 핸드카를 살 거야."

"핸드카?"

"응, 선로 위에서 펌프질하면 앞으로 가는 수레가 달린 차."

"그런 다음엔?"

"중국에 가야지. 할아버지를 만나러. 할아버지가 소림사 스님이거든."

"말도 안 돼."

카토가 말했다. 카토는 소림사 승려가 등장하는 쿵후 영화를 많이 봐서 그들이 어떤 사람들인지 잘 알고 있었다. 소림사 승려는 몸과 마음을 강하게 통제해 초인적인 쿵후 기술을 터득한 사람들이다.

"게다가 넌 중국인도 아니잖아."

"우리 할아버지는 소림사에서 유일한 백인 승려야."

"너희 할아버지는 거짓말쟁이야. 날 속일 생각 마. 나는 쿵후에 관한 모든 것을 알고 있으니까. 모든 영화를 외우고 있단 말이야. 게다가 내 토끼 이름은 〈취권〉에 나오는 취권 마스터 소찬이라고. 내 토끼가 너희 할아버지를 때려눕힐걸."

"우리 할아버지가 네 토끼를 오븐에 구워 먹을걸."

또 다른 기차가 달려갔지만, 카토와 통통이는 눈길도 주지 않았다. 그저 험악한 얼굴로 서로 마주 볼 뿐이었다.

"다시 한번 붙어 볼래, 멍청아?"

카토가 말했다.

"내가 더 좋은 방법을 알지. 양말아, 나와 함께 가자."

통통이는 이렇게 말하고는 카토보다 먼저 들판을 가로질러 마을 쪽으로 달렸다. 카토는 통통이네 집에 도착할 때까지 그 뒤를 따라갔다. 통통이는 카토가 따라오는지 살펴보며 히죽히죽 웃었다.

"이기는 사람이 옳은 거야. 네가 이기면 네 토끼가 우리 할아버지를 이길 거고, 내가 이기면 우리 할아버지가 네 토끼를 오븐에 구워 먹을 거야."

"좋아, 이제 어떻게 하면 되지?"

카토가 말했다.

통통이는 현관문을 열고는 카토에게 안으로 들어오라고 손짓했다. 둘은 거실로 들어갔고 통통이는 다시 텔레비전 뒤에 있는 케이블을 만지작거렸다. 그러더니 카토의 손에 컨트롤러를 쥐여 주었다.

"컴퓨터 게임이야?"

"'컴퓨터 게임'이 아냐. 격투기 게임이지. 서로 무자비하게 공격할 수 있어. 우리 할아버지가 상대의 행동이 맘에 들지 않을 때 싸우는 것처럼."

"실제로 너희 할아버지는 자기 코털 하나도 못 뽑을걸?"

"말조심해. 우리 할아버지는 손가락 한 번 튕기는 걸로도 네 뼈를 부러뜨릴 수 있는 분이거든. 자, 어디 한번 맞아 볼래? 준비됐니, 양말아?"

"너한테 물어야 할 말이야, 멍청아!"

통통이는 게임기를 켰다. 텔레비전이 깜박거리면서 치직 소리를 내더니, 화면에 용의 모습이 나타났다.

"화면이 좀 불안정해. 아빠가 그러는데, 내 닌텐도 케이블이 별로 좋지 않대. 매번 새로 사 준다면서 절대 사질 않아. 그래서 난 안개 속에서 싸우는 것처럼 게임을 하지. 새로운 도전이나 마찬가지야."

통통이가 말했다.

"확실히 내 주먹을 피해 안개 속으로 숨을 작정이구나."

카토의 말에 통통이는 히죽 웃었다.

"양말아, 흠씬 맞고 나면 못생겨질걸. 일단 컨트롤러가 어떻게 작동하는지 설명해 줄게. 난 이미 빠삭하니까. 여길 봐. 이걸 누르면 넌 걷고 점프해. 그리고 이 버튼들로 공격을 막는 거야. A는 로 킥, X는 하이 킥, Y는 연속 펀치야. 그리고 이걸 한꺼번에 누르면 멋진 필살기가 나오지. 이제 네 캐릭터를 골라."

카토는 화면을 들여다보며 캐릭터를 찾기 시작했다.

"화면이 안개처럼 뿌예서 캐릭터가 남자인지 여자인지도 알아볼 수가 없어."

카토가 말했다.

"양말아, 어떤 캐릭터를 고르든 마찬가지야. 어차피 내가 이길 테니까."

하지만 첫 경기부터 카토가 이겼고, 통통이는 좌절감을 느꼈다. 카토는 버튼을 더듬거려 마구 두드리고 아무렇게나 누르면서 말도 안 되는 움직임 조합을 만들어 냈고, 통통이가 연습해 왔던 기술들을 모두 무너뜨렸다.

"그렇게 아무렇게나 하면 안 돼!"

통통이가 소리쳤다.

"어때서? 이건 취권 스타일이야. 너나 잘해, 이 친구야!"

통통이는 혼잣말로 투덜거렸다. 카토는 통통이가 씩씩거리며 게임에 너무 집중한 나머지 뺨과 목이 선홍색으로 물드는 것을 보고 무척 기뻤다. 통통이는 딱 한 번, 화려한 움직임으로 카토를 제압했다.

화면에 '필살기'라는 핏빛 글자가 나타났다.

"저게 다 내가 널 패서 나온 피야."

통통이가 웃으며 말했다.

"짱이다……."

카토가 빨간 픽셀 덩어리를 가리키며 감탄했다.

"그러니까 이게 다 내가 죽인 캐릭터들이라고. 엄청나게 잘 해야만 볼 수 있는 장면이야. 상대를 단번에 제압해야 하거든. 우리 할아버지는 현실에서도 이렇게 할 수 있다고."

"네 할아버지는 그저 양로원에 있는 백인 노인일 뿐이야. 그리고 넌 고작 한 번 이겼고 나는 10만 번 이겼거든. 그러니 이제 내 토끼가 너희 할아버지를 이긴다는 것을 인정해."

"이제 재미없어."

"인정할래?"

통통이는 알아들을 수 없게 중얼거렸다.

"뭐라고?"

"알겠다고 했어."

"뭘 알겠는데?"

"네 토끼가 우리 할아버지를 이긴다고."

카토는 활짝 웃으며 통통이를 바라보았다. 통통이는 어깨를 으쓱였다. 하지만 통통이는 아주 잠깐만 삐져 있었을 뿐이다. 갑자기 밝아진 통통이가 말했다.

"양말아, 미래의 컴퓨터 게임은 어떻게 생겼어?"

"나도 잘 모르겠어. 난 게임 절대 안 하거든."

"말도 안 돼!"

통통이가 놀라서 소리쳤다.

"거짓말이지? 미래에선 컴퓨터 게임을 할 수 있는데 게임을 안 한다고? 컴퓨터 게임을 하는 건 내 커다란 꿈 중 하나야!"

"그 꿈은 시시하게 들린다."

카토가 말을 이었다.

"핸드카를 타고 중국으로 가는 꿈이 더 대단하게 들려."

"그래? 그러면 네 큰 꿈은 뭔데?"

"아, 난 꿈이 1만 개나 있는데."

"그중 하나만 말해 봐."

"사진작가 되기, 책 쓰기, 시간 여행자 되기……. 아, 난 이미 시간 여행자구나. 토끼 조련사 되기, 쇄빙선 타기, 북극 걷기, 잠깐만 부시먼 되기, 밀렵꾼들에게 독침 쏘기, 달에 갈지 말지는 아직 결정 못 했어. 왜냐면 달에 가려면 훈련을 받아야 하니까. 그리고 또 과학자도 되고 싶고 발명가가 되고 싶기도 한데, 사실 난 이미 과학자이고 발명가이긴 하지. 아, 맞다! 무엇보다 중요한 꿈은, 아빠처럼 되지 않기야. 그리고……."

카토는 엄마를 생각하며 잠시 말을 멈췄다. 어디서도 상영되지 않는 영화지만, 카토가 언제나 보고 싶어 했던 바로 그 영화.

"그리고?"

카토가 고개를 저으며 대답했다.

"아무것도 아냐."

통통이는 잠시 카토를 바라보았다.

"아빠가 그렇게 별로야?"

카토는 어깨를 으쓱였다. 카토는 카노 부인이 '자기' 아버지에 대해 말했던 것을 떠올렸다. 도망쳤다는 아버지. 행복하지 않았지만, 달리 어찌할 방법이 없었다던 아버지.

"정말 나쁜 사람이야."

"우리 부모님도."

통통이가 말했다.

"우리 엄마 아빠는 꼭 머리가 비고 앞이 안 보이는 닭처럼 뛰어다닌다니까. 자기들은 땅 밑에 있는 터널을 달리면서 땅 위에 있는 온 세상을 못 봐."

카토는 통통이를 바라보았다.

"우리 아빠랑 똑같네. 음……, 우리 아빠는 그렇게 뛰어다니지는 않지만, 땅 밑 터널과 전체 세상을 못 보는 건 똑같아."

"너희 엄마는?"

"엄마는 돌아가셨어."

"돌아가셨다고?"

카토는 고개를 끄덕였다. 카토는 여전히 엄마가 죽었단 말을 하는 게 너무나 이상하게 느껴져 짜증이 났다. 마치 처음 듣는 소리 같았다. 평생 알고 있던 사실이지만, 입 밖으로 꺼낼 때마다 새로운 소식인 것 같았고, 그래서 놀라고 마음이 뭉클해졌다.

'참 멍청하다, 나도.' 카토는 생각했다.

"우리 다른 게임 할까?"

카토가 말했다.

"엄마는 왜 돌아가셨어?"

"그냥."

"왜 그냥?"

"내가 막 태어났을 때, 그때 돌아가셨어."

"아하."

"응."

통통이가 잠시 카토를 바라보았다.

"아무 말 안 해도 괜찮아. 나는 동정도 연민도 원하지 않아."

카토가 말했다.

"그래, 네 맘대로 해, 양말아."

통통이가 말했다.

카토는 고개를 끄덕였다. 바로 이게 정확하게 카토가 바랐던 것이다.

"안녕, 얘들아."

뒤에서 목소리가 들려왔다. 카토는 뒤를 돌아 문가에 서 있는 카노 부인을 보았다.

"시간이 다 됐어."

카토는 갑자기 마음이 아주 무거워졌다.

"조금 더 있다가 갈게요."

카토가 말했다. 하지만 그럴 수 없다는 걸 알았다. 이건 카노 부인의 기억 속이니까. 그리고 시간의 균열이 나타나 기억이 불안정해지기 전까지 두 시간만 머물 수 있으니까. 시간의 균열이 일어난다면 카토는……. 글쎄, 카토는 무슨 일이 일어날지 몰랐다. 하지만 카노 부인 말이 맞는다면 시간의 균열 속에서 카토는 절대 살아남지 못할 것이다.

"알았어요."

카토가 뾰로통하게 말했다.

카토는 통통이에게 손을 흔들어 인사하고 카노 부인과 함께 집을 나와 거리를 걸어 안개 속으로 들어갔다.

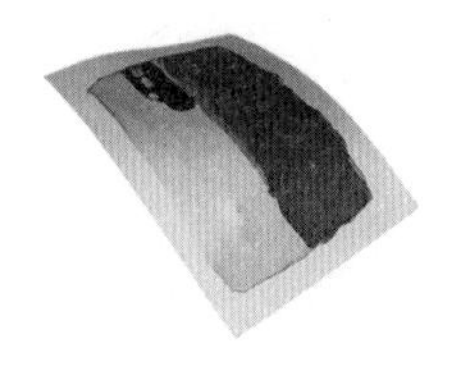

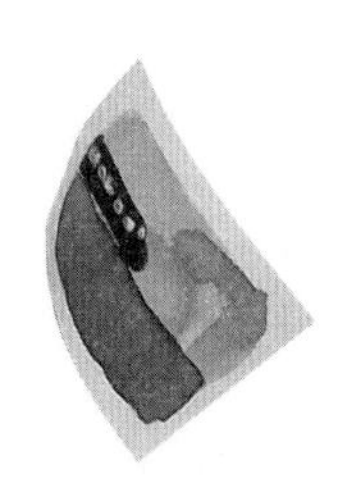

뻣뻣하고 냄새나는

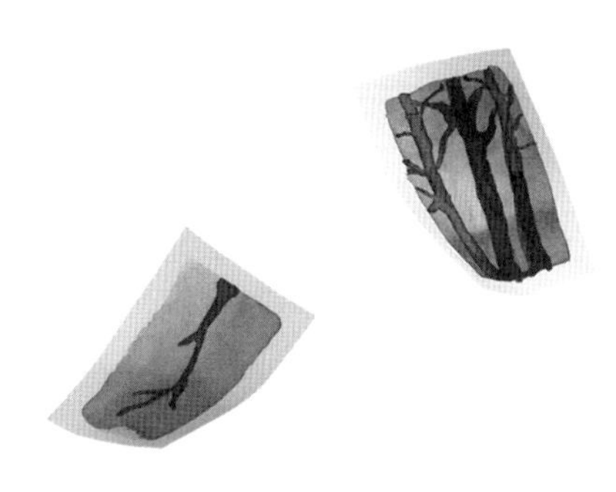

며칠이 지났다. 카토는 소찬과 함께 영화관에서 지냈다. 사실 그 점이 가장 좋았다. 카노 부인은 카토에게 음식이 든 커다란 봉지를 가져다주었고, 카토는 상영관을 기숙사로 만들었다. 저녁에는 유리창 앞에 앉아 밖을 내다보았고 이따금 벌거벗은 나무나 길 잃은 사람들을 카메라에 담았다.

날씨가 추워졌지만, 오후에는 늘 산책하러 나갈 만큼 날씨가 좋았다. 카토는 눈에 띄지 않는 것들을 찾아 사진을 찍었다. 그리고 존재하지 않는 들판에 누워 하늘을 바라보며 비행기를 찾았다.

카토는 카노 부인이 나타난 이후 자기 삶에 밀려든 모든 미스터리에 대해 많은 생각을 하며 하루를 보냈다. 노부인도 그 미스터리 중 하나였다. 그리고 집에 침입한 사람과 코르넬리아 아줌마네 뒷마당으로 도망친 골목의 스파이도. 심지어 그 스파이는 아줌마네 집에 들어가기까지 했다. 카토는 향수 냄새와 영화관을 훔쳐보던 코르넬리아 아줌마를 생각했다. 그리고 카노 부인에 대해서도 생각했다. 부인이 했던 모든 신비한 말들을. 또는 하지 않은 말들을 말이다. 카노 부인은 작은 마을에서의 기억에 대해선 아무 말도 하지 않았다. 단지 카토가 지켜보아야 하는 통통이에 대해 말했으며, 통통이는 제 일에만 몰두했고 카노 부인과는 아무런 관계도 없어 보였다.

통통이. 통통이는 전혀 신비롭지 않았다. 카토는 서로 만난 지 얼마 안 됐을 때 자기가 이미 통통이에 대해 잘 알고 있다고 느꼈다. 비록 과거의 사람일지라도, 통통이 같은 사람이 같은 지구를 걸었다는 것은 카토에게 큰 위안이 됐다. 통통이 덕분에 카토는 혼자가 아니라고 느꼈다. 그러니 카토는 혼자가 아니다.

하지만 무엇보다도 카토는 엄마를 생각했다. 퇸의 기억 영화에 나온 그 한 순간은 여전히 카토의 마음속에 태양처럼 밝게 머물러 있었다. 그 생각을 하면 곤히 잠에 빠져들 수 있었고, 카토는 곧 깨달았다. 지금 영사기와 엄마 사진이 있다. 그리고 검은 상자 바로 앞에 엄마의 원피스도 있다. 카토는 이 물건들과 영사기를 어떻게 작동하는지 잘 안다. 그리고 카토는 이제 영화관에서 지내고 있다.

그런데도 카토는 감히 실행하지 못했다.

엄마를 만나면 무슨 말을 해야 할까? 만약 엄마가 카토를 전혀 좋아하지 않는다면? 엄마가 차갑게 대한다면? 아니면 카토를 잠시 바라보다가 그저 지나가는 사람인 양 눈길을 돌려 버린다면? 카토는 이제 겨우 갖게 된 엄마에 대한 환상을 놓치고 싶지 않았다. 이것조차 잃는 위험을 감수하고 싶지 않았다.

에어 매트리스에서 며칠 밤을 보내자 허리가 아팠다. 카토는 허리가 아파서 잠을 설쳤고 피곤했다. 카토는 학교에서도 매일 몇 번씩 졸았다.

카토는 카노 부인과 함께 들판의 마을로 몇 번 더 시간 여행을 다녀왔다. 그때마다 카토는 통통이 옆에 남았고 카노 부인은 사라졌다. 카토와 통통이가 한 번 카노 부인의 뒤를 밟은 적도 있었지만, 곧 놓치고 말았다. 둘은 나무 위에 올라가 쌍안경으로 집들의 지붕과 들판을 살펴보았다. 하지만 카노 부인의 흔적을 발견하지 못했다. 한 번 더 시도한 뒤에야, 둘은 포기하고 카노 부인에게서 관심을 끊었다.

카토와 통통이는 격투기 게임을 자주 했다. 카토는 곧 매번 통통이를 이길 수 있는, 가장 좋아하는 캐릭터가 생겼다. 통통이는 모든 기술을 시도했고, 심지어 여태껏 갈고닦았던 기술들을 모두 던져 버리고 버튼을 무작위로 두드리는 카토를 흉내 내려고 노력했다. 하지만 그 방법도 전혀 도움이 되지 않았다. 어떤 캐릭터를 선택하든, 어떤 방식으로 버튼을 두드리든 통통이가 이길 기회는 없었다. 곧 모든 기술이 예측 가능해지자 둘은 흥미를 잃었다.

"너 같은 바보랑 겨루는 건 재미없어."

카토가 말했다.

통통이는 살짝 콧방귀를 뀌고는 닌텐도 플러그를 뽑았다. 그리고 말했다.

"밖으로 나가자."

둘은 마을과 들판을 이리저리 돌아다니기 시작했다. 카토는 사진을 찍었고 통통이는 비밀리에 촬영할 만한 장소를 찾았다. 카토와 통통이는 철도 옆 풀밭에 누워 긴 여행에 대한 환상에 빠져들었다. 통통이는 중국과 자기 할아버지가 그곳에서 겪은 모험 이야기를 했다. 카토는 통통이가 이야기를 죄다 지어내고 있다는 것을 알았지만, 그래도 흥미롭게 이야기에 귀를 기울였다.

카토는 통통이에게 로버르 선생님과 로니 이야기를 들려주었다. 이어서 개 헨드릭과 함께 다니는 수상한 노부인 이야기도. 그리고 자기가 카노 부인에 대해 알고 있는 모든 것을 말했다. 자기와 카노 부인이 어떻게 만났는지, 카노 부인이 어떻게 시간 여행 영화를 혼자서 발명했는지. 카노 부인은 호기심이 많고 똑똑하고 고집이 있어서 시간 여행 영화를 발명할 수 있었다는 것도. 통통이는 카토의 말을 모두 이해했다.

"우리도 그렇게 할 수 있어. 우리가 평생 호기심을 잃지 않고 똑똑하고 고집스럽게 살아간다면 말이야."

통통이가 말했다.

"맞아. 카노 부인도 그렇게 말했어."

카토가 수긍했다.

카토는 시간 여행에 관한 책을 가져와 통통이와 함께 마을의 이 나무 저 나무에 올라 그 책들을 읽었다. 하늘이 다시 양떼구름으로 가득 찼을 때, 카토는 자기가 하늘을 날고 싶어 한다는 걸 깨달았다. 카토는 열기구를 타고 날고 싶었다. 토끼 조련사와 부시먼이 되는 것 말고도 커서 열기구 조종사도 되고 싶다고 카토는 말했다.

2주 동안 영화관에서 생활한 뒤, 카토는 목이 뻣뻣해져서 똑바로 걸을 수가 없었다. 카토의 머리카락은 수세미처럼 떡이 졌고 얼굴은 가렵고 끈적였다. 카토는 밤에 몇 번이나 몰래 집에 들러 냉장고에서 음식을 꺼내 먹고 여분의 물건을 챙기고 깨끗한 옷으로 갈아입었지만, 몸에서 냄새가 나기 시작했다. 학교에서 아이들은 카토 주위를 빙 둘러서 피해 다녔다. 그리고 점점 더 많은 부모들이 로니의 엄마가 그랬던 것처럼 카토를 동정하는 표정으로 바라보았다.

소찬은 여행 가방 안에서 빈둥거리는 것에 신물이 났다. 소찬은 카토가 들어 올릴 때마다 끊임없이 꿀꿀거렸고 화가 나서 뒤뚱뒤뚱 걸어 다녔다. 그리고 여기저기에 오줌을 싸고 똥을 쌌다. 카토는 소찬이 얼마나 멍청한지 알고 있었다. 그걸 몰랐다면 소찬이 좋아하는 따뜻하고 포근한 건초 더미에 오랫동안 데려다주지 않아 복수하고 있다고 생각했을 것이다. 카토 스스로도 이 생활에 싫증이 나기 시작했다. 카노 부인은 처음 며칠이 지나고부터는 거의 오지 않았고, 온다고 해도 카토를 위해 시간을 내지 않았다. 그리고 확실한 건 통통이를 보러 갈 시간이 없다는 것이었다. 카노 부인은 카토가 아직 살아 있는지 확인하고 굶어 죽지 않게 음식을 놓고 가는 것 같았다. 하지만 카토는 담백하고 뜨거운 음식이 먹고 싶었다. 비밀이지만, 코르넬리아 아줌마의 요리가 그리웠다.

카토는 이제 집이 어떤 모습일지 궁금해지기 시작했다. 아무도 자기를 찾으러 오지 않는 게 조금 거슬렸다. 카토는 적어도 실종 아동을 찾는다는 포스터 몇 장 정도는 기대했었다. 하지만 어쩌면 아빠는 카토가 없어진 걸 모를 수도 있다. 그리고 코르넬리아 아줌마는 카토가 없어져서 속 시원할 것이다.

그러던 어느 날 저녁, 그 사람이 갑자기 영화관 문 앞에 나타났다. 카토는 손에 플라스틱 그릇을 들고 있는 그 사람의 모습에 소름이 끼쳤다.

음식이다.

카토를 위한.

"차림새가 그게 뭐니?"

코르넬리아 아줌마가 말했다. 코르넬리아 아줌마의 찌그러진 입이 오늘따라 유난히 더 찌그러져 보였다.

"냄새도 나고."

"여기서 뭐 하세요?"

"아버지가 걱정하셔."

"아빠가 걱정한다고요?"

"당연하지. 뭐, 당연한 건 아닌가? 아무튼 아버지는 네가 여기 있는 걸 아신단다. 그래도 걱정을 하고 계시지."

"그런데도 아빠가 직접 오지 않는단 말이에요?"

불안할 정도로 코르넬리아 아줌마는 한동안 대답이 없었다.

"됐어요. 저도 알아요."

카토가 말했다.

"냄새도 나고 몰골이 말이 아니구나. 그러니까 집에 들어오렴. 굳이 나를 위해 올 필요는 없지만, 널 위해서야."

"왜 이러시는 거예요? 대체 왜죠? 음식은 왜 가져온 거예요?"

코르넬리아 아줌마는 아무 말도 하지 않았다.

"잘 보세요."

카토는 이렇게 말한 뒤 문을 쾅 닫고 안으로 들어갔다. 하지만 코르넬리아 아줌마가 했던 말이 뇌리에 남았다. '아버지가 걱정하셔.'

절대 그럴 리 없다고 카토는 생각했다.

30분 뒤, 카토는 코르넬리아 아줌마가 갔는지 확인하려고 다시 입구로 갔다. 복도 앞에 음식이 담긴 그릇이 놓여 있었다. 코르넬리아 아줌마가 음식을 두고 갔다. '날 약 올리려고 이러는

거야, 아니면 자기가 내 엄마라고 생각하나? 설마, 말도 안 돼.'
카토는 잠시 서성거리다가 고개를 저었다.

순간 카토는 어쩌면 코르넬리아 아줌마가 자기를 독살하고 싶어 할지도 모른다는 생각이 들었다. 아줌마의 남편 마르퀴스처럼. 그 소문들은 결국 모두 사실인 것이다. 하지만 카토는 이런 생각을 한다는 사실이 너무 우스꽝스럽게 느껴져서 음식을 안으로 가져가 게걸스럽게 먹기 시작했다. 음식은 짜증이 날 만큼 맛있었다. 맥앤치즈. 코르넬리아 아줌마가 가장 잘 만드는 음식이었다.

"빌어먹을, 난 멍청해."

카토는 큰 소리로 혼잣말을 했다.

"너 말이야. 넌 정말 쓸모가 없어."

30분 뒤, 카토는 짐을 모두 챙겨 자전거를 타고 집으로 돌아갔다. 소찬은 자전거 바구니에 태웠다. 집으로 가는 동안 카토는 주문을 외우듯 혼자 중얼거렸다.

"이 바보, 멍청이, 멍텅구리, 멍텅구리……."

어디 보자, 카토는 자전거로 정원을 따라 내려가며 생각했다. 카토가 여기 온 이유는 소찬에게 우리가 필요하기 때문이다. 카토는 두 사람에게 신경 쓰지 않을 것이다.

카토는 현관에서 마주칠 상황에는 아무런 준비도 하지 못했다. 기둥처럼 뻣뻣한 아빠. 아빠는 어설프게 두 손을 허리에 짚고서 "아, 돌아왔구나. 잘했다."라고 말했다.

카토는 크게 놀랐지만, 곧 냉정한 목소리로 대답했다.

"어차피 신경도 안 쓰시잖아요."

"당연히 신경 쓰지."

아빠가 말했다.

누군가가 작동 버튼을 누른 것처럼, 아빠는 통나무같이 뻣뻣하고 이상하게 걸어와 카토를 팔로 껴안았다. 카토는 얼어붙었다. 단 몇 초였지만 마치 한 시간처럼 느껴졌다. 카토가 불편한 만큼 아빠도 불편한 것이 분명했다.

"미안하다."

아빠는 이렇게 말하고는 위층으로 올라갔다.

카토는 잠시 거실에 서서 생각했다. '뭐라고? 지금 미안하다고 했어?'

소찬이 발을 물어뜯기 시작해서 카토는 다시 움직였다. 카토는 소찬을 안고 계단을 올라갔다. 그리고 아빠의 침실 문 앞에 잠시 멈춰 섰다. 빛이 문지방 너머까지 비추었다. 카토는 거실 현관에서 벌어졌던 기괴한 포옹을 생각했다. 꼭 마네킹을 껴안는 느낌이었다. 하지만 마네킹이 아니라 정말 카토의 아빠였다. 아빠는 카토를 포옹하고 싶은 마음을 발끝부터 끌어 올렸음이 분명하다. 완전히 실패한 포옹이었다. 아빠가 갑자기 그런 행동을 한 이유는 무엇일까?

카토는 노크를 할까 잠깐 망설였지만, 이내 그 생각을 떨쳐 버렸다. 카토는 자기 방으로 가 소찬을 우리에 넣어 준 다음 짐을 풀기 시작했다. 그제야 엄마의 여름 원피스가 없다는 것을 알아차렸다. 원피스는 영화관의 바 뒤에 있을 것이다.

다른 물건이라면 내일 찾자고 미뤘을 테지만, 엄마의 원피스였다. 그러니 지금 당장 가서 찾아와야 했다. 바로 잠자리에 들지 못할지언정. 밤이 되기 전에 자전거를 타고 다녀와야 한다. 카토는 한숨을 쉬며 아래층으로 내려가 코트를 걸치고 현관문을 나섰다. 피곤했지만 자전거에 올라 영화관으로 향했다. 원피스를 가져와야만 한다. 그래야 잠을 잘 수 있다.

카토는 자전거를 세워 놓고 영화관으로 들어갔다. 원피스는 바 뒤에 놓여 있었다. 바보같이 엄마의 원피스를 입어 봤던 그날 그대로 두고 잊었던 것이다. 카토는 원피스를 집으려고 허리를 구부리다가 다시 익숙한 냄새를 맡았다. 코르넬리아 아줌마의 아주 달콤한 향수 냄새였다.

그날 이른 저녁에 코르넬리아 아줌마가 음식을 들고 문 앞에 나타났을 때, 바람이 불어 향기가 안으로 날아든 걸까? 그런데 향기가 이렇게 오래 남아 있을 수 있을까?

영사실에서 소음이 들려왔다. 그리고 상영관에서는 딸깍딸깍 소리가 났다.

누군가 영화관에 있다. 누군가 시간 여행을 시작한 것이다.

위층에 정말 누가 있었다. 그 사람이 영사실에서 계단으로 걸어가고 있었다. 카토는 원피스를 내려놓고 바 뒤로 몸을 숨겼다. 그리고 누군가가 들어오는 것을 작은 틈새로 훔쳐보았다.

코르넬리아 아줌마였다.

'정말 코르넬리아 아줌마였어!'

그러니 카노 부인이 카토에게 모든 걸 설명할 당시 주방에 숨어 있었던 누군가는 코르넬리아 아줌마가 맞았다. 그래서 코르넬리아 아줌마가 마음대로 작전을 세울 수 있었던 것이다. 시간 여행에 대해 알게 됐으니까. 그래서 음식을 가져왔다. 카토를 여기서 빼내려고. 그럼 골목에서 봤던 것도 코르넬리아 아줌마였을까? 대체 왜 그랬을까?

코르넬리아 아줌마는 바를 지나 상영관으로 걸어갔다. 카토는 작은 틈을 통해 상영관 출입문 중 하나를 밀고 들어가는 코르넬리아 아줌마를 보았다. 카토는 10초쯤 기다렸다가 바 뒤에서 조심스럽게 일어나 살금살금 쫓아갔다. 빨간 가죽 문에 귀를 대 봤지만 아무 소리도 듣지 못했다. 카토는 숨죽인 채 문을 살며시 밀고서 안을 들여다보았다. 코르넬리아 아줌마가 스크린 앞에 서 있었다. 스크린에 나타난 이미지와 대조되는 작은 윤곽이었다. 스크린에 나타난 건 코르넬리아 아줌마네 집이었다.

코르넬리아 아줌마는 겁에 질려 나지막이 비명을 지르며 스크린으로 올라섰다. 그리고 사라졌다. 카토는 스크린을 바라보며 상영관으로 들어갔다. 그러고는 코르넬리아 아줌마에 관해 사람들이 수군댔던 소문을 생각했다.

저 스크린 너머에 끔찍한 진실이 있을까?

카토는 자기가 상관할 일이 아니라고 생각했다. 하지만 호기심이 넘쳤다.

종종걸음을 치던 카토는 어느새 걷고 있었다. 카토는 안경을 벗어 상영관 의자에 던져 놓고는 피라냐가 가득한 얼음 욕조로 들어갔다.

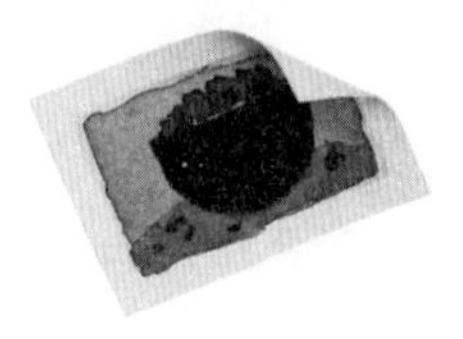

코르넬리아 아줌마의 영화

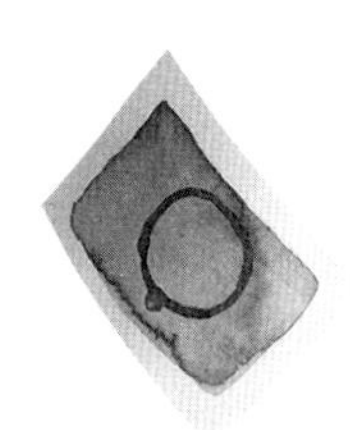

달빛을 받으며 거리에 서 있던 카토는 돌아서서 코르넬리아 아줌마네 집을 바라보았다. 현관문이 조금 열려 있었다. 밖에서는 코르넬리아 아줌마의 흔적을 찾을 수 없었다. 물론 집 안으로 들어갔을 것이다. 카토는 자기가 얼마나 과거로 왔는지 알아보려고 주위를 둘러보았지만 이렇다 할 만한 단서를 찾을 수가 없었다. 주변에 차도 없었고, 정말 조용했다. 집 안에서만 소리가 들려왔다. 목소리였다. 코르넬리아 아줌마의 목소리. 카토가 알던 목소리보다는 덜 날카로웠다. 젊은 코르넬리아 아줌마다.

'이건 시간 여행이야.'

곧 모든 게 선명해졌다.

카토의 시선이 열려 있는 현관문 틈에 고정됐다. '이건 시간 여행이야.' 곧 현관문이 닫힐 것이다. 안으로 들어가고 싶다면,

지금 당장 들어가야 한다. 카토는 문을 향해 돌진했다. 그러고는 열린 문틈으로 뱀처럼 빠르고 조용히 집 안으로 미끄러져 들어갔다. 안에 있는 누군가가 자기를 보면 어쩌나 생각할 겨를도 없었다. 다행히 카토가 숨어든 거실에는 사람이 없는 것 같았다. 카토는 문 옆에서 몸을 숙여 자기 눈에 가장 어두운 구석으로 들어가 바닥에 무릎을 꿇었다.

"금방 올게요."

저쪽 먼 복도에서 같은 목소리가 들려왔다. 이내 문이 열리고 복도로 빛이 쏟아져 나왔다. 그 불빛 속에 지금보다 열다섯 살은 젊은 코르넬리아 아줌마가 완전히 다른 모습으로 서 있었다. 아줌마의 얼굴은 지금보다 솔직해 보였고, 부드러웠다. 그리고 어쩐지 슬퍼 보였다. 코르넬리아 아줌마는 현관으로 걸어가 밖을 내다보다가 문을 닫고 어둠 속에서 잠시 가만히 서 있었다.

"코르넬리아……."

복도 끝에서 겁에 질린 듯한 가녀린 목소리가 들려왔다.

"가요!"

젊은 코르넬리아 아줌마는 다시 복도를 걸어가 문을 열고 방으로 들어갔다. 문 틈새에서 새어 나오는 빛에 의지해 카토는 복도 끝에 걸린 사진을 보았다. 사진 속에는 남자와 여자 두 사람이 있었다. 둘은 팔짱을 끼고 바다를 보고 있었다. 여자는 젊은 코르넬리아 아줌마일 것이다. 그럼 남자는? 저 사람이 코르넬리아 아줌마의 남편 마르퀴스인가?

방 안에서 소곤거리는 소리가 들려왔지만, 카토는 조금도 알아들을 수 없었다. 방 조명 스위치를 내리는 소리가 들린 뒤 다시 문이 열렸다.

“달이 아주 아름다워요, 마르퀴스.”

마침내 목소리가 들렸다. 젊은 코르넬리아 아줌마가 문밖으로 나왔다. 문가에 선 젊은 코르넬리아 아줌마가 말했다.

“바깥 풍경을 찍어 올까요? 그럼 달을 볼 수 있을 거예요.”

코르넬리아 아줌마는 이렇게 말하고는 어둠 속으로 사라질 때까지 복도를 따라 쭉 걸어갔다. 잠시 후 계단을 오르는 발소리가 들려왔다.

카토는 구석에서 일어나 가까이 다가가서 자세히 살펴보고 싶었지만, 아마도 여기 어둠 속에 자기만 숨어 있는 게 아닐 거라는 사실을 깨달았다. 카토는 그 자리에 그대로 쭈그리고 앉아 꼼짝도 하지 않고, 소리도 내지 않고, 숨도 쉬지 않고 기다렸다. 그러고 나서야 복도 건너편 어둠 속에서 누군가가 나오는 것을 보았다. 코르넬리아 아줌마. 카토가 아는 현재의 코르넬리아 아줌마였다. 아줌마가 어둠에서 나왔을 때, 카토는 복도 아래쪽에서 흘러나오는 빛을 통해 아줌마의 얼굴을 볼 수 있었다. 아줌마의 얼굴은 심각하고 피곤해 보였다. 코르넬리아 아줌마는 천천히 복도를 따라 걷다가 액자에 담긴 사진 앞에 몇 초 동안 서 있었다. 그리고 젊은 코르넬리아 아줌마가 방금 나온 방으로 들어갔다.

카토는 어두운 구석에서 일어나서는 코르넬리아 아주머니를 뒤따라 복도를 살금살금 걸어갔다. 방문이 조금 열려 있었다. 방 안에 불이 꺼져 있었지만, 이미 어둠에 적응한 카토의 눈에는 침대에 누워 있는 수척한 얼굴의 남자가 보였다. 마르퀴스가 틀림없었다. 그는 눈을 감고서 숨을 몰아쉬고 있었다. 마르퀴스의 침대 위에는 폴라로이드 사진을 주렁주렁 매단 빨랫줄이 벽에 고정돼 있었다.

사진들은 모두 같은 창가에서 찍은 것이었다. 카토는 그제야 이해할 수 있었다. 문틈으로 보이는 마르퀴스의 침대 옆 창을 찍은 사진이었다. 아마도 마르퀴스가 너무 아파서 바깥을 내다볼 수도 없었던 모양이다. 코르넬리아 아줌마가 마르퀴스를 위해 사진을 찍었을까?

코르넬리아 아줌마가 침대 가장자리에 앉았다. 마르퀴스가 아줌마의 손을 잡았다. 아줌마는 마르퀴스가 끼고 있는 반지를 만지작거리기 시작했다.

"나 여기 있어요, 마르퀴스. 오늘 밤 당신은 혼자가 아니에요."

코르넬리아 아줌마가 말했다.

마르퀴스는 여전히 눈을 감은 채 희미하게 미소를 지었다.

"그때가 온 건 줄 알았더라면, 난 슬퍼하면서 혼자 잠들지 않았을 거예요."

코르넬리아 아줌마가 말했다.

"당신 곁에 있었으면 좋았을걸……. 이제라도 내가 여기 있어요."

마르퀴스는 고개를 끄덕였지만, 그 움직임이 너무 작고 느려서 거의 눈에 띄지 않았다. 마르퀴스는 눈을 살짝 뜨고서 갈라진 입술에 미소를 머금었다. 마르퀴스의 손이 코르넬리아 아줌마의 손 안에서 떨리기 시작하더니 아줌마의 손에서 벗어나려고 했다. 코르넬리아 아줌마가 손을 놓아주자, 마르퀴스는 안간힘을 써서 팔을 조금 들어 올리고는 떨리는 엄지손가락을 치켜세워 보였다. 마르퀴스는 카토가 이해할 수 없는 말을 속삭였다. 그러고는 다시 매트리스로 팔을 떨어뜨리고 눈을 감더니 더 이상 움직이지 않았다.

코르넬리아 아줌마는 이제 입을 찌그러뜨리지 않고 그저 일자로 굳게 다물고 있었다. 아줌마의 눈이 빛났다. 코르넬리아 아줌마가 다시 마르퀴스의 손을 잡았다. 마르퀴스의 엄지손가락은 여전히 세워져 있었다. 코르넬리아 아줌마가 마르퀴스의 손을 쓰다듬었다. 하지만 조금 전과 달리 그 손길에서 고통스러움이 느껴졌다. 카토는 코르넬리아 아줌마가 슬픔을 얼마나 억누르는지 알 수 있었다. 코르넬리아 아줌마는 몸을 앞으로 숙여 마르퀴스의 이마에 입을 맞추고는 일어서서 문으로 걸어갔다. 카토는 문 옆 그림자 속으로 몸을 숨겼다. 코르넬리아 아줌마는 한동안 움직이지 않고 문 앞에 서 있었다. 카토는 코르넬리아 아줌마가 허공에 대고 코를 킁킁거리는 것을 보았다. 코르넬리아 아줌마는 카토가 숨어 있는 그림자 쪽으로 몸을 돌렸지만 카토를 보지는 못했다. 카토가 그림자 바로 뒤에 숨어 있었기 때문이다. 하지만 코르넬리아 아줌마는 카토의 냄새를 맡았다. 2주 동안 씻지 않은 카토의 냄새를.

코르넬리아 아줌마가 얼굴을 찡그리며 말했다.

"거기 누구야?"

그러고는 곧장 몸을 돌려 복도를 지나 집 밖으로 나갔다.

카토는 아줌마를 지켜보았다. 너무 놀라 말을 할 수도, 움직일 수도 없었다. 카토는 아줌마가 사라진 현관문을 계속 쳐다보았다. 복도의 어둠보다 더 짙은 검은 빛이 서서히 자라나고 있었다. 카토가 자기가 보고 있는 것이 무엇인지 깨달았을 때는 그 검은 빛이 이미 180센티미터 정도로 커져 있었다.

시간의 균열…….

정신이 번뜩 들었다. 카토는 코르넬리아 아줌마가 시간 여행에서 벗어난 지 오래되었다는 것을 깨달았다. 만약 아줌마가 영사기에서 사진을 꺼냈다면, 카토는……. 그래, 어떻게 되는 거지? 이 기억 속에 영원히 갇히고 말까? 시간의 균열이 카토를 삼켜 버릴까? 카토는 벌떡 일어나 발소리가 나든 말든 아랑곳하지 않고 복도를 지나 문 밖으로 달려 나가 균열에서 아슬아슬하게 빠져나왔다. 집 밖으로 나왔을 때 카토는 아까 본 것보다 훨씬 더 큰 검은 균열이 마치 벌어진 상처처럼 밤하늘을 가르고 있는 것을 보았다. 카토가 정원을 벗어나려 힘껏 달리는 동안, 싱크대의 우유 웅덩이가 사라지는 것처럼 달이 검게 사라졌다. 카토는 정원 울타리를 뛰어넘어 거리로 달려갔고, 안개가 비틀거리는 카토를 삼켰다.

다음 순간 카토는 영화관에 돌아와 있었다. 코르넬리아 아줌마의 흔적은 없었다. 카토는 안경을 쓰고, 두근거리는 가슴으로 상영관을 나와 위층 계단으로 올라갔다. 영사실에는 아무도 없었다. 코르넬리아 아줌마도 없었다. 아줌마는 모든 것을 그대로 두었다. 코르넬리아 아줌마가 마음만 먹었다면 쉽게 모든 것을 닫고 카토를 영원한 무로 추방할 수 있었다. 하지만 그러지 않았다. 카토는 영사기를 껐다. 유리창으로 보이는 상영관이 단번에 깜깜해졌다.

카토는 검은 상자를 열어 보았다. 마르퀴스가 끼고 있던 반지가 들어 있었다. 상자 옆에는 반듯한 글씨로 적은 메모가 놓여 있었다.

나중에 돌려주렴.

카토는 상자에서 반지를 꺼내 주머니에 넣었다. 그러고는 영사기로 걸어가서 사진을 꺼냈다. 마르퀴스의 침실 창문에서 보이는 풍경을 담은 사진이었다. 하늘이 분홍빛 석양으로 물들어 있었다. 사진 뒷면에는 마찬가지로 흠잡을 데 없는 필체로 무언가 쓰여 있었다. 세월이 지나 빛이 바랬지만, 이렇게 쓰여 있었다.

당신이 보던 마지막 풍경.
그럴 줄 알았다면, 난 당신 곁에 머물렀을 거예요.

카토는 한동안 글자들을 바라보았다. 마음이 불편해졌다. 코르넬리아 아줌마를 미워했던 건, 아줌마가 시큰둥한 표정으로 짜증 나게 콧노래를 불렀기 때문이다. 아줌마를 미워하기는 쉬웠다. 아줌마는 날마다 카토에게 헌신했지만, 카토는 날마다 그 모습을 망치고 싶었다. 카토는 자기가 코르넬리아 아줌마의 기억 속에서 더러운 오물 웅덩이를 찾기를 바랐다는 사실을 깨닫고는 너무나 부끄러웠다. 코르넬리아 아줌마를 더 싫어하게 만들어 줄 무엇인가를. 아줌마에 대해 도는 나쁜 소문을 확인할 만한 무언가를 찾으려고 했던 자신이.

카토는 무엇을 해야 할지, 어떤 생각을 해야 할지 몰라 사진을 손에 든 채 잠시 서 있었다. 그러고 나서 아래층으로 내려가 바 뒤에 놓인 엄마의 원피스를 집어 들고 영화관을 나섰다. 카토는 자전거에 올라타 원피스와 사진을 겨드랑이에 끼고서 달빛이 비치는 고요한 마을을 지나 코르넬리아 아줌마의 집으로 갔다. 아직 불이 켜져 있었다. 카토는 주머니에서 반지를 꺼낸 다음 바람을 피해 사진과 함께 발 매트 밑에 놓았다.

카토는 문 앞에 한동안 서 있었다. 그리고 자기가 싫어했던 코르넬리아 아줌마의 모든 행동을 생각해 보았다. 생각 끝에 카토는 그냥 떠날 수는 없다는 마음이 들었다. 카토는 발 매트 밑에 두었던 반지와 사진을 집어 들고서 초인종을 눌렀다. 초인종을 누르는 손가락이 떨려 왔다.

카토는 자기 손을 톡톡 두드리며 말했다.

"평범하게 행동해."

곧 코르넬리아 아줌마의 신발 소리가 들렸다.

작고 경쾌한 발소리가 현관으로 다가왔고, 그 소리를 듣자 카토는 왠지 연민이 일었다.

카토는 몸을 떨었다. 그때 문이 열리고 코르넬리아 아줌마가 카토 앞에 섰다.

"이리 주렴."

아줌마가 퉁명스럽게 말하며 손을 내밀었다.

카토는 반지와 사진을 아줌마 손에 건네주고서 당장 사라져 버리고 싶었다. 하지만 그럴 거였으면 이렇게 문 앞에 서 있지도 않았을 것이다. 코르넬리아 아줌마는 물건을 받고는 뒤로 물러나 현관문을 닫으려 했지만, 카토가 발을 내밀어 문턱을 밟았다. 코르넬리아 아줌마는 마치 곤경에 빠지기라도 한 것처럼 얼어붙어서 카토의 발을 내려다보았다. 그리고 같은 표정으로 카토를 바라보았다.

"들어가도 될까요?"

카토가 거의 속삭이듯 물었다.

코르넬리아 아줌마는 정색을 하며 한동안 카토를 보았다. 그러다가 문을 열어 둔 채로 몸을 돌려 안으로 들어갔다.

"신발 벗으렴."

코르넬리아 아줌마가 말했다.

카토는 잠시 머뭇거리며 문 앞에 서 있다가 조용히 아줌마의 집 안으로 들어갔다. 카토는 신발을 가지런히 벗어 매트 위에 나란히 놓았다. 그러곤 문을 살며시 닫고는 엄마의 원피스를 겨드랑이에 끼고서 코르넬리아 아줌마가 사라졌던 문이 보이는 복도로 걸어갔다.

"거기 서 있으렴."

카토가 들어가자 아줌마가 말했다.

"시간이 별로 없단다. 짐을 싸느라 바쁘거든."

코르넬리아 아줌마는 이삿짐 상자와 테두리가 갈색인 바닥 램프 옆에, 마치 자기도 가구인 것처럼 서 있었다. 카토는 아무 말도 하지 않고 그저 아줌마를 쳐다보았다.

"난 이사를 갈 거란다."

코르넬리아 아줌마가 계속해서 말했다.

"너희 아버지한테 이미 그만둔다고 말씀드렸어."

"이사요?"

카토가 부드럽게 물었다.

"그래."

그때 다른 사람이 방으로 들어왔다. 코르넬리아 아줌마보다 몇 살 어려 보이는 여자였다. 굵은 곱슬머리에 운동화를 신었다. 코르넬리아 아줌마와는 전혀 다른 모습이었지만, 틀림없이 어딘가 닮은 구석이 있었다.

"네가 카토로구나."

여자가 알은체하고는 잰걸음으로 다가와 카토에게 손을 내밀었다.

"나는 코르넬리아 언니의 여동생 프란키나야. 이사 도와주러 왔단다. 너와 너희 아버지 얘기 많이 들었어."

카토는 주저하며 프란키나의 손을 잡았다.

"제 얘기를 많이 들으셨다고요……?"

카토는 코르넬리아 아줌마가 한숨을 쉬며 이삿짐 상자를 들고 방을 나가는 것을 곁눈질로 보았다. 프란키나가 의자를 가리키며 앉으라고 말했다.

"코르넬리아 언니가 친절한 성격은 아니지만 그래도 너무 나쁘게 생각하진 말렴. 언니는……."

프란키나는 코르넬리아 아줌마가 나간 문을 돌아보았다. 그러고는 목소리를 낮춰 이야기를 계속했다.

"그 일이 있고 나서…… 많이 변했거든. 언니 남편 일…… 너도 알지?"

카토는 고개를 끄덕였다.

"나는 코르넬리아 언니를 잘 안단다."

프란키나가 말했다.

"언니는 솔직히 유쾌한 사람은 아니지. 그렇지만 널 보러 가는 걸 좋아했단다. 나한테 너희 가족 얘기도 많이 했고."

"우리 얘기요?"

"그럼. 음, 솔직히 얘기하면, 너에 대해 못마땅한 점을 말했지. 정말 말썽꾸러기인 데다 늘 공상에 빠져 지낸다고. 아, 더러운 토끼 얘기도 했던가?"

카토는 속에서 화가 치밀어 오르는 걸 느꼈다.

"소찬이에요. 그리고 더럽지도 않고요."

카토가 퉁명스럽게 대꾸했다.

"그리고 네가 사진을 찍는다고 하던데. 공부도 잘하고. 가끔은 네 자랑을 조금 하더구나."

"하!"

카토는 이 외마디 말고는 더 할 말이 없었다. 5분 안에 사악한 외계인 무리가 지구를 폭파할 것이라는 말을 믿는 편이 더 쉬울 것 같았다.

"어쨌든……."

프란키나는 계속해서 말했다.

"너희 가족이 없었다면 코르넬리아 언니는 무척 외로웠을 거야."

코르넬리아 아줌마가 다시 방으로 들어와서는 수상하다는 표정으로 카토와 프란키나를 보았다.

"프란키나, 나 좀 도와줘. 옷장 문이 여전히 안 열려. 카토는 혼자서도 공상하며 시간을 보낼 수 있다고."

"언니……."

프란키나가 입을 열었다. 하지만 카토가 고개를 끄덕이고는 말했다.

"저도 가야 해요. 아줌마도 할 일이 많으실 테니까요. 음……, 감사해요. 그냥…… 감사하다고 말하고 싶었어요."

카토는 복도를 걸어가 신발을 신으려고 매트 옆에 앉았다. 코르넬리아 아줌마의 발이 카토 바로 뒤까지 다가와 멈추는 소리가 들렸다. 카토는 코르넬리아 아줌마의 시선이 자기 등을 관통하는 것을 느꼈다. 무슨 말을 하려다 주저하는 코르넬리아 아줌마의 숨소리가 몇 번이나 들려왔다.

"엄마 원피스니?"

코르넬리아 아줌마가 물었다.

카토는 무릎 위에 올려놓은 원피스를 보았다.

"네."

카토가 대답했다.

"나는 네 엄마를 잘 모른단다. 하지만 내 남편에게 친절했던 사람으로 기억해."

코르넬리아 아줌마가 말을 이었다.

"나에게도 친절했지. 네 엄마는 다른 사람들과 어울려 험담을 하지 않았어. 여느 사람들과는 달랐지. 너와도 달랐고."

카토는 아줌마를 쏘아봤다. 그냥 넘어가고 싶었지만, 그럴 수 없었다. 그러나 곧 코르넬리아 아줌마의 말이 옳을지도 모른다는 것을 깨달았다.

"엄마에 대해 더 자세히 말해 주실 수 있어요?"

카토가 물었다.

"아니, 미안해."

아줌마는 짧게 대답하고는 곧 이렇게 덧붙였다.

"방금 말했듯이 난 네 엄마를 잘 모른단다. 카토, 엄마와 직접 이야기해 보는 게 어떠니? 그 영화관에서 말이야. 설마 너도 겁쟁이는 아니겠지? 평생을 겁먹은 아이처럼 숨어 사는 너희 아버지처럼?"

카토는 대답하지 않았다. 코르넬리아 아줌마의 말이 정곡을 찔렀기 때문이다. 카토는 처음부터 비겁했다. 영화관이 있었고, 엄마를 보러 갈 수 있었음에도 그렇게 하지 않았다.

코르넬리아 아줌마는 다시 할 말을 찾는 것 같았다.

"아니, 넌 비겁하지 않아. 내가 너를 사사건건 못마땅해한다는 걸 너도 알고 있지? 그렇지만 넌 비겁한 겁쟁이가 아냐. 오히려 용감한 편이지. 내가 하고 싶은 말은, 난 너만큼 용감하지 않아. 그래도 감히 용기를 냈어."

카토가 일어서며 물었다.

"어디로 가실 거예요?"

"그게 너와 무슨 상관이니?"

카토는 어깨를 으쓱했다.

"새로운 걸 시도해 보려고."

코르넬리아 아줌마가 말했다.

"과거를 뒤로하고 말야. 넌 내가 늙었다고 생각할 테지만, 난 아직 살아야 할 삶이 있단다. 내 삶을 다시 시작해 보고 싶구나."

카토가 손을 내밀었다. 코르넬리아 아줌마는 카토가 똥 묻은 손을 내밀기라도 한 것처럼 쳐다보다가 이내 손을 맞잡고 악수를 했다.

"행운을 빌게요, 아줌마. 아줌마가 살아야 할 삶이 좋은 삶이길 바라요."

카토가 말했다.

"이제 넌 영화관으로 가렴."

코르넬리아 아줌마가 말했다.

둘은 서로에게 짧게 미소 지어 보였다. 카토는 몸을 돌려 정원의 오솔길을 걸어 자전거로 향했다. 자전거를 타고 떠나기 직전 카토는 뒤를 돌아봤지만, 문은 이미 닫혀 있었다.

그 피아노

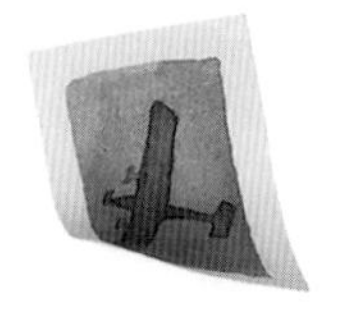

집은 어두웠다. 아빠 침실의 불은 이미 꺼져 있었다. 물론 불이 켜져 있었다고 해도 카토는 아빠에게 가지 않았을 것이다. 카토는 뜨거운 물에 몸을 오래 담근 다음 살갗이 빨갛게 될 때까지 문질러 씻었다. 그러고 나서 방으로 가 이불을 창틀 위로 던졌다. 카토는 그 위에 앉아 몸을 뒤로 젖히고 창틀의 빈 거미줄을 보았다. 거미는 구멍이나 이음새에 숨어 있거나 잠을 자고 있을 것이다. 또는 거미는 죽었고 거미줄은 그저 남아 있는 추억일지도 모른다. 이해할 수 없는 죽음의 잔해, 죽은 자의 집이다. 카토는 제 생각에 깜짝 놀랐다. 그리고 생각을 털어 내려는 듯 몸을 털었다.

카토의 머릿속에 죽은 남편의 침대 가장자리에 앉아 있던 코르넬리아 아줌마의 모습이 떠올랐다.

카토는 프란키나의 말을 떠올렸다. “너희 가족이 없었다면 코르넬리아 언니는 무척 외로웠을 것”이라는 말. 여기서 너희란 머리가 텅 빈 남자와 증오에 찬 아이를 말한다. 믿을 수 없을 정도로 슬픈 이야기라고 카토는 생각했다. 대체 코르넬리아 아줌마는 어째서 그렇게 끔찍하게 굴었을까? 그리고 그렇게 끔찍한 사람의 슬픔에 카토는 왜 마음이 아픈 걸까? 코르넬리아 아줌마를 몰아냈는데 왜 이렇게 마음이 불편할까?

카토는 침대 옆 책상으로 고개를 돌리다가 엄마 사진을 보았다. 카토는 너무 부끄러워서 사진을 뒤집어 놓았다.

코르넬리아 아줌마는 “넌 비겁하지 않아.”라고 말했다.

하지만 카토는 비겁했다.

다음 날 아침 카토는 창틀에서 눈을 떴다. 머리가 반으로 쪼개질 것처럼 아프고, 엉덩이 근육은 마비된 것 같았다. 창틀에 기댔던 얼굴에는 커다랗게 눌린 자국이 생겼다. 카토는 방을 빠져나와 주름이 생긴 자기 모습을 비추어 보고는 주방으로 갔다.

카토는 커피를 내리기 시작했지만, 커피가 다 내려오기도 전에 밖으로 나가 자전거에 올랐다. 카토는 통통이가 보고 싶었다. 그것 말고는 아무것도 바라지 않았다.

영화관에 도착해 카토는 평소처럼 정면 사진을 찍었지만, 굳이 렌즈를 보지 않았다. 사진을 찍는 일이, 영화관 정면을 찍은 모든 사진이 무슨 의미가 있나 싶었다. 카노 부인이 없었다면, 이 일을 특별하다고 생각하지 않았을 것이다.

영화관으로 들어선 순간 카토는 무언가 달라진 걸 느꼈다. 레모네이드 통이 비어 있었다. 불현듯 카노 부인이 완전히 떠나 다시는 돌아오지 않을 것 같다는 생각이 스쳤다. 그때 마침, 상영관 문 아래 틈새로 불빛이 보였다. 카토는 상영관으로 달려갔다. 스크린 옆에 카노 부인이 있었다. 카토는 안심이 됐다. 카노 부인 뒤쪽 스크린으로 통통이의 집이 보였다.

"거기 있었구나."

카노 부인이 말했다.

"무슨 계획이에요? 왜 이렇게 텅 비어 있는 거예요?"

"이제 그만할까 싶구나, 카토. 집에 갈 시간이거든. 집에 머무를 시간이야."

카토는 깜짝 놀라 입을 벌렸다.

"그만한다고요? 지금? 그럼 저는요? 통통이는요?"

"너와 통통이는 잘 지낼 거야. 확실하단다."

카노 부인이 말했다.

"너를 내 기억 속으로 한 번만 더 데려갈게. 아직 할 일이 하나 남았는데, 그것만 하면 끝이야. 그러고 나면 모든 게 명확해지겠지."

카노 부인은 카토에게 미소를 지었지만, 눈은 웃고 있지 않았다. 카토는 스크린으로 시선을 돌리는 카노 부인의 얼굴을 응시했다. 통통이와 정을 붙이는 사이에 카토를 안심시켜 주고, 안전하게 지켜 준 바로 그 얼굴을, 그리고 어느새 정든 카노 부인의 얼굴을.

영화관이 멋지고 익숙한 장소가 된 바로 이 순간, 끝이 다가왔다.

"그, 그게 무슨 말이에요……? 대체 어떻게……?"

카토는 화가 나 말을 더듬었다. 원망스럽기도 하고 간절하기도 했다.

"날 믿으렴."

카노 부인이 말했다.

카토는 고개를 저으며 소리쳤다.

"너무 이기적인 거 아니에요? 난 아직 부인이 누군지도 모르는데 이제 떠난다고요? 대체 원하는 게 뭐예요? 대체 이게 무슨 상황이죠?"

카노 부인이 손을 내밀었다.

"카토, 내가 누구인지는 중요하지 않아. 날 믿으렴. 그건 정말 중요하지 않은 일이야, 정말로. 어서 가자. 통통이가 기다리고 있어."

'통통이.' 카토는 생각했다. 그리고 카노 부인이 내민 손을 보았다.

"안경을 벗으렴. 그리고 날 믿어, 카토."

카토는 카노 부인의 손을 잡고 스크린으로 들어갔다.

"야, 양말!"

통통이가 반갑게 소리쳤다. 통통이는 종이 상자를 겨드랑이에 끼고 밖으로 나오다 카토를 보고 손을 흔들었다. 카토는 정문 앞에 서 있었다. 통통이를 보자 기쁨과 슬픔이 동시에 밀려왔다.

“안녕, 통통아.”

카토가 말했다.

“안녕하세요, 수수께끼 아줌마!”

통통이가 큰 목소리로 카노 부인에게 인사했다.

카노 부인은 문 앞에 잠시 멈춰 서서 손을 흔들고는 가던 길을 갔다.

카토는 통통이에게 오늘이 마지막 만남이 될 것이라고 말해야 할지 고민했지만, 말을 꺼낼 수 없었다.

“상자 안에 든 게 뭐니?”

카토가 물었다.

“비행기.”

통통이가 말했다. 그러고는 상자에서 플라스틱 모형 비행기를 꺼내 카토에게 건넸다.

“이거 봐.”

통통이는 모형을 하나 더 꺼내 들고서 하늘을 나는 흉내를 냈다.

“눈을 반쯤 감고서 보면 정말 진짜 비행기 같아. 가장 중요한 건, 이 동작을 완벽하게 따라 해야 한다는 점이야. 마치 진짜 비행기인 것처럼 바람을 타고 날지. 긴급 상황인 척하고 말이야.”

그 순간 통통이의 비행기에 큰 물방울이 떨어졌다.

"지금 같은 날씨 말이야?"

카토가 말했다.

"하늘을 봐! 어서 사진 찍어!"

통통이가 소리쳤다.

카토는 고개를 들어 구름이 자석처럼 서로를 밀고 당기는 것을 보았다. 구름은 번개 같은 속도로 태양을 뒤덮었고 한순간에 저녁이 된 것 같았다. 카토는 카메라를 들어 태어나서 처음으로 흥미로운 하늘 사진을 찍었다.

그리고 폭풍이 불어왔다. 바람이 갑자기 불어서 나무, 자전거, 울타리를 미친 듯이 잡아당겼다. 비행기 상자도 바람에 거의 날아갈 뻔했다. 다행히 통통이가 꼭 붙잡았다. 카토와 통통이는 재빨리 집 안으로 들어가, 문에 난 창문으로 방울양배추만큼이나 커다란 빗방울이 들판을 때리는 것을 보았다.

"격투기 게임이나 한판 할까?"

통통이가 물었다.

"연습은 좀 했니?"

"나 참, 연습할 필요 없거든요, 이 아가씨야."

카토는 웃으며 통통이를 바라보았다.

"진심이야? 몇 번이나 이겼는데? 어디 보자, 네 전적이……. 그래, 고작 한 번 이겼지."

"조심해. 새 필살기를 알아냈다고. 그 필살기를 써서 묵사발을 만들어 주겠어. 장난 아니지!"

"어디 보여 줘 봐."

"그래, 본때를 보여 주지."

카토는 통통이를 따라 거실로 들어갔다. 정말 이상했다. 카토는 기분이 매우 나빴었는데, 통통이를 보자마자 안 좋은 기분이 말끔히 사라졌다. 이야기를 할 필요도 없었고, 그저 괜찮았다. 심지어 두통도 사라졌다. 카토는 이제 우리가 만나지 못한다는 걸 알면 통통이가 얼마나 힘들어할지 상상해 봤다. 그리고 카노 부인이 했던 "모든 게 확실해질 거야. 너와 통통이 둘 다 잘 해낼 거야."라는 말을 떠올렸다.

하지만 카토가 상상할 수 있는 건 끔찍한 그리움뿐이었고, 다시 기분이 나빠졌다.

카토는 재빨리 나쁜 기분을 밀어 냈다. 지금은 이런 기분이 들면 안 된다고 생각했다.

"이봐, 멍텅구리."

통통이가 카토에게 컨트롤러를 건네며 말했다.

"질 준비 됐어?"

"어디 덤벼 보시지, 멍청아."

카토와 통통이는 귀가 떨어질 듯 요란하게 쏟아지는 빗소리를 들으며 텔레비전 앞 카펫에 앉아 엄지손가락과 목이 아플 때까지 놀았다. 그때 갑자기 위층에서 삐걱거리는 소리가 크게 들렸다. 통통이는 벌떡 일어나 카토를 쳐다보았다. 놀란 눈은 동시에 흥분으로 반짝였다.

"지붕……."

통통이가 말했다.

"지붕?"

"이쪽으로 와. 내 방으로 가자!"

카토는 통통이를 따라 첫 번째 계단에 올라섰고, 이어서 다음 계단을 올랐다. 계단은 지붕 바로 아래 있는 천장이 경사진 방으로 이어져 있었다. 방 안에는 옷 더미, 만화책, 나무 조각상, 나뭇잎과 잔가지가 든 유리병, 그리고 어림잡아도 100대가 넘는 모형 비행기가 어지럽게 놓여 있었다. 방 모서리에는 침대가 있었고, 그 옆엔 둥근 램프가 있었다. 대각선으로 열리는 창문 아래에는 접착제, 핀셋, 그리고 오래된 현미경이 놓인 책상이 있었다. 벽에 붙은 건 이상한 발명품, 로봇, 기계 설계도였다.

"우아……! 통통아, 네 방 정말 멋지다."

카토가 말했다.

"그치, 짱이지? 짱이라는 말은 정말 근사해."

통통이가 말했다.

지붕 옆에 난 창을 통해 몇 초에 한 번씩 하얀빛이 번쩍였다. 천둥소리에 창틀도 울렸다. 바깥에서는 귀가 먹먹할 정도로 비가 세차게 내리고 있었다. 바람이 빗줄기를 뚫고 불어와 빗방울을 마치 찰흙인 양 하늘로, 그리고 창으로 몰아냈다.

"그런데 아까 그 삐걱거리는 소리는 어디서 난 거야?"

카토가 물었다.

통통이가 지붕 한구석을 가리켰다. 장날 세워진 천막처럼 둥글게 부푼 지붕이 보였다. 그 아래에 냄비와 접시를 놔두고서 새어 들어오는 빗물을 받았다.

"저기 고쳐야 하지 않을까?"

카토가 물었다.

"응, 고쳐야지. 그런데 우리 아빠는 게으르고 손재주도 없어. 저곳이 썩고 물이 샌 지 좀 됐어."

그때, 카토는 통통이 방 한가운데 빛이 잘 들지 않는 곳에 모습을 감추고 있는 피아노를 발견했다.

"야, 너 피아노 있네! 우리 집에도 있는데."

카토가 소리쳤다.

"아, 저거 정말 쓸모없어."

통통이가 말을 이었다.

"얼마나 큰지 지붕에 난 창문으로 들여놨거든. 그런데 너무 커서 다른 곳으로 옮기지도 못했지. 다들 잊어버린 상태로 내 방에 있는 거야. 우리 엄마가 쳤던 건데, 여기 이사 온 뒤로는 엄마가 잘 치질 않아."

"너도 연주할 수 있어?"

통통이가 고개를 저었다.

"난 진짜 하나도 못 쳐."

그리고 물었다.

"너는?"

카토는 "못 쳐."라고 말하고 싶었지만, 그때 마침 아빠가 연주하던 곡, 엄마가 공원 무대에서 연주했던 그 곡, 그래서 카토도 조금 칠 수 있는 그 곡이 생각났다.

"조금 칠 수 있어."

카토가 말했다.

"어디 들려줘 봐."

카토는 피아노 앞에 앉아 연주를 시작했다. 처음엔 망설였지만, 통통이가 입을 벌리고 음악을 감상하는 걸 보니 스스로도 감동이었다. 카토는 곡의 일부분밖에 몰랐는데, 그 정도로도 충분했다. 카토의 연주는 지나가는 일에 대한 우울함과 다가올 일에 대한 설렘을 담고 있었다. 만약 그때 갑작스럽게 삐걱거리는 소리가 아주 크게 들려오지 않았다면, 다락방의 썩은 지붕이 물에 젖은 종이 상자처럼 부서지며 빗물이 해일처럼 밀려들지 않았다면, 카토는 계속해서 곡을 연주했을지도 모른다.

카토는 엄청난 양의 물이 계단을 폭포로 바꾸고 다락방의 벽을 따라 벽지처럼 퍼져 나가는 것을 보았다. 발밑이 축축해지더니 이윽고 카토의 발목까지 물이 차올랐다. 다락방은 사라지고 물이 차오른 바닥, 물건들, 그리고 피아노만 보였다. 울부짖는 바람이 구름을 휘감아 산산조각 내고 사방에서 비가 쏟아져 내렸다. 그리고 그 한가운데에서 통통이가 말간 눈으로 하늘을 올려다보고 있었다.

"우아!"

시끄러운 빗소리를 뚫고 통통이의 탄성이 들렸다.

"여길 피해야 한다는 소리야!"

카토가 소리쳤다.

카토와 통통이는 내리치는 번개 속에서 서로의 모습이 빛나는 것을 보았다. 그 순간, 통통이의 모형 비행기들이 폭풍우를 타고 떠오르기 시작했다. 모형 비행기들은 마치 깃털처럼 하늘로 올라 돌풍을 타고 더 높이 날아갔다. 마치 작은 모형들이 구름을 좇는 것 같았다.

"우아!"

통통이가 또다시 감탄했다.

"통통아, 봐. 꼭 새처럼 보여!"

카토가 외쳤다.

"피아노를 쳐 봐, 양말아."

통통이가 말했다.

"지금 분위기에 딱 어울려!"

모형 비행기가 소용돌이치며 점점 저 높이 날아오르자, 카토는 피아노를 치기 시작했다. 그리고 잠깐, 카토는 저 높은 하늘 천둥 사이에서 검은 균열을 본 것 같았다. 삐뚤빼뚤한 검은색 선이 하늘을 반으로 갈랐고, 모든 게 번쩍거리면서도 어두웠다. 카토는 그것을 균열이라고 믿고 싶지 않았다. 바람과 빗물이 불러일으킨 혼란에 마음을 온통 빼앗겨 버렸던 것이다. 마치 바다

의 폭풍우 틈에 있는 것 같으면서도 따뜻하고 조용한 고치 속에 머무르는 느낌이었다.

카토는 통통이를 바라보았다. 두 팔을 한껏 벌리고 두 다리를 엑스 자로 꼬고 서서 우스꽝스럽게 웃고 있는 통통이는 하늘에 주문을 거는 오동통한 마법사처럼 보였다. 처음으로 카토는 통통이와 함께 있다고 느꼈다.

차츰 밝아지고 있는 하늘에 다시 검은 균열이 보이기 시작했다.

'아직 아니야. 조금 더 있어도 돼.' 카토는 생각했다. 카토는 아무것도 잊지 않으려 이 모든 걸 눈에 담았다. 다락방의 플라스틱 모형 비행기들, 물에 젖은 나무 지붕과 벽에 둘러싸인 이 다락방, 카토의 마술사 친구 통통이, 검은색 피아노의 표면 위로 마치 야수처럼 모여 튀어 오르는 수만 개의 물방울까지. 카토의 눈이 카메라 렌즈라도 된 것처럼 피아노 위로 떨어지며 터지는 물방울의 순간순간을 포착했다. 그러다 물방울이 검은색 피아노 표면에서 터지는 순간, 카토는 자기가 무엇을 보고 있는지 깨달았다. 집에 있는 피아노의 회색 자국들, 그 자국들은 과거의 기억이었다. 그리고 오늘 밤이 그 자국을 만든 바로 그날이었다.

이 피아노는 바로 카토의 집에 있는 피아노였다. 아빠의 피아노.

카토는 하늘을 향해 자신이 지어낸 주문을 외쳐 대느라 정신이 없는 통통이를 바라보며 이 모든 게 무엇을 의미하는지 서서히 깨닫기 시작했다. 하지만 카토에게는 이제 시간이 없었다. 다시금 천둥이 쳤고 카토는 균열이 아주 커져서 하늘의 절반을 덮은 것을 보았다. 마치 세상을 집어삼킬 것만 같았다.

갑자기 계단에 카노 부인이 나타났다. 역시 흠뻑 젖은 모습이었다.

"가자, 꼬마야!"

카노 부인이 난간에 매달려 외쳤다.

"시간이 없어! 당장 나가야 해!"

카토는 카노 부인을 바라보다가 모든 것과 모든 사람을 잊은 듯 여전히 하늘에 주문을 외우는 마법사 역할에 빠진 통통이를 보았다. 카토는 어지러워서 똑바로 생각할 수가 없었다. 지금 당장 떠오르는 건 딱 하나뿐이었다. 이게 통통이와의 마지막 만남이라는 것. 폭풍우 속에서 행복하게 서 있는 저 남자아이. 카토는 피아노 뒤에서 벌떡 일어나 통통이에게 달려갔다. 그러고는 아주 잠깐이었지만 통통이를 꽉 끌어안았다.

"지금 가야 해, 꼬마야!"

카노 부인의 목소리가 들렸다.

"안녕, 통통아."

카토가 말했다.

"너 지금 가야 해?"

정신을 차린 통통이가 자기를 안고 있는 카토를 보며 믿을 수 없다는 얼굴로 물었다.

“응, 지금 가야 해. 그리고 오랫동안 돌아오지 못할 거야.”

“대체 왜?”

“서둘러!”

또다시 카노 부인의 다급한 목소리가 들려왔다.

“지금 다 설명할 순 없지만, 우리는 오랫동안 다시 만날 수 없을 거야.”

“오랫동안…….”

통통이가 카토의 말을 느리게 따라 했다.

“더는 설명 못 해. 하지만 우리는 다시 만날 거야, 알겠지? 우리는 가장 친한 친구야, 약속이다?”

통통이가 수줍게 고개를 끄덕였다.

“약속……. 그럼 아주 나중에 다시 만나자.”

카토는 통통이를 놓고 이미 폭포처럼 물이 흐르고 있는 계단으로 뛰어갔다. 그러고는 뒤도 돌아보지 않고 카노 부인을 따라 계단을 내려가 집 밖으로, 그리고 정원으로 내달렸다. 그사이 카토 주변이 점점 어두워지기 시작했다. 천둥, 번개는 더 이상 치지 않았고, 모든 빛은 입처럼 벌어진 검은 균열 속으로 빨려 들어갔다. 검은 균열이 카토와 카노 부인을 집어삼킬 듯 낮게 깔리고 있었다. 카토는 검은 균열에 압도된 채로 서서, 그 검은빛이 카토 주변 세상을 모두 차지하겠다는 듯이 입을 벌려 보도블록 하나하나, 집을 둘러싼 벽돌 하나하나, 그리고 나무의

잎사귀 하나하나를 집어삼키는 모습을 그저 바라보았다.

"카토!"

카노 부인의 목소리가 들렸다.

곧 카토는 팔이 빠질 만큼 세게 잡아당기는 카노 부인의 손길을 느꼈다. 그리고 카토는 짙은 안개 속으로 곤두박질쳤다.

다락방의 상자

카토는 초췌한 얼굴로 상영관 스크린 앞 바닥에 주저앉아 거친 숨을 몰아쉬었다. 스크린은 카토를 집어삼키려 했던 검은 균열만큼이나 새까맸다. 스크린을 훑고 지나간 폭풍우가 카토의 머리로 들어와 모든 생각이 소용돌이치며 머릿속을 두드려 대는 것만 같았다. 옆에는 카토보다는 덜 초췌해 보이는 카노 부인이 숨을 헐떡이고 있었다.

"어때?" 카노 부인이 카토에게 물었다.

"이제 모든 게 확실해졌니?"

카노 부인의 목소리가 카토를 깨우기라도 한 것처럼 카토가 소리쳤다.

"통통이가 우리 아빠예요?"

카노 부인은 고개를 끄덕이고는 안도하는 표정을 지었다.

"네가 알아보지 못할까 봐 걱정했어."

"말도 안 돼!"

"나도 알아."

카노 부인이 말했다.

"그렇지만 부인은 알고 있었잖아요! 처음부터 모든 걸!"

"응."

카토는 카노 부인을 바라보며 힘껏 눈살을 찌푸렸다. "응."이라는 대답만으로는 충분하지 않다는 걸 보여 주고 싶었다.

"나를 따라오렴."

카노 부인이 말하고는 잠자코 상영관 밖으로 걸어 나갔다. 카토는 급히 일어서서 흔들리는 문을 밀고 계단을 올라 영사실로 갔다. 카노 부인은 검은 상자를 열어 통통이의 모형 비행기 중 하나를 꺼내 들었다. 부인은 그 모형 비행기를 카토에게 건넸고, 카토는 힘없이 받아 들었다.

"너희 집 다락방에 상자가 있었어. 거기서 꺼내 온 모형 비행기야."

카노 부인은 모형 비행기를 바라보며 고개를 끄덕였다. 카토는 어느 가을날, 존재하지 않는 들판에서 누군가 자기를 바라본다고 확신했던 때를 떠올렸다. 뒤이어 서늘한 바람과 함께 누군가 집에 숨어들었던 그날 밤을 생각했다.

"부인이었어요? 그날 밤 우리 집에 들어온 사람이?"

"맞아. 상자를 찾고 있었거든."

"다락방에 상자가 있었을 리 없어요. 난 그런 걸 한 번도 본 적이 없다고요."

카토가 말했다.

"아니, 잘 생각해 보렴. 다른 사람들이 보지 못하는 것을."

카노 부인이 말했다.

카노 부인을 잠시 바라보던 카토는 부인의 입가에 맺히는 미소를 보았다.

"혹시… 다르게 보라는 말씀인가요?"

카토가 말했다.

"바로 그거야."

"그러면 코르넬리아 아줌마네 집으로 들어갔던 사람도 부인이었나요?"

"맞아, 나였어."

"거기서 뭘 하셨는데요?"

"사진을 찾고 있었지."

"코르넬리아 아줌마의 기억에 대한 사진을요?"

"맞아."

"코르넬리아 아줌마에게 무슨 일이 있었는지 알았어요?"

"그래. 그리고 네게 보여 주고 싶었어. 하지만 코르넬리아가 선수를 치는 바람에 내가 한 방 먹었어. 네게 보여 주려고 일부러 그런 건 아니겠지만 말이야."

"하지만 어떻게 그런 걸 다 알고 있었어요? 그리고 왜 저한테 전부 보여 주려고 했던 거죠?"

"그러지 않으면 너는 그 긴 시간을 아무것도 모르고 지낼 테니까. 그리고 네가 알았을 때는 이미 너무 늦었겠지. 그것만큼 안타까운 일은 없을 거야."

"하지만……."

카토는 손에 든 모형 비행기를 바라보았다.

"이건 부인이 상관할 일이 아니었어요. 통통이와 관련된 일이었잖아요. 그리고 저와 관련된 일, 아니 저와 우리 아빠의 일이었어요."

"맞아."

"그런데 왜 이러시는 거예요?"

"난 그저 이러지 않으면 네가 보지 못했을 것을 보여 줬을 뿐이야."

"그렇지만 대체 왜요?"

"넌 언젠가는 알게 될 거야. 확실해."

카노 부인이 시계를 보며 말했다.

"난 이제 가야겠구나. 이미 늦었어. 자, 어서 다락방으로 가서 상자를 찾아 보지 그래? 여기서 이렇게 시간을 낭비하지 말고 말이야."

"그렇지만……."

"그렇지만은 무슨 그렇지만이야. 더 이상 나한테 할 질문은 없어. 이제 나도 서둘러야 하고, 너도 서둘러야 해."

카노 부인은 복도로 나가 다시 한번 주변을 살폈다.

"그리고 제발 그만 좀 따라와. 귀찮으니까."

카노 부인은 계단을 내려가 문밖으로 사라졌다.

카토는 손에 든 모형 비행기를 보며 생각을 정리해 보려 했지만, 머릿속에서 여전히 생각이 강하게 소용돌이치고 있어서 모든 게 뒤죽박죽 혼란스럽기만 했다. 이상하게도, 그런 생각의 폭풍 속에서도 한 가지 확실한 건 있었다. 바로 분노였다. 아빠에 대한 분노. 카토에게 마침내 가장 친한 친구가 생겼는데, 아빠라는 멍청한 사람이 또다시 그걸 망치고 말았다. 카토는 모든 에너지를 끌어내 움직이기 시작했다. 영사실에서 뛰쳐나온 카토는 계단을 내려가 입구를 지나 지하 옆문으로 나간 다음 자전거에 올라 집으로 달렸다.

다행히 집에는 아무도 없었다. 아빠보다도 코르넬리아 아줌마를 만나는 게 나을지도 모른다. 카토는 계단을 뛰어 올라가 자기 방에서 의자를 가져다 다락방 입구 아래에 놓았다. 다락방 문을 당겨 열자, 먼지와 함께 사다리가 삐걱거리며 펼쳐졌다.

카토는 떨리는 다리로 빛이 새어 나오는 다락방으로 올라갔다. 다락방에 올라간 것은 매우 오랜만이었다. 꼭, 카토가 들어가면 안 되는 미지의 세계로 들어가는 기분이었다.

다락방은 나무판자 몇 개를 빼고는 특별한 것 없이 비어 있었다. 갈라진 지붕 틈새로 스며든 빛이 반짝거렸고, 빛을 따라 얇은 먼지 커튼이 다락방을 가로질러 펼쳐져 있었다. 빛바랜 마룻바닥에는 널빤지로 향하는 발자국이 나 있었다. 그리고 발자국이 끝나는 곳, 판자들 사이에 종이 상자 모서리가 삐죽 나와 있는 것이 보였다. 카토는 그쪽으로 기어가 판자 사이에서 상자를 꺼내 들었다. 상자 뚜껑에 얼룩덜룩 마커로 쓴 글자가 눈에 띄었다.

통통이

상자 뚜껑을 열던 카토의 손이 덜덜 떨렸다. 상자 속에 담긴 물건들을 카토는 거의 다 알아보았다. 로봇 설계도, 통통이의 비디오카메라, 게임기, 기차선로를 표시한 손으로 그린 중국 지도까지. 뚜껑을 열면서 이미 어떤 물건들이 들어 있을지 짐작했었지만, 그래도 카토의 손은 더욱더 떨리기 시작했다. 통통이의 다락방에서 이 물건들에 둘러싸여 시간을 보낸 지 채 한 시간도 안 되었을 것이다. 하지만 지금, 먼지로 가득 찬 텅 빈 다락방에서 이 물건들은 모두 오래된 기억이었다. 그리고 이 물건들은 과거의 시간에 있었다. 카노 부인이 몰래 들어오지 않았더라면, 이 물건들은 오랜 시간 동안 그 누구의 눈에도 띄지 않았을 것이다.

카토는 모형 비행기를 상자 안에 넣고 뚜껑을 덮어 아래층으로 가져갈 채비를 했다. 그때, 카토는 상자 가장자리에 놓인 봉투를 보았다.

카노가 카토에게

카토는 상자를 다시 바닥에 내려놓고 그 옆에 앉았다. 그리고 여전히 떨리는 손으로 봉투를 열어 사진을 꺼냈다. 사진 속 텔레비전 화면에 통통이가 찍은 무인 지대 영상이 보였다. 사진 뒷면에는 편지가 쓰여 있었다.

카토에게

언젠가는 내가 누군지 알게 될 거야. 알아채지 못한다면 넌 내가 생각했던 것보다 덜 똑똑하고 덜 멋진 사람일 테지. 하지만 무엇보다도 네 호기심, 고집, 그리고 자신의 모습을 계속해서 지킨다면 넌 언젠가 네 길 위에 선 나를 다시 발견할 수 있을 거야. 그리고 나처럼, 과거의 상처가 있는 사람들을 돕겠지.

그 시간이 오면 내게 감사하다고 전하렴.

내가 말했듯이, 영원히 미룰 수 없는 것들이 있어. 나와 우리 아버지에겐 너무 늦었지만, 넌 아직 늦지 않았어. 넌 아직 어리니까 변화를 만들어 낼 수 있어.

통통이가 그립다고 울지 마. 내 영화관 없이도 통통이를 찾을 수 있잖니. 뭘 기다리는 거야?

'그래, 뭘 기다리는 거야, 카토?' 카토는 생각했다.

카토는 영화관에 처음 갔을 때를 떠올렸다. 청소하고 수리했을 때, 미친 듯 긁어 내고 문질렀을 때, 활력이 넘쳤던 그때를. 그리고 모든 게 바뀔 것이라고 느꼈을 그때를.

그때부터 모든 것이 달라졌다. 조금이 아니라, 카토가 상상도 할 수 없을 정도로 바뀌었다.

카토는 사진을 다시 봉투에 넣은 다음 주머니에 찔러 넣었다.

'하지만 지금부터 모든 걸 바꿀 수 있을까?'

'변화를 만들어 낼 수 있어.'

어쩌면 자기는 변화를 전혀 원하지 않을지도 모른다고 카토는 생각했다.

"잘 모르실까 봐 드리는 말씀인데요, 카노 부인."

카토가 큰 목소리로 말했다.

"우리 아빠는 모든 것에 무관심한 멍청이예요."

그러고서 카토는 통통이를 떠올리고는 곧바로 부드럽게 덧붙였다.

"그냥 해 본 말이에요."

카토는 커튼 사이에 앉아 바깥을 내다보았다. 그러고는 상자 위에 적힌 글씨를 자세히 보았다. 통통이는 파란색, 보라색, 검은색 사인펜으로 수없이 많은 점을 찍어 글씨를 썼다. 며칠은 걸렸을 것이다. 카토는 다락방 책상 앞에 웅크리고 있는, 세상과 동떨어진 통통이의 모습을 상상했다. 그러곤 한숨을 쉬었다.

"멍청이."

카토는 상자를 들고 일어나 방으로 향하는 문으로 걸어갔다. 사다리를 타고 내려와 위로 접어 올리고 나서야, 카토는 안정감이 몸을 감싸는 것을 느꼈다. 다락방 문을 닫고 나니, 그제야 떨리는 손이 멈추었다.

방에서 소찬이 꿀꿀대는 소리가 들렸다.

"그래, 가짜 돼지야."

카토가 말했다.

"너도 믿을 수 없을걸."

카토는 상자를 아빠 침실로 가져가 침대 한가운데에 놓았다.

'어디 두고 보자.' 하는 마음으로.

그리고 방으로 돌아가 소찬을 우리에서 꺼내 침대 위에 올렸다.

"너도 믿기 어려울 거야, 소찬. 정말로."

카토는 주머니에서 봉투를 꺼내 사진을 보았다.

그 시간이 오면 내게 감사하다고 전하렴.

"대체 누구세요, 카노 부인?"

카토가 중얼거렸다.

카토의 아빠

현관문이 쾅 닫히는 소리에 카토는 깜짝 놀라 잠이 깼다. 입을 벌리고 자서 입 안이 온통 말라 있었고, 베개는 침에 젖어 있었다. 창문 밖은 이미 어두웠다. 카토는 벌떡 일어나 앉았다. 다리에 간질거리는 느낌이 전해져서 보니, 소찬이 카토의 발치에서 종이를 갉아 먹고 있었다. 카토는 놀라서 소리쳤다.

"멍청이! 이걸 먹으면 어떡해!"

카토는 곧바로 카노 부인의 편지가 적힌 사진을 소찬의 입에서 꺼내고 소찬을 우리 안에 집어넣었다.

소찬은 우리 안에서 꿀꿀거리며 자기 밥그릇에 오줌을 누었다. 카토는 꿀꿀거리는 소찬을 무시하고 바깥에서 들려오는 소리에 귀를 쫑긋 세웠다. 아래층 주방에서 아빠의 발소리, 탁자 위에 열쇠를 놓는 소리, 그리고 수도꼭지를 트는 소리가 들렸다.

발소리가 다시 복도로 향했다. 신발을 벗는 둔탁한 소리가 들렸고, 이어서 계단을 조용히 디디는 발소리가 들렸다. 카토는 문틈으로 아빠의 그림자를 보기 위해 침대로 자리를 옮겼다.

카토는 아빠가 열린 방문 앞을 지나 침실로 들어가는 모습을 보았다. 그 뒤 집 안은 조용해졌다.

카토는 채 5분도 버티지 못했다. 살금살금 아빠의 침실로 다가가 살짝 열린 문틈으로 안을 들여다보았다. 아빠는 침대 매트리스 위로 몸을 구부리고 서 있었는데, 팔을 몸에 뻣뻣하게 붙인 채 거대한 석상처럼 꼼짝하지 않았다. 아빠가 무엇을 보는지는 알 수 있었지만 표정을 읽을 순 없었다. 아빠는 카토가 침대 위에 놓아둔 종이 상자를 그저 바라보고 있었다. 모든 게 영원 같았다. 카토는 아빠가 정말 돌이 된 건 아닌지 걱정스러웠다. '혹시 내가 과거로 가서 아빠를 만나는 바람에 아빠가 갑자기 얼어붙어 인간 동상이 된 건 아닐까?' 그런 걱정을 하고 있을 때, 아빠가 갑자기 손을 움직여 상자 뚜껑을 천천히 열었다. 마치 상자 위에 거미줄이 잔뜩 있어서 두려워하는 것처럼 보였다.

상자 속 물건을 보고 아빠의 표정이 바뀌었다. 하지만 카토는 그게 무슨 의미인지 알 수 없었다. 근육이 꿈틀거린 것도 아니었고, 눈꺼풀이나 코가 벌름거린 것도 아니었고, 눈썹을 찡그린 것도 아니었다. 코웃음을 치지도, 한숨을 내쉬지도 않았다. 하지만 아빠의 표정은 완전히 달라졌다.

아빠는 곧 상자 옆에 앉아 물건을 하나씩 꺼내기 시작했다.

아빠는 고개를 젓고, 끄덕이고, 입을 벌렸다 다물었다. 그리고 그걸 몇 번이나 반복했다.

그러더니 아빠는 다시 무표정하게 가만히 앉아 있었다. 긴 시간 동안, 아무 말도 없이.

"그래."

카토는 갑자기 아빠의 입에서 나온 말소리에 깜짝 놀랐다.

"통통이."

카토는 용기를 내 문을 열고 들어가 문간에 섰다. 그리고 마치 옷걸이에 걸린 목욕 가운처럼 가능한 한 벽에 딱 붙었다. 아빠는 카토가 들어온 것을 알아채지 못한 것 같았다. 적어도 아빠가 돌아보지도 않고 물었을 때까지는.

"어디서 찾았니?"

"다락방에서요."

목욕 가운이 말을 했다. 카토라는 목욕 가운은 옷걸이에 걸려 아주 납작하게 벽에 붙어 있었다.

"아주 예전 물건인데⋯⋯ 거기 있었다는 것도 잊고 있었구나⋯⋯. 상자를 열어 보았니?"

"어땠을 거 같아요?"

아빠는 처음으로 카토를 쳐다보았다. 아빠 얼굴에 떨림이 서려 있어서 카토는 아빠를 똑바로 바라보기가 어려웠다. 하지만 아빠의 시선은 '지금', 그리고 '여기' 머물러 있었다. 카토가 거의 느껴 보지 못한 시선이었다.

"이건 나란다."

아빠는 상자를 향해 고개를 끄덕이며 말했다. 아빠의 말은 마치 스스로도 자기 말을 믿기가 어렵다는 것처럼 들렸다.

"잊고 계셨어요?"

카토가 물었다. '아빠도 전혀 바보가 아니었을 때가 있었다는 것을 잊고 있었냐고요.' 카토가 말없이 생각했다.

아빠는 카토를 바라보았다.

"응……. 그래, 응……."

아빠는 말을 더듬거렸다.

"이 상자를 까맣게 잊고 있었어. 그리고 통통이도 잊고 있었지. 이걸 찾았다니, 정말 최고구나."

아빠는 겸손하게 말하며 열정적인 눈빛으로 상자를 살펴보기 시작했다. 그러곤 조심스럽게 물건을 꺼내 들었다.

"이것 봐, 내 비디오카메라. 가끔 한밤중에 아무도 오지……."

"아무도 오지 않는 곳에서 아무도 볼 수 없고 아무것도 없는 것을 촬영하고, 과연 그게 아빠가 촬영해서 존재하는 것인지 물었었죠. '내가 촬영하지 않았다면 존재하지 않는 걸까?' 스스로 묻기도 했고요."

아빠는 놀라서 카토를 바라보았다.

"별로 특별한 생각은 아니에요."

이렇게 말하자마자, 카토는 자기가 한 말을 주워 담고 싶었다. 정말 특별한 생각이라고 느끼고 있었으니까. 카토는 벽에서 떨어져 아빠에게 조금 더 가까이 다가갔다. 아빠는 상자에서 모형 비행기를 꺼냈다. 아주 잠깐, 아빠가 통통이처럼 비행기를 들고 방을 가로질러 뛸 것만 같았다. 하지만 통통이가 아닌 아빠는 지친 모습으로 모형 비행기를 무릎 위에 올려놓고 가만히 있었다. 그리고 말했다.

"난 이 모형 비행기를 100개쯤 가지고 있었지. 다 내가 만들고 칠했어. 그런데 어느 날 밤, 폭풍우가 지붕을 뚫고 쏟아져서 다락방 전체가 날아가 버렸지. 내 작은 비행기들도 함께 말이야. 그걸 찾으려고 다음 날 나무를 스무 그루나 타야 했단다."

아빠는 갑자기 말을 멈추었다. 놀란 눈치였다.

"양말이가…… 거기 있었어……. 까맣게 잊고 있었네……."

아빠의 눈이 반짝였다.

"양말이는 미래에서 왔다고 했었지. 그래서 나는 우리 할아버지는 중국의 승려라고 말했고. 그 아이는 어떻게 됐을까……?"

아빠는 카토를 바라보았고, 카토는 자기가 양말이라는 것을 아빠가 알아차릴 거라고 잠깐 확신했다. 하지만 아빠는 다시 시선을 돌렸고, 오랫동안 방은 침묵에 휩싸였다. 아빠는 그날 밤에 대해 생각하고 있는 게 분명했다. 다락방이 날아가고, 아빠의 모형 비행기가 몽땅 새처럼 날아올랐던 그날 밤을. 카토는 자기가 오늘 어디 있었는지 아빠가 알았으면 좋겠다고 생각했다. 오늘 오후, 자기가 '어떤 시간 속'에 있었는지. 오늘 오후, 자기가 '누구'였는지. 카토는 아빠에게도 오랜 시간이 흘렀다는 것을 깨달았다. 아빠가 키가 크고, 마르고, 슬프게 자라는 동안 지나온 오랜 시간.

"양말이가 그날 밤 피아노를 쳤지."

긴 침묵 후, 아빠가 갑자기 말했다.

"아래층에 있는 저 피아노 말이야. 정말 이상하지 않니? 그 아이가 연주했던 곡이 얼마나 좋던지, 나는 그걸 외워서 연습했단다. 내가 칠 수 있는 단 한 곡이지. 난 양말이를 좋아했어. 내 생각에 우리는 서로에게 유일한 친구였지. 우리 둘 다 상처를 입었던 것 같아."

아빠는 진짜 바보다. 카토는 기분이 나빠 소리치고 싶었지만, 다행히 속으로 삼킬 수 있었다. 빌어먹을. 그리고 생각했다. '아빠는 정말 멍청해.'

카토는 자기가 금방 버려두고 온 통통이를 생각했다. 어쩔 도리가 없었지만, 통통이는 말도 안 되는 장난이라 느꼈을 수도 있다. 카토는 아빠가 자신을 내버려 뒀다고 투정을 부릴 수 있지만, 과거의 아빠는 계속해서 그 자리에 있었다. 아빠는 흔적도 없이 갑자기 사라지진 않았다. 이렇게 생각하며 아빠를 바라보자, 카토는 처음으로 아빠에게서 통통이와 닮은 점을 찾을 수 있었다. 활력이 넘치는 입매에는 고집스러움이 가득했지만 지금은 사라지고 없다. 얼굴에는 여전히 부끄러움이 많지만 그때는 비밀스러운 호기심도 함께였다. 지금은 온데간데없지만.

아빠는 고개를 돌려 카토를 바라봤다. 느리지만 확실하게 무언가를 알아챈 것처럼, 점점 더 매서운 눈초리로 카토를 쏘아보았다. 카토는 아빠의 눈빛이 변하는 걸 보며, 아빠 머릿속에서 안개가 걷히고 있다고 생각했다. 하지만 아빠의 날카로운 시선이 익숙하지 않아서 기분이 별로 좋지는 않았다. 아빠의 시선은 카토를 꿰뚫고 속속들이 들여다보는 것 같았다.

"왜요?"

카토가 당황하며 물었다.

"미안하구나."

아빠가 대답했다.

"미안하다고요?"

"응, 그냥 바보 같은 말일 뿐이지만. 그래도 아마도 이게 시작이겠지."

"미안하다고요?! 이제 와서 그런 말은 저한테 하나도 중요하지 않아요!"

카토는 화가 나서 씩씩댔다. 하지만 목소리는 갈라지고, 폐에서는 불이 나는 듯했으며, 귀와 뺨이 뜨거워지는 걸 느꼈다. 카토는 속으로 생각하며 이렇게 말했다.

"저는 몇 년 안에 이 집에서 나갈 거고, 우리는 그대로 끝이에요."

아빠는 고개를 끄덕였다.

"네 맘 이해한다."

카토는 한숨을 쉬었다. 분노가 자라나 공처럼 뭉쳐서 가슴속에서 빙빙 도는 걸 느꼈다. 카토는 소리쳤다.

"바보!"

사실, 카토는 아빠를 확 밀어 버리고 싶었다. 아빠가 멍청한 상자와 함께 희망도 없이 앉아 있었기 때문이다. 하지만 그렇게 하는 대신 카토는 발가락을 위아래로 까딱거리며 단단히 팔짱을 꼈다.

"엄마를 한 번이라도 생각해 본 적이 있어요?"

카토의 말은 질문이라기보다는 비난이었다.

카토는 이미 아빠가 질문에 놀랐다는 것을 알 수 있었다. 아빠는 오랫동안 아무 대답도 하지 않았다.

"피아노를 칠 때 말이야."

아빠가 천천히 입을 뗐다.

"내가 연주하는 그 곡 말이다. 다락방의 모든 게 쓸려 내려간 그 밤에 들었던 바로 그 곡이란다. 네 엄마는 그 곡을 좋아했고, 그래서 난 네 엄마를 위해 종종 연주했었지. 정말 이상한 일은, 그 이후에도 그 음악을 누가 작곡했는지 찾아낼 수 없었다는 거야. 아는 사람이 단 한 명도 없었어."

사실이었다. 카토는 아무도 그 곡을 알 수 없다는 사실을 불현듯 깨달았다. 그리고 그 누구도 쓸 수 없는 음악이었다. 사실은 그 어디에도 존재하지 않는 곡이었기 때문이다. 카토는 그 곡을 아빠에게서 배웠지만, 카토의 아빠는 카토에게서 그 곡을 배웠다. 그렇다면 그 음악은 대체 어디서 온 것일까?

"결국 네 엄마는 그 곡을 나보다 훨씬 멋지게 연주하게 됐단다."

아빠가 계속해서 말했다.

"네 엄마는 피아노로 진짜 음악을 연주할 줄 알았어. 난 그냥 뚱땅거릴 뿐이었는데."

"그러니까 아빠 말은, 피아노를 칠 때만 엄마를 생각한다는 거네요. 하지만 아빠는 피아노를 거의 치지 않잖아요."

카토가 말했다.

"네 말이 맞아……."

아빠가 말했다. 그리고 바닥을 내려다보았다.

"난 더 이상 네 엄마를 자주 생각하지 않아. 결국 다른 사람이 되었지. 아주 느리지만 확실하게."

아빠는 매우 조심스럽게 카토를 쳐다보았다. 마치 카토가 어떻게 생각할지 겁내는 듯 보였다. 카토는 아빠를 날카롭게 쏘아보았다. 아빠의 마음을 편하게 해 줄 생각은 없었다.

"엄마가 죽었기 때문인가요?"

카토가 물었다.

"뭐라고?"

"아빠가 그 바보 같은 혼자만의 세상에 빠진 이유 말이에요. 엄마가 없는 세상."

“내가 내 세상 속에 모든 걸 던져 넣을 수만 있으면 훨씬 좋겠지. 하지만 그건 불공평해. 내 생각엔, 네 엄마가 아직 살아 있을 때 이미 나는 혼자만의 세상에 들어갔었던 것 같구나. 가끔 네 엄마가 말했었지. ‘하롤트, 정신 차려요. 당신의 삶은 여기, 지금이에요.’라고. 웃으면서 말했지만, 농담이 아니었어. 하지만 난 듣지 않았어. 전혀 귀담아듣지 않았지. 그리고 네 엄마가 세상을 떠났을 무렵, 그래, 난 내 세상 속으로 빠르게 빠져들었단다. 그게 훨씬 더 쉬웠거든. 아마도 네 엄마를 기억하는 게 너무 고통스러워서 잊고 싶었던 건지 몰라.”

카토는 아빠가 엄마를 ‘네 엄마’라고 부르는 걸 처음 들었다. 개가 야옹거리는 것만큼 이상하게 들렸다.

“무슨 일이 있었던 건가요? 통통이는 어디 가고요?”

카토가 물었다. 그 질문이 아빠의 목덜미에 돌을 매달아 다시는 가고 싶지 않은 깊은 곳으로 마음과 머리를 잡아당기는 것처럼 보였다. 아빠가 너무 불행해 보여서 카토의 마음이 불편했다. 카토는 나약하고 멍청한 아빠를 껴안고 싶었다. 하지만 카토는 얼어붙은 듯 꼼짝할 수 없었다.

“아무 일도 없었던 거 아닐까?”

아빠가 계속해서 말했다.

“책임감이라고 하지. 하지만 그 책임감을 잘못된 데 쏟았던 것 같다. 중요하지 않은 것들에 말이야. 그래서 스트레스를 받았지. 성급함, 게으름, 상실감, 실망, 질투, 후회 같은 것에. 나는 훌륭한 어른이 되진 못했어. 핑계를 대고 싶진 않다. 하지만 훌륭한 어른이 되는 건 참으로 어려운 일이야."

"그게 그렇게 힘든 일이에요?"

카토가 부드럽게 말했다.

"힘들단다."

아빠가 말을 이었다.

"내 생각엔, 사람은 대부분 나이가 들면서 점점 더 비겁해지지. 그리고 매우 게을러져. 일은 열심히 하지만, 자기 꿈이 무엇인지 받아들이는 데는 게으른 거지. 그리고 점점 둔해져. 네가 원하든 원치 않든 상관없어. 너무 오랜 시간이 지나 밍밍해진 레모네이드처럼 되는 거야."

오랫동안 침묵이 이어졌다. 카토는 여전히 침대 옆에 서서 움직이지 않았다.

카토는 오랜 시간 동안 약해지고 약해져서 자기 자신을 잃은 어린 통통이를 생각했다. 그리고 아내를 잃은 침대 위의 늙은 통통이를 생각했다. 그리고 엄마를 잃은 자기를 생각했다. 심지어 남편을 잃은 코르넬리아 아줌마도 생각했다. 카토는 모든 사람이 결국은 무언가를 잃는 것이라는 생각이 들었다.

카토는 새로운 곳에서 새로운 시작을 원하던 코르넬리아 아줌마를 생각했다. 더 잃지 않고 새로운 걸 찾기 위한 결정. 아줌마는 용감했다.

"코르넬리아 아줌마가 이사한다는 걸 알고 계셨어요?"

카토가 물었다.

"그래, 그만두겠다고 하시더구나."

아빠가 대답했다.

"네."

카토가 말했다.

그러고는 한동안 침묵이 흘렀다.

"아줌마가 떠나는 걸 어떻게 생각하세요?"

카토가 다시 물었다.

"글쎄다, 조금 충동적인 결정이긴 하지……."

"아줌마에 대해선 어떻게 생각하세요?"

카토는 자기 목소리가 갑자기 이상하게 들렸다. 동시에, 이런 내키지도 않는 질문을 하다니 화가 났다.

"무슨 말이니?"

아빠가 묻고는 말을 이었다.

"그래도 난 네가 싫어하는 만큼 코르넬리아 아줌마를 싫어하진 않는단다. 네 바람과는 다르게 말이야. 하지만 네가 상상하는 그런 식으로 코르넬리아 아줌마를 생각해 본 적 역시 없지."

'어쩌면 그렇게 생각하는 게 나았을걸요.' 카토는 머릿속 생각을 입 밖으로 꺼내진 않았다. 그건 자기를 위한 말이었을지 모른다. 카토는 마음이 불편했다. 코르넬리아 아줌마의 편을 들고 싶진 않았다. 아직도 코르넬리아 아줌마를 싫어하는 이유를 열 가지는 말할 수 있으니까.

"코르넬리아 아줌마가 떠나면 슬플 거 같니?"

"아뇨, 절대요!"

카토가 소리쳤다.

"단지……."

"단지, 뭐?"

카토는 어깨를 으쓱했다.

"아무것도 아니에요. 배고파요."

한동안 방 안에 '배고프다'라는 단어가 어색하게 맴돌았다. 서둘러 방을 나가야 할지, 아니면 계속 머물러야 할지 알 수 없었다.

"내가 할 줄 아는 건 태운 달걀프라이뿐인데."

아빠가 말했다.

카토가 킥킥거리며 말했다.

"좋아요. 그게 먹고 싶어요."

아빠가 카토를 보며 웃었다. 수줍어하지도 않았다. 전혀 슬퍼 보이지도 않았다. 그저 솔직한 미소였다.

"태운 달걀프라이가 곧 나갑니다. 10분 뒤 주방에서 봅시다."

아빠가 말했다.

주방으로 들어서자, 끔찍한 냄새가 카토를 맞이했다. 카토는 여전히 배가 고팠지만, 그 냄새가 식욕을 금세 잠재웠다. 카토는 아빠의 길쭉한 몸이 가스레인지 위로 구부정하게 꺾여 있는 것을 보았다. 아빠는 무언가를 주걱으로 찌르고 있었다.

"괜찮아요?"

카토가 물었다.

"일단 맛을 보면 놀랄 거야."

아빠가 뒤도 돌아보지 않고 말했다.

"기분이 딱히 좋지는 않겠지만, 그래도 놀라운 맛일 거야."

카토는 엉망진창이 된 주방 식탁을 바라보았다. 열려 있는 밀가루 봉지, 훈제 연어, 샌드위치용 햄, 흑설탕, 시럽, 감자 껍질, 요구르트와 우유 웅덩이, 그리고 짓이겨진 파인애플이 널려 있었다.

"뭘 만드시는 거예요?"

"몰라. 그냥 달걀이 들어간 무언가."

"그러면…… 조리법이 있는 거예요?"

"조리법? 아니, 난 되는대로 요리를 한단다."

카토의 얼굴에 부드러운 미소가 감돌았다. '어쩌면 아직 희망이 남았을지도 모르겠어요, 아빠.' 카토는 생각했다.

넌 겁쟁이니, 카토?

저녁이 됐고, 카토는 창틀에 기대 누워 소찬의 꿀꿀거리는 소리를 들으며 창밖을 응시했다. 소찬의 소리는 익숙했다. 하지만 그것 빼고 모든 것이 다 이상했다.

카토는 한 번 더 통통이에게 가는 것을 생각해 보았다. 모형 비행기나 상자 속 그림을 이용하면 가능한 일이었다. 그리고 카토는 그곳에 갈 때마다 충분히 사진을 찍어 놓았다. 아마도 그곳에 가서 통통이에게 밍밍한 레모네이드처럼 되지 말라고 경고를 해 줄 수도 있지 않을까 생각했다. 하지만 곧 그럴 이유가 없다는 걸 깨달았다. 카토가 여태껏 쌓아 온 우정 그 자체로 충분했기 때문이다. 그리고 그런다고 해도 아빠는 카토와의 우정을 기억하지 못할 테니까…….

카토는 카노 부인도 다시는 만날 수 없을 것이라고 확신했다. 카노 부인은 나중에 모든 걸 알게 될 거라고 했지만, 카토는 카노 부인의 진짜 정체를 영영 모를 수도 있다.

언젠가는 내가 누군지 알게 될 거야.
알아채지 못한다면 넌 내가 생각했던 것보다
덜 똑똑하고 덜 멋진 사람일 테지.

'그렇다면 나는 카노 부인의 말처럼 덜 똑똑하고 덜 멋진 사람일 테지.'

그런데 카노 부인은 아빠를 어떻게 생각했을까?

오늘 카토는 몇 년 만에 처음으로 아빠와 대화를 나눴다. 진짜 대화를. 그리고 아빠가 만든 끔찍하게 맛없는 달걀 요리도 먹었다. 맛은 끔찍했지만, 그래도 아빠가 상상의 날개를 펼친 요리였다. 그게 아빠에게 조금은 도움이 됐던 것 같다. 믿을 수 없을 정도로 엉망진창이 된 주방 식탁이 무언의 안도감을 주었다. 아빠와 카토는 식탁 앞에 함께 앉았고, 아빠는 먼 곳을 바라보지 않았다. 때때로 아빠는 놀란 모습으로 카토를 바라보았다. 양말이가 앞에 앉아 있는 것 같아서였을까? 둘은 몇 시간 동안이나 대화를 나누었다. 아빠는 앞으로 바뀌겠다고 말했다. 모든 게 달라질 거라고. 카토는 아직도 믿기 어려웠다. 하지만 카토는 이 몇 시간 동안, 평생 알아 왔던 것보다 아빠를 더 많이 알게 됐다. 내일은 모든 게 예전처럼 되돌아갈까? 카토는 아빠가 했던 말을 이해할 수 있을까? 어른이 되는 기분이 어떤지 말이다. 밍밍한 레모네이드가 되는 기분을. 통통이가 날씬해져서 아빠가 된 걸까? '카토에게도' 그런 일이 일어날까? 나이가 들면 다른 사람처럼 비겁하고 게을러질까? 꿈을 좇기에 너무 비겁하고 게을러진 사람들, 그래서 지루해진 사람들처럼?

'그러니까 카토, 넌?' 카토는 자기 자신에게 물었다. '넌 그보다 나은 사람이 될 거니?'

카토는 모든 생각을 떨쳐 버리려고 머리를 흔들었다. 그리고 큰 소리로 말했다.

"아냐, 당분간은 이걸로 충분해. 내가 대체 뭘 할 수 있지? 왜 난 절대로 겁쟁이가 되면 안 되는 거야?"

카토는 침대 옆 책상을 바라보았다. 달빛 아래, 엄마의 사진이 엎어진 채 놓여 있었다.

포스터 속 이소룡이 엄격한 얼굴로 카토를 바라보았다. 카토는 이소룡을 향해 가운뎃손가락을 올리고는 이렇게 말했다.

"지옥에나 가 버려요, 이소룡."

카토는 별들이 사라질 때까지 창틀 위에 앉아 밤새도록 잠들지 못했다. 통통이, 아빠, 카노 부인, 그리고 자기에 대해 생각했다. 하지만 무엇보다도 엄마 생각이 가장 컸다. 느리지만 확실하게, 그 생각과 감정이 카토를 어지럽게 만들었다. 코르넬리아 아줌마의 '참견'이 처음으로 쓸모 있었다.

열린 창문 사이로 하얀 물체가 휙 날아들어 카토의 얼굴을 스쳤다. 깜짝 놀란 카토는 하마터면 창틀에서 떨어질 뻔했다. 고개를 돌려 보니, 소찬 우리의 창살 사이에 하얀 종이비행기가 끼어 있었다. 평소에는 너무 느리고 멍청해서 한 걸음도 움직이지 않는 소찬이 잽싸게 뛰어가 종이를 갉아 먹기 시작했다. 카토는 단호하게 말했다.

"안 돼, 이 가짜 돼지야!"

카토는 다시 창틀에 올라앉아 종이비행기의 끈을 풀었다. 비행기 안에 글씨가 잔뜩 적혀 있었다. 카토는 비행기를 펴서 읽기 시작했다.

헨드릭이 나를 한 방 먹였어. 어쩌면 헨드릭이 나보다 너를 더 잘 알 수도 있겠어. 그래서 내가 다시 돌아왔단다.
게으른 겁쟁이, 네가 반드시 가야 할 시간 여행이 있어. 너도 잘 알겠지. 여태껏 너는 다른 사람들의 이야기에 충분히 감동했을 거야. 이제는 어디서도 상영되지 않는 너만의 영화가 시작될 시간이야. 오늘 난 모든 걸 정리할 생각이란다. 아무것도 남겨 놓지 않을 거야. 네가 기억 중독자처럼 날마다 스크린 앞에서 시간을 보내는 걸 양심이 허락하지 않으니까. 넌 집중해야 할 미래가 있어. 그러니 너무 늦기 전에, 후회하기 전에 네 마지막 기회를 잡으렴. 그냥 인사만 할지라도 말이야.

-카노

'헨드릭? 카노 부인의 남편 말인가? 아니면…… 헨드릭이라는 개와 같이 다니던 노부인과 카노 부인이 관련이 있는 걸까?'

카토는 카노 부인이 보낸 편지를 여섯 번 읽었고, 단지 시간만 끌고 있다는 걸 인정할 때까지 헨드릭에 대해 계속 생각했다. 편지에는 그보다 더 중요한 내용이 담겨 있었다. 코르넬리아 아줌마가 작게 비명을 지르며 스크린 속으로 들어가던 모습이 떠올랐다.

"나는 용기로는 아줌마 발끝도 따라갈 수 없어요."

카토가 중얼거렸다.

옷장 문에 달린 거울에 비춰 보니, 헝클어진 머리, 눈 밑 다크서클, 그리고 쭈글쭈글한 옷이 보였다. 카토는 자기 눈을 깊이 들여다보았다. 그리고 스스로 물었다.

"넌 겁쟁이니, 카토?"

그리고 나서 카토는 스파이처럼 단호한 동작으로 홱 뒤돌아 옷장 문을 열었다. 자기도 놀랄 따름이었다. 열린 옷장에는 엄마의 원피스가 걸려 있었다. 카토는 겁쟁이가 아니었기 때문에 배낭에 든 물건을 바닥에 쏟고 원피스를 쑤셔 넣은 다음, 그 위에 조심스럽게 엄마의 사진을 올려놓았다.

카토는 해낼 것이다.

"이따 보자, 소찬."

카토가 말했다. 그리고 침대 위 포스터를 향해서도 인사했다.

"이따 봐요, 이소룡."

카토는 계단을 뛰어 올라갔다. 마지막 계단을 디딜 무렵, 아빠의 침실 문이 열린 것을 보았다. 아빠는 일어나 있었다. 문틈으로 빛이 흘러나왔다.

카토는 망설이다가 문으로 다가갔다. 그러고는 문틈으로 침실을 들여다보았다. 아빠는 침대에 누워 있었다. 신발만 빼고 이미 옷을 다 갈아입은 상태였다. 아빠는 비행기를 머리 위로 들어 올려서 앞뒤로 날리는 시늉을 하며 쳐다보고 있었다.

카토는 고개를 저으며 생각했다. '통통이가 아닌 통통이.'

카토는 한숨을 쉬고는 노크한 다음 안으로 들어갔다.

"설명할 시간이 없는데요, 엄마한테 인사하러 갈 거예요. 그게 아니라도 뭐라도 하려고요. 아빠도 같이 가셔야 할 것 같아요."

아빠는 1분쯤 멍한 얼굴로 카토를 바라보았다. 그러고는 자리에서 일어나 "그래."라고 대답했다.

아빠는 말없이 카토를 따라 아래층으로 내려갔다.

"그런데 우리 어디로 가는 거니?"

"영화관이요. 지름길을 알아요. 저를 따라오시면 돼요."

"그래."

아빠와 카토는 조용히 신발을 신었다. 자전거에 올라탔을 때는 아침노을이 피어나고 있었다.

카토는 바람도 추위도, 심지어 핸들을 잡은 자기 손조차 느끼지 못했다. 주변의 아무것도 보이지 않았다. 카토의 눈은 저 멀리 있는 터널의 끝에서 들어오는 강렬한 태양 빛을 따라 오직 출구만 보는 것 같았다. 카토의 모든 게 꼭 깔때기 안에 갇혀서 밝은 점 하나만을 향해 나아가는 것 같았다. 그 작은 세상에서 삐걱거리는 자전거를 타고 키 크고 마른 아빠와 달려가고 있는 카토라는 존재가 될 때까지. 카토의 심장이 뛰고 있었다. 온몸에서 심장이 뛰었다. 손가락, 눈, 다리까지 모든 게 두근거렸다. 머릿속에는 생각이 가득 찼다. 발톱부터 속눈썹까지 포함해 모든 생각들이 너무나 빠르고 불규칙하게 움직여서 도저히 형태를 알아볼 수가 없었다.

두 사람이 영화관에 도착했을 때, 카토는 아빠에게 꼭 필요한 것만 설명해 주었다. 카토는 마치 다른 사람이 된 것처럼 말하는 자신을 느꼈다. 스크린 안으로 발을 들여놓는 순간 1만 마리의 피라냐가 몸을 뜯어 먹는 것처럼 느껴질 것이고, 사진을 찍었던 그 장소로 갈 수 있으며, 다시 돌아가고 싶다면 기억 바깥과 연결된 안개 속으로 들어가야 한다고 이야기했다. 그리고 머무를 수 있는 시간은 기껏해야 한두 시간밖에 되지 않으니, 그 전에 밖으로 나가야 한다는 것도.

"렌즈 끼셨어요?"

카토가 물었다.

"아니. 그런데 렌즈는 왜?"

아빠가 물었다.

"렌즈를 끼면 아무것도 보이지 않거든요."

"아하."

아빠의 눈빛을 보니 카토보다 훨씬 더 겁을 먹은 게 분명했다.

카토는 영화관 안으로 들어가 아빠를 상영관에서 기다리게 한 뒤, 위층으로 뛰어갔다. 그리고 원피스를 상자 안에 넣은 다음, 사진을 영사기에 밀어 넣고서 뷰파인더의 소음을 들으며 시간이 맞춰지길 기다렸다. 곧 스크린에 잔디 위 벤치에 앉아 햇볕을 쬐는 엄마의 모습이 떠올랐다.

카토는 유리창 너머로 아빠의 비명 소리를 들었다. 어두운 상영관 의자에 앉은 자그마한 아빠의 얼굴에 아내의 모습이 어른거린 것이다.

심장이 어찌나 세게 뛰는지, 카토는 눈앞에서 계단이 진동하는 것처럼 보였다. 카토는 계단을 뛰어 내려가 상영관 문을 열고 곧장 스크린으로 걸어갔다.

"아빠."

카토는 아빠가 어디 있는지 살펴보지도 않은 채 스크린에서 눈을 떼지 않고 쉰 목소리로 아빠를 불렀다. 안경을 벗어 던지고 앞으로 나아가야만 했다. 이렇게 갑작스럽게 해내지 않으면 카토는 영영 이 일을 해내지 못할 것이다.

카토가 스크린 안으로 들어가는 순간, 손을 잡는 아빠의 손이 느껴졌다.

세상에서 가장 이상한 오후

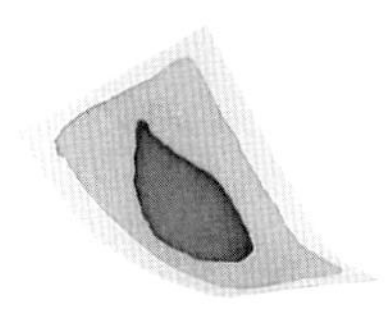

하롤트는 카토와 숨어 있던 덤불 너머로 햇빛이 비치는 들판을 보았다. 그곳에 그의 아내 마르라가 벤치에 앉아 있었다. 얼굴에 내리쬐는 햇볕을 받으며, 눈을 감고서 미소를 짓고 있었다.

하롤트는 바로 그 벤치에 앉은 마르라의 사진을 찍었었다. 지금이 바로 그 순간임이 틀림없었다. 하롤트는 모든 걸 기억해냈다. 마르라를 깜짝 놀라게 하려고 몰래 따라갔던 것, 그리고 마르라가 그 벤치에 앉아 있던 그때. 하롤트는 마르라를 쳐다보는 것 말고는 아무것도 할 수 없었다. 마치 주변 세상은 존재하지 않고, 마르라만 존재하는 것만 같던 그순간을.

마르라는 하롤트가 기억하는 그대로였다. 불같으면서도 부드럽고, 기운차면서도 우아한 지구상에서 가장 아름다운 생명체였다. 100개의 바늘이 심장에 꽂히는 것 같았고, 100개의 덧

문과 창문과 문이 머릿속에서 열렸다. 그 문들 사이로 자기가 빠져나오는 듯했다. 하롤트였던 모든 것, 하롤트가 되고 싶었던 모든 것, 그저 마르라를 보는 것만으로도 모든 게 기억났다. 따끔하게 눈물이 터져 나오다 말았지만, 그게 바로 하롤트였고, 하롤트는 그 모든 게 되고 싶었다.

물론 그는 자기가 곧 이 모든 것을 보내 주어야 한다는 사실을 알고 있었다. 그리고 이 덤불 뒤에 숨은 채 마르라에게 가까이 가지도 않고 그녀와 단 한 마디도 나누지 않으리라는 것을 알고 있었다. 그녀 없는 여생을 보내야 한다는 것도. 그런 사실은 변함이 없었다.

동시에 모든 게 눈 깜짝할 사이에 변했다. 과거의 물건들을 담았던 상자는 하롤트의 마음속 커튼을 찢어 버렸고, 마르라는 지금 창문을 뚫고 들어오는 햇빛 그 자체였다.

하롤트는 옆을 바라보았다. 안경을 쓰지 않은 딸이 덤불 뒤에 웅크리고서 눈을 크게 뜬 채 엄마를 쳐다보고 있었다. 비로소 모든 게 선명해졌다. 이 영화관, 시간 여행, 카노 부인의 이름, 카토의 양말, 카메라, 카토의 좀비와 쿵후, 그리고 시계까지. 특히 믿을 수 없을 만큼 닮은 카토와 마르라의 얼굴. 이 모든 게 하롤트의 마음속 깊이 감추어져 있었지만, 이제야 하롤트는 이 모든 것을 볼 수 있었다.

수백 개의 새 바늘이 꽂혔고, 수백 개의 또 다른 문이 열렸다.

"양말아, 엄마에 대해 모두 다 말해 줄게."

하롤트가 말했다. 그는 엄숙한 목소리로 말하고 싶었지만, 목소리가 너무 떨려서 겸연쩍은 미소를 지었다.

기억 속에 들어와 보니, 카토는 엄마가 사진을 찍은 장소가 어딘지 알아볼 수 있었다.

몇 년 뒤 양쪽에 엄청나게 커다란 집들이 생길 그 공간, 오래된 나무는 여전히 그 자리에 있었다. 마치 왕관이 신선한 바람을 타고 녹황색 빛을 흩뿌리는 것처럼 나무 사이로 햇빛이 부서지고 있었다.

그리고 그 오래된 나무들 사이에는 존재하지 않는 들판이 있었다. 카토는 존재하지 않는 들판을 보지 못하고 지나칠 뻔했다. 왜냐면 들판 한가운데에 놓인 벤치에, 태양 아래로, 눈을 감고, 얼굴에 미소를 띤, 숨이 막힐 정도로 아름다운 엄마가 앉아 있었기 때문이다. 카토는 오직 그 모습만을 바라보고 있었다.

엄마는 아름다웠다. 엄마는 여신이고, 카토는 그 앞의 작은 쥐가 된 기분이었다. 그와 동시에 엄마가 마치 팔을 벌리고 카토를 부르는 것 같았고, 엄마의 팔이 카토의 허리를 끌어안는 걸 느낄 수 있었다. 카토가 겁만 먹지 않았다면 어린 강아지인 양 뛰어가서 엄마를 감싸 안았을 것이다.

카토 옆에는 아빠가 어색한 자세로 앉아 있었다. 카토는 아빠를 힐금거렸다. 아빠가 나뭇잎 너머로 벤치에 앉은 여자를 쳐다보며 코를 훌쩍이고 한숨 쉬는 것을 들었다.

아무 말도 하지 않고 한 시간이 지나간 것 같았다. 그러자 아빠가 카토에게 말했다.

"양말아, 엄마에 대해 모두 다 말해 줄게."

그 순간, 카토는 아빠를 완전히 용서했다.

"그러니까 가. 이건 네 기회야."

아빠가 말했다.

"뭐라고요?"

"엄마에게 가렴. 가서 엄마에게 말을 걸어 봐."

"아빠는요?"

아빠는 고개를 저었다.

"아니, 카토. 난 그럴 수 없어. 충분해. 지금, 이 자체로도 너무 충분하단다. 이렇게 보는 것만으로도 만족해. 이게 내가 바라던 전부였어. 게다가 이렇게 늙고 바짝 마른 남편이 다가가면 엄마가 아주 무서워할걸."

"하지만 저는 태어나지도 않았는데……."

아빠가 환하게 웃었다. 카토는 갑자기 너무나 환해진 아빠의 얼굴에 놀라고야 말았다.

"그러니까 우린 엄마가 겁먹는 걸 원하지 않잖니."

"하지만……."

카토는 어떻게 엄마에게 다가갈 수 있을지 망설였다.

하지만 아빠는 고개를 저었다.

"우리 둘 중 한 명은 겁쟁이란다. 그리고 넌 그 겁쟁이가 아니고."

카토는 여전히 눈을 감고서 햇빛을 받으며 벤치에 앉아 있는 엄마를 떨리는 마음으로 바라보았다.

'넌 겁쟁이니, 카토?'

"나는 안개 속으로 들어가 집으로 갈게. 그러니까 이따가 돌아와서 어땠는지 말해 주렴. 겁먹을 것 없어. 네 엄마는 정말 상냥하단다. 그리고 엄청나게 재미있어."

아빠가 말했다.

"재미있어요?"

"당연하지. 엄청 재밌고 아주 특이하지. 꼭 너처럼 말이다. 네가 돌아오면 엄마에 관해 이야기해 주마. 내가 아는 걸 빠짐없이 이야기해 줄게."

"정말요?"

"정말이야. 그리고 네가 원한다면 자주 이야기해 줄게."

하롤트는 손과 무릎을 짚고서 엉클어진 수풀 사이를 기어 나오며 자기가 늙었다는 걸 새삼 깨달았다. 하지만 마음만은 지난 몇 년 동안 느꼈던 그 어느 때보다 훨씬 젊어진 기분이었다. 너무나 슬픈 나머지 숨을 앗아 가는 것 같았지만, 동시에 폐 속이 새로운 생명으로 가득 차는 느낌이었다. 머릿속이 끓어오르고, 심장이 얼얼했으며, 손끝이 짜릿했다. 하롤트는 다시 한번 뒤를 돌아봤다. 하지만 무성한 덤불에 가려 카토도 마르라도 더는 보이지 않았다.

아주 잠깐 하롤트는 둘의 목소리를 들었다고 생각했지만, 곧 짙은 안개 속으로 걸어 들어갔다.

엄마가 갑자기 소리치지 않았다면 카토는 생각도 움직임도 모두 멈춘 채 덤불 속에 계속해서 숨어 있었을 것이다.

“거기 너, 덤불 뒤에!”

엄마는 눈도 뜨지 않고 말했다.

“숨어 있는 게 아니니? 그냥 훔쳐본 거야?”

카토는 몸을 웅크렸다. 하지만 곧 자기가 얼마나 멍청해 보일지 깨달았다.

“그래, 거기 너. 다 봤어.”

엄마가 말했다. 그리고 카토가 숨어 있는 덤불 쪽을 바라보았다.

“이리 나와 봐.”

카토는 당황한 표정으로 덤불에서 나왔다.

“저요?”

“당연하지. 여기 또 누가 있어?”

그러더니 놀라며 카토를 쳐다보았다.

“얘, 나 너 알아.”

카토는 심장이 잠깐 멈춘 줄 알았다.

“공원에서 봤잖아. 1년쯤 전에.”

“1년 전이라고요?”

카토가 작게 중얼거렸다.

“응, 그런 것 같은데? 등불 축제 때였어. 기억이 아주 잘 나. 넌 그때도 지금처럼 큰 눈으로 나를 바라보고 있었어. 그러다가 유령을 본 것처럼 도망가더라. 그게 너였지.”

할 말을 찾지 못한 카토는 그저 엄마를 바라볼 뿐이었다.

“겁낼 거 없어, 얘. 나 무서운 사람 아니야.”

카토는 정신을 차리려고 노력했다. ‘바보처럼 여기 서서 뭐 하는 거야?’ 카토는 슬퍼 보이지 않으려고 애쓰며 엄마한테 다가갔지만, 심장은 여전히 멈춰 있는 것 같았다.

“무섭지 않아요.”

카토가 쉰 목소리로 말했다.

“너 매번 그렇게 숨바꼭질을 못하니?”

“음, 저는 그냥…….”

“뭐, 상관없어. 나도 사람들을 훔쳐보려고 이 벤치에 앉거든. 그리고 렌즈가 엄청 진한 선글라스를 쓰지. 그걸 쓰면 지나가는 모든 걸 훔쳐볼 수 있단다. 그리고…….”

엄마는 카토에게 몸을 기울여 비밀스러운 목소리로 말했다.

“종종 잠든 척을 하거든. 그런 의미에서 배가 엄청나게 나와서 좋지. 그냥 피곤한 임신부 중 한 명이라고 생각하고 지나쳐 가거든. 어디 앉기만 하면 잠드는 임신부 말이야. 그렇지만 난 그동안 당당하게 사람들을 연구하고 있지. 여기 좀 봐.”

엄마는 숄더백에서 선글라스를 꺼내 쓰더니 다리를 벌리고 입도 반쯤 벌린 채 잠든 시늉을 했다. 그리고 요란하게 코 고는 소리를 냈다.

카토는 잠깐 두려움도 잊은 채 신이 나서 손뼉을 쳤다.

“우아! 진짜 같아요!”

“장난 아니지?”

엄마가 선글라스를 잠시 내리고 카토에게 윙크를 했다.

“내가 이렇게 우스꽝스러워지면 다들 긴장을 놓곤 하지. 최근에는 어떤 잘생긴 남자가 내 옆에 앉았거든. 그런데 어느 순간부터 콧물을 들이마시기 시작하는 거야. 난 또 콧물을 그렇게 맛있게 먹는 사람은 처음 봤네.”

“에이, 거짓말!”

카토가 말했다.

“진짜야. 자리에서 일어나서 다른 곳으로 가려고 하길래 이렇게 말해 줬지. ‘좋은 시간 보내셨길 바라요.’ 그랬더니 자기가 콧물을 한 바가지 먹는 걸 내가 봤다고 생각했는지 깜짝 놀라더라니까. 얼마나 빨리 도망쳤는지 몰라!”

“이거 정말 좋은 생각이에요!”

카토가 외쳤다.

“그렇지만 저는 임신한 커다란 배가 없어서요.”

“그래도 괜찮아. 임신하기에 넌 너무 어리지. 하지만 나중에 어른이 되면 또 모르지. 나처럼 임신을 할지도. 그러니까 그때를 대비해 잘 기억해 둬. 진심으로 추천한단다.”

카토는 엄마의 배를 바라보았다. 지금 이 순간에 자기가 저 배 속에 있다는 게 얼마나 황당한지 생각했다. 꼭 시한폭탄같이 말이다.

"너 너무 무서워하는 것 같은데?"

엄마가 말했다. 그리고 배를 보며 끄덕였다.

"겁낼 거 하나 없어."

"아프지 않아요?"

카토가 물었다.

"아니, 전혀. 얘가 종종 발로 차긴 하는데, 그 느낌이 이상하지. 엄청난 왈가닥이 들어 있나 봐. 이 세상이 전혀 본 적 없는 여자애가 태어날 거야. 그렇지만 아프진 않아. 사실 정말 기분이 좋지. 안전한 느낌이 들기도 하고. 정말 이상하지 않니? 난 그 기분이 참 이상하더라고. 그런데 얘가 생기자마자, 그냥 안전한 기분이 들었어. 내가 얘를 보호하는 게 아니라, 아기가 나를 보호하는 것처럼 말이야. 난 다시는 혼자가 되지 않을 거라는 느낌이 들었어."

카토는 무슨 말을 해야 할지 몰라 그저 엄마를 쳐다보았다.

"혹시 네가 배 속에 있을 때 어떤 느낌이었는지 너희 엄마한테 들은 적 있니?"

"저희 엄마는 돌아가셨어요."

카토는 그 말을 할 때 자기 목소리에 얼마나 감정이 실려 있었는지 스스로도 깜짝 놀랐다. 마치 불가능한 말을 하는 것처럼 이상하게 들렸다.

“엄마는 저를 낳으면서 돌아가셨어요.”

카토는 엄마의 충격받은 눈을 보았다. 그래서 재빨리 말했다.

“죄송해요, 부인. 제가 너무 멍청한 말을 했어요.”

“아니야, 아니야.”

엄마가 얼른 대답했다.

“전혀 멍청하지 않아. 이리 와서 내 옆에 앉으렴. 벤치에.”

엄마는 자기 옆자리를 손으로 톡톡 두드렸다. 카토는 잠시 머뭇거렸지만, 곧 옆자리에 조금 떨어져 앉았다.

“정말 슬펐겠다.”

엄마가 말했다.

카토는 어깨를 으쓱해 보였다.

“그런 것 같아요. 아니, 사실 모르겠어요. 엄마를 본 적이 없어서, 잘 모르거든요.”

“아니야, 엄청나게 복잡한 감정일 거야. 상상되네. 어른한테도 어려울 텐데 너처럼 어린 여자아이한테는…….”

엄마는 몸을 돌려 카토의 눈을 바라보려 했지만, 카토는 엄마를 마주 볼 수 없었다.

“죽는 게 두렵지 않아요?”

카토가 불쑥 물었다. 자기의 무례한 행동에 놀라서 머리를 칠 뻔했지만, 너무 늦었다. 이미 말은 밖으로 나와 사라져 버렸다. 하지만 엄마는 전혀 개의치 않는 눈치였다.

"그러니까 네 엄마가 널 낳으면서 돌아가신 것처럼 말이지?"

엄마가 물었다.

카토는 고개를 끄덕였다.

엄마는 한동안 말이 없었다. 하고 싶은 말을 어떻게 해야 할지 고심하는 것 같았다.

"나는 망설이지 않고 배 속의 이 아이에게 목숨을 바칠 거란다."

엄마가 말을 이었다.

"내 모든 사랑, 내 모든 것, 그게 이 아이에게 있어. 그리고 아이가 자라나는 걸 옆에서 보진 못해도 그 아이 안에 내가 있을 테니까. 그래서 죽는 게 두렵지 않아. 그리고 언젠가는 내 딸도 내가 자기 안에 있다는 걸 깨달을 거야."

"그렇게 생각하세요?"

카토가 부드럽게 물었다.

엄마가 고개를 끄덕였다.

"당연하지. 확신할 수 있어. 지금 내 얼굴에 햇볕이 내리쬐는 것처럼. 네 엄마도 같은 생각이셨을 거야. 네가 태어나기도 전에 너한테 자신의 모든 걸 주셨으니까. 네 엄마는 네 안에 있고, 계속해서 그 안에 있을 거야. 그게 엄마와 자식의 관계야. 너와 엄마의 삶은 하나였고, 영원히 그럴 거야."

카토는 아무 말도 하지 않았다. 목에 커다란 벽돌이 걸려 있는 느낌이었다.

"여기 내 옆에 가까이 앉아. 이리 오렴."

카토는 엄마 곁으로 다가갔다. 엄마가 카토를 향해 퍼뜨리는 온기가 느껴졌다. 엄마는 카토에게 팔을 두르고서 카토와 거리를 번갈아 보더니 이내 봄의 초록빛을 담은 나무를 바라보았다.

"이 얼마나 이상한 오후니!"

엄마가 말했다.

"세상에서 가장 이상한 오후예요."

카토가 상냥하게 말했다.

"너에 관해 이야기해 주렴. 네가 무척 궁금하구나."

엄마가 말했다.

"무슨 이야기를 해 드려야 해요?"

"음, 그냥 이것저것. 이를테면, 넌 뭘 좋아하니? 임신한 아줌마를 훔쳐보는 것 말고."

"음……."

카토가 이야기를 시작했다.

"저는 사람들이 보지 않는 것을 찾아 사진 찍는 걸 좋아해요. 쿵후 영화도 좋아하고요. 특히 이소룡이 멋지다고 생각해요. 꿀꿀거리는 토끼가 한 마리 있는데요, 그러니까 좀 돼지 같기도 한데 이름은 소찬이에요. 술에 취해 싸우는 쿵후 마스터의 이름을 따서 지었어요. 그렇지만 소찬은 싸우지 못해요. 엄청 느리고 멍청하거든요. 그리고 전 시간 여행을 좋아해요. 나중에 어른이 되면 타임머신을 발명할 거예요. 전 이미 타임머신을 발명한 사람을 알거든요. 그러니까 가능할 거예요. 혹시 알고 계셨어요?"

엄마는 미소를 지으며 고개를 저었다. 그리고 대답했다.

"난 전혀 몰랐어. 그렇지만 네 말을 믿어. 학교생활은 어때?"

"학교 애들은 다 제가 이상하다고 생각해요. 그렇지만 신경 안 써요."

"잘하고 있네. 세상엔 평범한 사람이 너무 많아. 아무 의미가 없지."

카토는 엄마를 보았다.

"그러니까요. 저도 그렇게 생각해요."

엄마가 웃었다.

"네 엄마도 너 같은 딸이 있어서 정말 자랑스러우실 거야. 네가 내 딸이었다면, 나도 매우 자랑스러웠을 것 같아."

엄마가 말했다.

그리고 마침내 그 순간이 왔다. 눈물의 순간. 카토는 길에서 남자가 개를 발로 차는 것을 보았을 때 빼고는 울어 본 적이 없었다. 카토는 남자에게 돌진해 코를 부러뜨렸다. 그때 말고는 화가 나 울었던 적이 없었다. 더구나 자기가 불쌍해서 울었던 적은 한 번도 없었다. 그런데 지금은 갑자기 눈물이 흘러나와 어찌할 도리가 없었다. 카토는 놀랐다. 주체할 수 없이 콧물을 훌쩍이며 그게 또 너무나 우스꽝스러워서 웃음이 함께 나왔다. 하지만 눈물도 멈추지 않고 계속 흘러나왔다.

"글쎄요, 음."

카토는 당황해서 혼잣말로 중얼거렸다. 엄마는 괜찮다고 카토를 달래 주며 꼭 끌어안았다.

둘은 그저 오랜 시간을 앉아 있었다. 카토의 눈물이 마를 때까지, 그저 앉아서, 조용히, 나무를 바라보았다. 카토는 모든 걸 마음에 담았다. 엄마의 온기, 숨결, 머리를 쓰다듬는 엄마의 손가락, 냄새, 그리고 자기가 몰래 훔쳐봤던 엄마의 아름다운 얼굴까지. 그러다가 어느덧 시간이 됐다. 카토의 시선이 닿은 하늘에서 첫 번째 균열이 일어나는 게 보였다. 시간이 멈추기까지는 오래 걸리지 않을 것이다. 작별 인사를 해야 한다.

"저 이제 가야 해요. 오래 머무를 수 없거든요."

카토가 속삭였다.

엄마는 안았던 팔을 풀고서 고개를 끄덕였다. 그리고 말했다.

"나도 알아."

카토는 자리에서 일어나 뒤를 돌아 엄마를 마지막으로 바라보았다. 엄마는 카토의 뺨에 매달린 눈물 몇 방울을 부드럽게 닦아 주었고, 빛나는 눈으로 카토를 마주 보았다. 엄마의 탐색하는, 답을 찾는, 사랑이 넘치는, 그리고 안타까움이 가득한 눈빛을 본 순간, 카토는 불현듯 깨달았다. '엄마는 알고 있구나.'

생각할 틈도 없이 카토가 말했다.

"안녕, 엄마."

엄마가 말했다.

"안녕, 사랑하는 카토. 내가 늘 네 곁에 있다는 걸 잊지 마."

그게 다였다.

카토는 네 시간 동안 상영관 의자에 앉아 있었다. 움직이지도, 눈을 깜빡이지도 않았다. 눈물이 껍질처럼 얼굴에 말라붙어 있었다. 아무 생각도 들지 않았다. 카토는 그냥 그 자리에 존재했다. 그냥 그렇게.

그렇게 미동도 없는 네 시간을 보낸 뒤, 카토는 자리에서 일어나 바깥으로 걸어 나왔다. 햇빛이 비쳤고, 카토는 뺨이 아플 정도로 크게 미소를 지었다.

"그래, 그렇지."

카토는 다시 혼자 중얼거렸다. 그리고 큰 소리로 웃으며 집으로 달려갔다. 태어나서 처음으로 아빠를 만나기를 고대하면서.

처음과 같은 끝

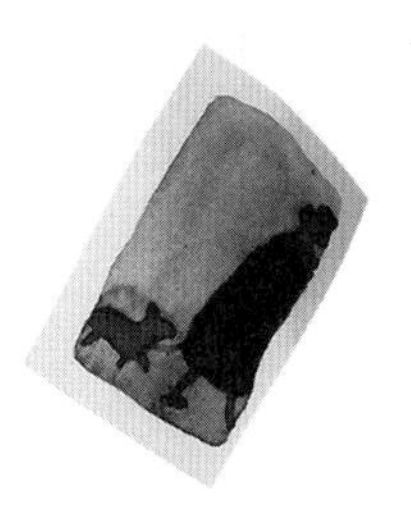

카노 부인은 마지막으로 입구를 둘러보았다. 음료 판매대에 텅 빈 레모네이드 통이 보였다. 카토를 다시 볼 수 없어서 안타까운 마음이 든다는 게 놀라웠다. 하지만 그게 얼마나 터무니없는 마음인지도 생각했다. 너무나 이상해서 머리로는 답을 얻을 수 없는 문제 중 하나였다. 정말 이상했다. 카노 부인 인생의 수많은 일처럼.

카노 부인이 끌고 가는 여행 가방에는 다행스럽게도 바퀴가 달려 있었다. 그 안에 든 영사기와 스크린은 무척 무거웠다. 카노 부인의 다른 손에는 두툼한 사진 뭉치가 들려 있었다. 셀 수 없이 많은 영화관 정면 사진, 영화관 유리창에 비친 카토의 모습, 주방의 죽은 식물, 지나가는 기차, 폭풍우 치는 하늘, 그리고 화려한 두 집 사이에 자리한 존재하지 않는 작은 들판의 사진.

카노 부인은 웃으며 골목을 나와 햇빛 속으로 걸어갔다. 반대편 길가의 집들 뒤편에서 피어오르는 안개가 보였다. 자기를 기다리는 헨드릭을 생각하며 카노 부인은 걸음을 재촉했다. 카노 부인은 안개가 자기를 완전히 감쌀 때까지 곧장 걸어갔고, 그렇게 카토의 어린 시절에서 벗어났다.

노부인은 영화관 정면에서 위를 올려다봤다. 곧 무너질 것처럼 보였다. '룩스'라는 간판 글자에는 지난 몇 년 동안 불이 들어오지 않았고, 노란색 페인트는 거의 벗겨졌다.

헨드릭이 짖자 노부인이 달랬다.

"영원한 건 없다는 게 참 아프기도 하지. 하지만 그게 세상의 이치야."

노부인이 헨드릭에게 말했다.

"세상에 영원히 존재하는 것은 없지. 그저 사건만 존재할 뿐이야. 그 무엇도 머무르지 않아. 심지어는 돌멩이조차 그저 지나가는 사건일 뿐이지. 그러니, 그걸 바꾸고 싶어 하는 우리는 대체 어떤 존재인 걸까?"

노부인은 진심으로 이 모든 게 사라질 것이란 걸 알았고, 그래서 건물 매매 계약서에 망설임 없이 서명할 수 있었다. 며칠 안에 영화관은 철거될 것이다. 새 사건을 위해 터를 내주는 것이다. 모든 건 끝났다.

노부인은 오래전 두 멋진 집 사이의 작은 들판에서 보냈던 이른 가을날을 회상했다. 마치 여름이 나무와 하늘, 그리고 잔디밭에서 빛나는 것처럼 보였다. 모든 게 의미로 가득 차 숨이 멎을 정도로 아득했다.

노부인은 껄껄 웃었다. 과장된 표현일지 모르지만, 적어도 자기가 기억하는 그날은 그랬다.

"멜랑콜리하구나, 헨드릭."

노부인이 개에게 말을 걸었다.

"정말 멋진 단어야, 그렇지 않니? 이리 와. 집으로 가자꾸나."

카토는 자기가 이런 생각을 할 것이라고는 상상도 못 했지만, 아빠가 조금 덜 친절하기를 바랐다. 아빠가 계속해서 재미없는 농담을 던지자, 공항 직원들은 괴로운 미소를 지을 수밖에 없었다.

그리고 비행기 안에서 아빠는 카토와 보내는 진짜 첫 번째 휴가 동안에 반드시 새로운 모습을 보여 줄 거라는 다짐을 몇 번이고 되풀이했다. 그러곤 카토의 칭찬을 바라는 듯 '기발하게 꾸며 낸' 이야기로 상사에게 휴가를 얻어 낸 이야기를 되풀이했다. 눈을 감으니 꼭 통통이가 말을 건네는 것 같았다.

카토는 카노 부인이 실패했다던 아버지와의 휴가를 생각했다. 아빠와 카토에게 그런 일은 일어나지 않을 것이다. 확실하다.

"내가 돌아왔어, 카토."

아빠는 비행하는 세 시간 동안 그 말을 300번이나 반복했다.

"네, 알아요."

카토가 웃으며 말했다.

"이제 가서 얼른 멍때리세요."

카토가 이런 말을 하다니 정말 믿을 수 없이 이상했지만, 카토의 삶은 많은 것이 이상했다.

아빠와 쿵후 영화를 보다가 아빠가 카토만큼이나 쿵후 영화 팬이라는 걸 알아낸 것처럼. 그러니까, 좋은 의미로 이상했다.

너무 이상해서 카토가 어떻게 생각해야 할지 모를 만큼. 예를 들어, 코르넬리아 아줌마가 몰디브에서 보낸 엽서가 그랬다. 아빠와 카토가 잘 지내길 바란다고 쓰여 있었다. 사실 더 이상한 건, 카토가 아빠와 함께 답장을 썼다는 점이다. 잘 지낸다고, 아줌마의 요리 솜씨가 그립다고.

그리고 아빠가 해 준 엄마에 대한 모든 이야기가 그랬다. 아빠는 엄마에 관한 이야기를 시작하면 멈출 필요가 없었다. 멈추지 않고 계속 이야기할 수 있기도 했고. 아빠의 머릿속에는 여전히 엄마에 대한 기억이 빠짐없이 남아 있었다. 전혀 이상한 일이 아니었지만, 카토는 그 점이 믿기 어려웠다.

아빠와 카토가 호텔에 도착한 뒤, 카토는 기분도 전환할 겸 로비를 구경했다. 그때 또 이상한 걸 발견했다. 로비 안쪽 방에 아빠 세대가 갖고 놀던 오래된 핀볼 기계와 슬롯머신이 있었다. 그리고 그 두 기계 사이에 아빠가 아직 통통이라고 불리던 시절에 카토와 둘이서 종종 했던 격투기 게임기가 놓여 있었다.

카토는 삶의 기이함에 킬킬대며 옷 주머니를 뒤졌다. 동전을 몇 개 찾아낸 다음에는 게임 속 전투를 준비했다.

"이번 휴가는 정말 성공적이겠는걸."

카토가 큰 소리로 혼잣말을 했다.

카토는 통통이와 게임을 했을 때 통통이의 캐릭터를 자비 없이 때려눕히던 캐릭터를 찾으려고 목록을 뒤지다 곧 얼어붙었다. 절반이 고장 난 통통이의 텔레비전 화면으로는 단 한 번도 캐릭터의 이름을 읽을 수 없었다. 하지만 이 게임기 화면에서는 이름을 읽을 수 있었다. 카토가 가장 좋아하는 캐릭터의 이름은 바로 카노였다.

이게 무슨 의미인지 생각할 겨를도 없이, 한 남자아이가 카토의 어깨를 두드렸다. 카토는 재빨리 몸을 돌려 남자아이의 눈을 똑바로 바라보았다.

"같이 할까?"

남자아이가 물었다.

"음……."

카토가 말을 더듬었다.

"너도 나처럼 네덜란드 말을 쓰지? 아까 네가 혼잣말하는 거 들었어."

"응, 응……."

"같이 한판 할까? 내 주머니에 동전이 잔뜩 있어."

"음, 그래……."

카토는 여전히 혼란스러운 눈빛으로 대답했다.

"너 이름이 뭐야?"

"카토."

"안녕, 카토. 난 헨드릭이야."

카토는 입을 벌리고 그 아이를 한동안 바라보았다. 그리고 말했다.

"그렇지만 넌 감자처럼 생기지 않았는데?"

카토는 자기도 모르게 팔을 벌려 남자아이를 껴안았다.

헨드릭이 얼어붙은 채 멍하니 서 있자, 카토가 그 아이의 귓가에 작게 속삭였다.

"우린 함께 타임머신을 발명할 거야……."

푸룻푸룻 문학 · 01
어디서도 상영되지 않는 영화

초판 1쇄 발행 2024년 11월 5일
지은이 요릭 홀데베이크 | **그린이** 이보너 라세트 | **옮긴이** 최진영
만든이 한지연, 최은영, 송영민 | **꾸민이** 권수정
펴낸이 송영민 | **펴낸곳** 시금치 | **주소** 서울시 마포구 잔다리로7길 18, 502호
전화 02-725-9401 | **팩시밀리** 0303-0959-9403
전자우편 7259401@naver.com | **블로그** https://blog.naver.com/greenpubbook
인스타그램 https://www.instagram.com/greenspinage/
출판신고 제2019-000104호

ISBN 979-11-93086-17-9 74850
979-11-93086-16-2 74850(세트)

Original title: Films die nergens draaien

*이 책에는 강원교육모두, 을유1945, 배달의민족 한나체, 산하엽, 함렛 서체가 적용되어 있습니다.
*값은 뒤표지에 있습니다.

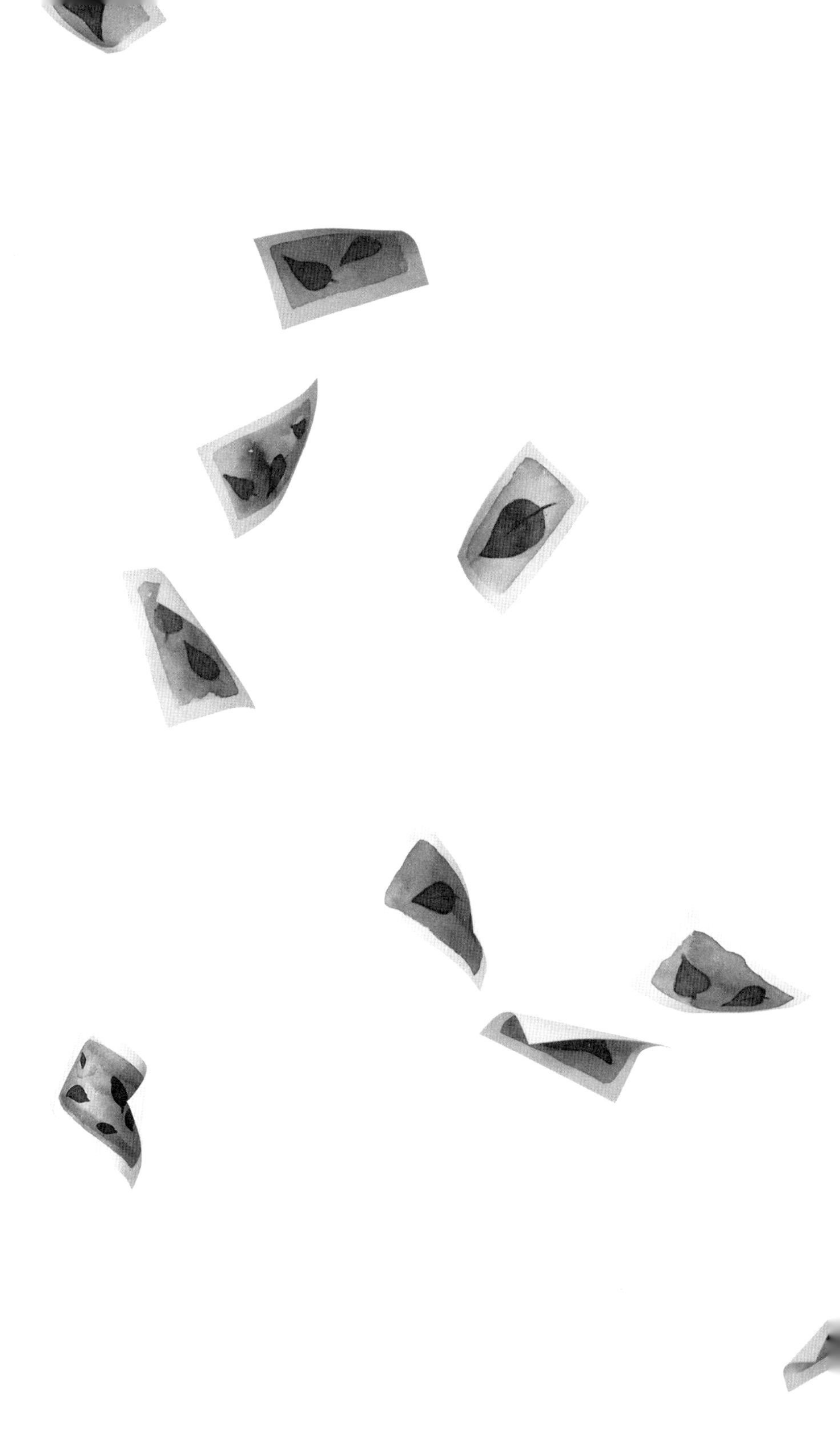